BLUE MOMENT

【ノベライズ】ブルーモーメント

百瀬しのぶ
原作：小沢かな
ドラマ脚本：浜田秀哉

※ドラマ「ブルーモーメント」は２０２４年４月24日から６月26日まで全10回、
フジテレビ系にて放送。

本書はドラマ「ブルーモーメント」のシナリオをもとに小説化したものです。

小説化にあたり、若干の変更と創作があることをご了承ください。

なお、この物語はフィクションです。実在の人物、団体とは関係ありません。

CONTENTS

ブルーモーメント――

太陽がまだ地平線の下にある明け方や、沈んだばかりのほんのわずかな時間に、空が深い青色となる現象。もしくは、そう見える時間帯のことをさす。

晴原《はるはら》柑《かん》九朗《くろう》の大切な人は「私の一番好きな空の青」だと言って、晴原にその瞬間を教えてくれた。

「ブルーモーメントを見ることができるのは、いつも通りの朝を迎えられたから」――。

その人が言っていた言葉を、晴原は胸に刻んでいる。

1

五年前のある午後——。

晴原柑九朗は自宅のリビングで、手元のノートパソコンのキーボードをカチャカチャカチャ、と打っていた。机の上には三台のモニターがあり、天気図や地図が表示されている。

「海上から流れ込む水蒸気の量、大気の安定度……」

読み上げる声を、近くで婚約者の園部《そのべ》灯《あかり》が聞いていた。灯は晴原と同じ三十一歳だ。二人は数日後に結婚式を控えていた。ともに暮らす室内にはウェディングボードなどが置いてあり、準備に忙しい。

窓の外は、雨雲が立ち込め、まだ日暮れ前だというのに暗く、先ほどから間断なく雨が降り続いている。

「……各高度の風などの要素からして、バックビルディング型の線状降水帯の兆候だ」

晴原の気象解析を聞いていた灯は「あ」と、つぶやいた。

「大気を踏まえ、気象衛星とレーダー観測から雲の組織化を計算した。過去のデータは少ない。でも間違いない」

「気象予測の難題の一つを読み切るとは。さすが数学の天才、私が見込んだ人」

笑顔で肘鉄を食らわせてくる灯に、晴原は薄くほほ笑み返し、地図データを表示しているパソコンを見た。

「夜にかけて集中豪雨が起こる場所は……ここと、ここ、それとこの地域。住民を避難させた方がいい」

晴原は平根川と田見川に挟まれた平地を指さした。

「素因はこの二つの川に挟まれた標高の低い土地。誘因は予測雨量。この地域の上流域に線状降水帯がかかったら、河川水位が急激に上がる」

「気象庁の一人間としてご協力感謝致します」

灯は立ち上がっておどけた口ぶりで言い、頭を下げた。

「お互いの職場に急いで報告だね」

灯は自分のノートパソコンに向かい、気象庁に報告を入れた。

晴原はスマホを開き、自らが気象班デスクとして勤務しているＪＢＣテレビ・情報制作局のプロデューサーにメールを入れた。即座に、すぐ来てほしいというメールが返ってくる。

「局から応援要請」そう灯に声をかけて、晴原はすぐに上着を着て出かける支度を始めた。

「聞いてほしい話、あったんだけど」

灯は立ち上がり、一冊のノートを差し出して、続けて言った。

「時間があるとき、読んでみて」

「灯の夢のこと？」

「うん」灯は静かに、でも力強く頷《うなず》いた。晴原はノートを受けとり、鞄《かばん》につっこんで玄関に向かった。

「もう一つ、大事な話があったんだよね」

玄関先まで送ってきた灯がつぶやくのを聞き、晴原は振り返った。

「明日、話す……」

灯は晴原の目をじっと見つめた。

「気になるな。ヒントは？」

「ん〜、奇跡」

思わせぶりな笑顔で言う灯に見送られ、晴原はテレビ局に向かった。


テレビ局の気象センターには、天気図や中継地などを映すモニターがずらりと並んでいる。その一つには、現在放送中の自局のニュース番組が映っている。晴原は自席でそのモニターを見ていた。近くに、同期であり、幼なじみでもあるプロデューサーの藤村《ふじむら》四季《しき》がいる。

『観測史上最大の降水量を記録している集中豪雨ですが、現在までに大きな人的被害は出ていません』

雨でずぶ濡れのレポーターが、現地から中継している。夜のニュース番組は予定を変更し、関東地方を襲った集中豪雨の情報を伝えていた。

「はい、これ。式の準備で忙しいときに悪かったな」

藤村は、晴原に高級ドーナツ店の箱を差し出した。

「急に呼び出したせめてものお詫《わ》び。灯さんも好きだっただろ」

「明日、二人で食べるよ」

礼を言って受け取り、目の前のモニターの気象データを見た。予測通りだ。問題ない。すこしホッとしたところで出がけに灯に渡されたノートの存在を思い出し、鞄から出した。気象予測に関する灯の熱い思いがぎっしり書いてある。晴原はノートを閉じた。と同時に、目の前のパソコンの警告音が鳴り、画面に『ＤＡＮＧＥＲ　過去最高雨量観測』と、表示された。立ち上がり、背後の机に置いてあるモニターをチェックした。氾濫《はんらん》を予測していた川の上流の降水量を見ると、山間部の雨量が極端に多い。周囲の状況を見てみると、予測していない離れた川の水量も急激に増水をしている。

「曽手川で急激な増水」晴原は声を上げた。

「晴原？」藤村が驚いて近づいてくる。

「曽手川から本来流れ出る水が平根川の勢いで堰《せ》き止められているんだ」

「えっ？」

「バックウォーター！予測していないエリアで大きな被害が出る！」

急いで解析し、エリアを導き出す。

「危険なのは曽手川上流」

東相模市——自宅のそばだ。震えが全身を駆け巡っていく。

「自治体に連絡して避難指示を」藤村が言う。

「テレビでも並行してすぐ伝えてくれ」

晴原が声を上げると、藤村が「わかった」と、あちこちに指示を出し始めた。その様子を見届け、スマホを取り出して灯に電話をかけた。繋がらず、留守番電話に切り替わった。

「灯、逃げろ！　今すぐ避難しろ！」

灯に告げながら、晴原は自分も現地に向かうため、テレビ局を飛び出した。


『この付近は危険です！　避難してください！』『水がそこまで迫ってきてます！』

豪雨の中、警察官は住民たちを高台の避難所へ誘導するために声を張っていた。住民たちは急ぎ足で避難所に向かっている。そんな中、水色の合羽《かっぱ》を着た灯は、人の流れに逆らって走っていた。

「あっ、待ってください！　そっちは危険区域です！」「すでに川が氾濫し始めています。戻ってください！」そう叫ぶ声を聞いて、灯は一度振り返ったが、覚悟の表情で再び前を向き、川べりの危険なエリアに向かって走った。

「逃げて！」

東相模市に戻ってきた晴原も、住民たちに声をかけながら走っていた。全身が濡れて重い。雨が激しく、視界もほとんどきかない。足元もずぶずぶと水に浸かってしまう。

「早く逃げて！　高台に逃げろ！」

晴原の視線の先で子どもが転んだ。ちょうどそこに車が走ってきた。子どもの怯《おび》える顔が、ヘッドライトに照らし出された。晴原は走り出し、子どもを抱きかかえて道に転がった。ギリギリだった。車がすぐ脇を走り抜けていく。

晴原は「よいしょ」と起き上がった。「大丈夫。坂を上がって高い建物まで行けば、水は迫ってこないから」

子どもが頷いて走り出すと、心配して捜していた様子の母親が現れ、抱きとめた。母親は晴原に頭を下げ、子どもとしっかり手を繋いで走っていく。

「逃げてください！」避難を喚起して走りながら、高架下の空間に入った。一時的に雨がしのげる。再び灯に電話をかけ続けた。でも繋がらない。遠くで雷のような音が響き、晴原は通路の先を見た。

川が氾濫し、家や建物が押し流され、瓦礫《がれき》だらけでもう前には進めない。晴原は自然の脅威に、ただ立ち尽くしていた。

＊

二〇二四年――。

青空の下、とあるビルの屋上に、ノートパソコンが置かれた丸テーブルがポツンと置いてある。

『今日のお天気コーナーは特別ゲストをお迎えしています』

モニターには、朝の情報番組のお天気コーナーが流れていた。

『気象研究所の晴原柑九朗さんです。通称ハルカン、SNSフォロワー数五十万人超えの大人気気象研究官です。それではハルカン、お願いします！』

アナウンサーが紹介し、画面が中継地に切り替わった。白衣姿の晴原は丸テーブルに向かって歩いていき、カメラの方に振り返ると、爽やかな笑みを浮かべた。

「どうも、ハルカンです」

前髪を下ろし、無造作にまとめたヘアスタイルに細いフレームのメガネ、そして爽やかな笑顔。ハルカンのトレードマークだ。

「みなさん、日本で最初に天気予報が始まったのはいつかご存じですか。今から百四十年前の一八八四年に始まりました。昔から天気を予測することは農業、漁業、商売など多くの人にとって重要でした。ここで、ハルカンクイズ！」

晴原は指差し棒をかざしてポーズを決める。

「では、天気予報がなかった時代の人は、どのようにして天気を予測していたんでしょうか？

空や雲だけでなく、動物たちの動き、植物の様子などを注意深く観察することで、天気を読み解こうとしたんです。そして今でも使える信用性があるのは、僕も大好きな雲を使った予想です」

テレビ画面の晴原の横には、『かなとこ雲が立つと暴風』『うろこ雲（巻積雲《けんせきうん》）は天気変化の兆候』『おぼろ雲（高層雲）は雨の前ぶれ』などのアニメーションが表示される。

「空を見て風を感じ天気を読むことを、僕は、ある人から教わりました。たとえば、あれ」

晴原は頭上に流れていく飛行機雲を指した。

「飛行機雲が消えずに残っていますね。さて、天気はこの後、どうなるでしょうか」

メガネをくいっと上げるポーズで、中継は終わった。


初出勤だというのについていない。駅を出てしばらくすると猛烈な雨が降り出した。雲《くも》田《た》彩《あや》はハンカチを頭に載せて走り出し、気象庁気象研究所・東京庁舎に飛び込んでいった。

「思いきり、濡れちゃったか……」

予報研究部の部長・上野《うえの》香澄《かすみ》は、雨でずぶ濡れの彩を見つめた。

「急なゲリラ豪雨で」彩はハンカチで髪やジャケットを拭いた。

「うーん。今のご時世、問題のある罵《ば》詈《り》雑言《ぞうごん》が飛んでくるはずだから、耐えてね」

上野の言葉の意味がわからないまま、彩は第六研究室に案内された。

「晴原くん、今日から来てくれる研究助手」

上野は、パソコンに向かっている晴原に声をかけた。おにぎりをもぐもぐ食べながらキーボードを打っていた晴原は、彩を一瞥《いちべつ》し、またすぐにパソコンに視線を戻す。

「派遣でお世話になります。雲田彩です。よろしくお願いしま……」彩は頭を下げた。

「不採用。帰れ」

「やっぱりそう来たか」上野は顔をしかめ、彩に向かって申し訳なさそうに手を合わせる。

「は？　意味がわからないんですが」彩は上野に向かって言った。

「おまえ、ここがどこかわからないのか。気象研究所で働こうとする人間がなぜ雨に降られてびしょ濡れで現れる？」晴原はキーボートを打ち続けながら、ぶっきらぼうな口調で言う。

「それは急なゲリラ豪雨……」

「急でもないしゲリラでもない。今まさに気象庁は降水短時間予報を出している。その情報を受け取らず、のうのうとやって来るとはな。おまえ、アホなの？」初対面の人間に、失礼すぎる。

「テレビでも飛行機雲の話をしてたしね」上野が言う。

「テレビ？」

「天気予報はなんのためにある？」

「え？」

「答えを間違えないようにね」

　上野が彩にだけ聞こえるように囁く。

「外出のとき傘を忘れないようにするため。あと洗濯物を濡らさないようにするため……」

　彩の回答を遮って「話にならない。帰れ」と、こちらを見ようともせずにそう告げる晴原に、彩は近づいていった。

「履歴書見て採用したのはそちらですよね。天気に興味があるなんて、一言も書いていません」

「ん？」晴原は口をすぼめた。

「履歴書なんて見てない」

「み……見てない？」

「たしかに俺は研究に専念する時間が欲しいと言った。でも助手が欲しいとは言っていない。それを部長が勝手に気を回したに過ぎない」

　晴原はキャスター付きの椅子ごと移動し、別の机の上にあるノートパソコンのキーボードを叩《たた》く。

「そんなことこっちには関係ありません」

　彩は晴原の椅子の背もたれをつかみ、自分の方を向かせた。晴原は目を丸くして驚いている。

「募集したのは事実。しかも要項に『気象に興味がある人のみ』と明記していましたか？　今さら不採用と言うなら、もっと納得のいく説明をしてください」彩は抗議した。

「毒をもって毒を制す……いいわね」上野は小さく頷いている。

「口の悪い女は嫌いだ」晴原は片手で顔を覆い、ため息を漏らす。

「(口が悪いのはそっちでしょ。おまえとか女とか、クソムカつく)」彩は中国語でまくしたてた。

「なんでいきなり中国語なんだよ」

「感情が高ぶると、つい出ちゃうんです」

「今、クソムカつくって言っただろ」晴原は上野を見て、「部長！　めちゃくちゃヤバいやつじゃん」と抗議するが、「聞き取り違いじゃないですか」彩はすっとぼけた。

「中国で暮らしてた方が長い帰国子女なのよね。晴原くん、とりあえず履歴書を。心動くから」

上野が晴原に彩の履歴書を渡した。履歴書を見た晴原は「あ」と反応した。

「……名前に『雲』が入ってるじゃん」

「えっ、そこ!?　天気おたく？」

「おまえ今なんつった？」

「おまえじゃなく雲田で。お気に召した『雲』、入っていまよ。あ、『くもだ』じゃなくて『た』で」

「もっといい人材いなかったんですか」そう言いながら晴原はパソコンに目を移した。

「まあ、騙《だま》されたと思って組んでみて。それに晴原くんには今日から嫌でも助手が必要になるでしょ」

上野は時計を見て「そろそろ始まる頃ね」と言い、モニターを操作し、内閣府の記者会見映像に繋いだ。

内閣府で、特命担当大臣の園部《そのべ》肇一《けいいち》が記者会見を行っていた。

『日本は世界でも有数の自然災害多発国です。そこで近年多発する自然災害において、今回、対応の遅れによる人的被害の拡大を防ぐために、内閣府直属の組織として対策本部を設置。名称はSpecial Disaster Management Headquarters』

園部が『ＳＤＭ《エスディーエム》』と略式名称を口にすると、モニターに組織のロゴマークが表示された。

画面が変わり、さらに詳細な組織図が映し出される。

『災害は一瞬の判断が生死を分ける世界。ＳＤＭは行政の枠組、縦型の指示系統などすべてのしがらみから外れて、迅速かつ的確な判断を下すため、警察・消防・医療・自衛隊・海上保安庁などから、階級・年齢に関係なく能力基準でエキスパートを集めます』

彩は研究室で上野と一緒に会見を見ていた。

『既存の対策本部と大きく違う点は一つ。気象学で自然災害に立ち向かうこと。ＳＤＭの要《かなめ》は気象予測』

園部の説明が続く中、上野は晴原を手で示しながら、顔を彩の方に向けた。

「で、その要を担うのが晴原くん」

『それでは、質疑応答に移ります』

園部《そのべ》優吾《ゆうご》は東京消防庁の建物内で消防車の荷物の積み込み作業をしていた。優吾は二十七歳。特別救助隊の消防士長を務めている。傍らに置いたスマホから、園部大臣の記者会見映像が流れてくる。優吾は作業の手を止め、ＳＤＭの人材名簿に目を落とした。青と白のベースに細い赤のラインが入った「ＳＤＭ」ジャンパーを着たメンバーたち。気象班統括責任者は晴原柑九朗――。

優吾が従姉《いとこ》の灯から晴原を紹介されたのは十年前。高校生の優吾が、二人が暮らす家の引っ越しを手伝ったときだ。

「昔から、優吾は弟みたいな存在なんだよね。レスキューを目指してる、熱い男」

灯の言葉に、優吾は「やめろよ」と照れた。

「いつか優吾にも力を貸してほしいな」灯が晴原に言う。

「前に話してくれた夢のこと？」優吾が尋ねると、灯は笑顔で頷いた。

「俺もリクルートされているクチだ。よろしく」

晴原が右手を差し出した。優吾も応じたが、晴原は右手が触れ合う寸前に手を引き、グータッチに切り替えた。拳を合わせる二人を見て、灯は嬉しそうだった。

でももうそんな日は二度とやってこない。

「……くそ」優吾は晴原の紹介ページを破り取り、力いっぱい握り潰した。

群青色の空が次第に暗くなり、日付が変わった。晴原は気象研究所第六研究室で灯のノートを読んでいた。ノートにはぎっしりと、気象研究所の研究官だった灯が夢見た『SDM』構想が記されている。

『はじめに　この提案書はSDM本部、正式名称特別災害対策本部の設置を提案するものである。近年多発する自然災害において……』と、熱い思いが書き込んである。隣のページには手書き文字で『Special Disaster Management Headquarters』とあり『S』と『D』と『M』に丸が付いている。『SDM⇕内閣府』『各省庁のエキスパートで構成』『要になるのは気象予測』『現場優先』などの重要な言葉は、マーカーで囲まれている。

『自然は時に光が射すような奇跡を起こす。しかし時に残酷な爪痕を残し、人の命を奪う。繰り返されてきた悲劇は忘れない。これから起こる悲劇に抗《あらが》いたい。明日の命を守り抜くために』

ノートに書かれた文字を読んでいると、灯の声が蘇《よみがえ》ってくる。晴原はノートを机の上に置き、灯の思いに触れるように、書き文字にそっと手をかざした。窓の外を見ると、空の色が、次第に青みがかってくる。

*

十年前のある明け方。二十六歳の晴原は、灯と気象研究所のビルの屋上にいた。

「かんちゃん、見逃さないでね」

灯に言われ、晴原は瞬きをする間も惜しんで目を凝らした。そして、あたりは青一色に包まれた。

「青い……」

「私の一番好きな空の青。ブルーモーメント……日の出前と日の入り後のわずかな間、街全体が濃い青色に染まる、青い時間だよ」

灯に返事をするのも忘れ、晴原は青一色の景色に見入っていた。

「ブルーモーメントを見ることができるのは、いつも通りの朝を迎えられたから」

「いつも通りの朝……」

「それって奇跡だと思わない？」灯は晴原の肩にもたれた。

「間違いなく奇跡だ」二人は青い空の下で寄りそった。

*

出勤前のバス停で、彩はスマホで園部大臣の記者会見の記事を読んでいた。と、メッセージが届き、内容が画面に表示された。二歳上の姉、雲田真紀《くもたまき》からだ。

『仕事決まったってお母さんから聞いた。何で気象に関わる仕事？お互いもう忘れてしまいたいことでしょ。どうして？』

三年前、大学三年生だった彩が歩いていたとき、反対側の歩道を自転車で走っていく真紀の姿を見つけた。真紀は小学校の教師になったばかりだった。

「お姉ちゃん！」風の強い日だった。しかも工事現場の近くだったので、彩は大きな声で姉に声をかけた。気づいた真紀が振り返ったので、こっちこっち、と手招きをした。真紀が通りを渡って彩のそばに走ってきた。ちょうどそのとき、上昇気流の風に強い水平風が加わって周囲の塵《ちり》や埃《ほこり》、落ち葉などが舞い上がった。つむじ風だ。

「きゃあ！」叫び声と同時に自転車が揺れ、真紀は地面に落ちた。その上に工事現場の大型クレーンが倒れてきて——。

　あのときの感覚が蘇ってきて、彩は身を固くした。

「あれって、うろこ雲？」

「そう。天気が変わる兆候って、ハルカンが言ってたよね」

　近くにいた女子高生たちの楽しそうな声で、彩はハッと現実に戻った。

「今日のハルカンもめっちゃかっこよくなかった？」

「出た、ハルカン推し」

　女子高生たちはスマホで動画を見ている。彩が何気なくのぞくと、お天気コーナーで笑顔を振りまいている爽やかなメガネ男子が映っていた。前髪を下ろし、メガネをかけているけれど……晴原だ。

「おはようございまーす！」

　気象研究所第六研究室のドアを開けたが、誰もいない。もう一度大きな声で挨拶をしながら彩が中に入っていくと、床に落ちていたやわらかいものに躓《つまず》いた。

「踏むな」落ちていたのは寝袋で、中で寝ていたのは、晴原だ。

「いやいやいや、そこで寝ないでください！」

「おまえなんでまた来てんの？　俺はおまえを助手だとは認めていな……」

寝袋から顔だけ出している晴原は不機嫌な表情で、先ほどの女子高生が見ていた動画とはずいぶん違う。

「ハルカン」彩がニヤニヤしながら呼ぶと、晴原はチッと舌打ちをした。

「そんなに口が悪いと、みんな幻滅しちゃうんじゃないですか。ほれ。ずいぶん派手に活動されているんですね。無愛想なフリして、実は出たがりなんでしょ～」

彩はスマホで晴原のＳＮＳの画面を出した。ハルカンが笑顔で天気について語っている。

「出たくない」晴原はさらに無愛想になる。

「じゃあ、やめれば済む話」

「表面しか見ず決めつけて物事を判断するな。俺はそういうやつが一番嫌いなんだ。興味もない場所で無駄に働こうとする人間には一生かかっても理解できない」

「そっちこそ決めつけてます。履歴書に気象に興味があるとは書いていません。でも、ないとも書いていない」

起き上がり、洗面台で顔を洗っている晴原に向かって言った。

「つまり書けない事情があるということか」

尋ねられ、彩は動揺し、うつむいた。

「語るな」晴原は即座に制した。

「過去のない人間なんていない。関わりたくないから、口が裂けても俺に語るな」

「はあ？」何その言い方、と、言い返そうとしたとき、上野が入って来た。

「朝から賑やかでいいわね。これ今月の気象庁見学のスケジュール」

上野は『気象庁のおしごと』というパンフレットを置いた。表紙にはさわやかな雰囲気全開のハルカンの写真が載っている。彩はパンフレットを手に、洗面台で身支度をしている晴原と比べて見た。

「うわ〜お見事な使い分け。こういう外面《そとづら》仕様《しよう》の活動ってなんなんですか」上野に尋ねてみる。

「世の中の気象リテラシーを高めたいのよ。いつ起こるかわからない自然災害に備えて」

上野の言葉の意味を考えていると、席に戻った晴原がモニターを見て、口を開いた。

「福島県北部で急激な悪天候の恐れ」


福島県の朝ヶ岳は一面、雪に覆われていた。山の電波塔が故障したため、作業着にヘルメット姿のエンジニアたち四人は朝早くから尾根を登っていた。天候はだんだんと荒れてきて、視界がきかなくなってくる。

「前田！　ペースが速いぞ！」先頭を行くエンジニアが、若手の前田琢巳《まえだたくみ》に声をかけたとき、斜面を雪の塊《かたまり》が転がってきた。先頭のエンジニアは塊を拾い上げた。その瞬間、雪崩が起こり、ドドドドド、とあたりを揺るがす音が響き渡り、大量の雪が流れてきた。

「逃げろ！」

四人は横に逃げたが、あっという間に全員が雪崩に巻き込まれた。


晴原は研究室で福島県の気象解析を続けていた。画面には大量の雪結晶《ゆきけっしょう》のデータが映し出されている。そこに、アラートが鳴り響いた。特殊なアラート音は、霞が関のＳＤＭ本部からだ。

「こちら気象班、晴原」晴原が無線機に向かい、呼び出しに応えた。

『ＳＤＭ対策本部、通信班です』三崎俊樹《みさきとしき》が名乗り、続けた。

『山岳救助の情報入電あり。福島県朝木市にある朝ヶ岳にて送電設備の修理に向かっていたエンジニア四名が雪崩に巻き込まれたもよう。さらに一パーティの六名の登山者が遭難したとの情報あり。ＳＤＭ出動事案か、気象班統括責任者の判断を仰ぎたい』

「ＳＤＭ案件だ」晴原は即答した。

「すでに解析済みだ。現地の雪の性質を詳しく分析する必要があるが、おそらく南岸低気圧に伴う表層雪崩《ひょうそうなだれ》。積雪上部に崩れやすい雪質の層ができ、その上に多量の新雪が降り積もることで弱い層が破壊。雪崩が起きる。時速百キロから二百キロで、巻き込まれたら危険だ。今起きてる被害だけじゃなく、急激な悪天候によって今後大災害が起こる可能性がある。対策本部長に繋いでくれ。ＳＤＭで対処したいと」

『繋ぎます』三崎は内閣府にいる園部へと緊急連絡用通信を繋いだ。

『状況は把握している。まず言っておくが、きみが望む人材は揃《そろ》っていない。とりあえずのメンバーだ』

　園部はいきなりそんなことを言う。

『ＳＤＭは既存の組織を否定するところがある。各省庁から反発を買い、現状まだまだ未完成だ。しかも試験運用中に大きなミスが起きれば、正式運用は見送ることになる』

「つまり体制が整うのを待つべきだと？」晴原は尋ねた。

『五年だ。ここまで来るのに五年かかっている』

　五年。その言葉の意味は重い。

「私たちが動けば救える命があるかもしれない。それなのに目の前の命を見捨てろと？」

『だから、今のメンツで、やれるのかと聞いているんだ』

「『天災は忘れた頃にやって来る』。でも今は『忘れずにやって来る』。こちらの都合なんておかまいなし。今ある全身全霊の力をもって立ち向かうしかありません。そのためにＳＤＭがあるはずです」

　晴原が言うと、園部が大きく息を吐くのが聞こえた。

『危機レベル五。当該案件、ＳＤＭが対応に当たる』

園部からＧＯが出た。ＳＤＭ対策本部の三崎がスイッチを押し、全体に指示を出した。

『至急至急、危機レベル五、自然災害案件発生。ＳＤＭ各統括責任者は指示に従い速やかに任務に当たられたい』

通信班が警察、消防、気象、情報、医療の、各方面に指示を出していく。

『初期対応のため、気象班・晴原統括責任者は消防班のヘリに同乗し現場に急行してください』

本部通信班の宍戸《ししど》梨紗子《りさこ》が気象班に指示を出した。


晴原はＳＤＭのブルーのジャンパーを羽織り、リュックを手にした。

「雲田さんも帯同して」上野が言う。

「本気ですか？」晴原は尋ねた。

「雑用係。ＳＤＭはまだまだ人手が足りないでしょ？　使い物にならなかったらすぐに追い返していいから。ねっ？」

晴原は黙って研究室を出た。私服のままの彩が晴原を追いかけてきた。

「まさかとは思うが、ついて来るつもりか」

「当然、ついていきます」

「今すぐ帰れ」

「帰りません」

きっぱりと彩が言うと、晴原がため息をつき、立ち止まった。

「もう一度だけ、課題を出す」

「えっ」

「天気予報はなんのためにある？　存在する意味は今も昔もたった一つ。おまえがどんな事情を抱えているのかは知らない。でもその答えがこれから起こることを目の前にしてもわからないなら、向いていないってことだ。強制的にここを辞めてもらう」


園部が総務省の廊下を歩いていると、背後から総務大臣の立花藍《たちばなあい》が近づいてきた。

「園部大臣肝いりのＳＤＭ。いきなりスタートさせるんですね。人材がまだ揃ってないとうかがっていますが」

振り返り、立花と向かい合う。

「それが何か？」

それだけ言い、園部は再び歩き出そうとした。

「もともとはお嬢さんが構想していたことだとか」

園部は動きを止めた。

「私情から動いた。そう捉える方がいることは承知していますが、政治的に有用と判断したまでです」

「成功を祈っています。ミスを犯して、試用期間中に頓挫しないことを」

笑顔で言い、立花は踵《きびす》を返して去って行った。


「自然災害事案です。至急、市内の現在の交通情報を……」

ＳＤＭ本部には、十数人の通信班がそれぞれ各方面と無線で連絡を取り合う声が飛び交っていた。本部に入ってきた上野は、自席に写真立てを置いた。息子の海斗《かいと》がサッカーボールを手にして笑っている写真と、小学校の入学式に二人で撮った写真だ。上野は笑顔の海斗を見て、気合いを入れる。そこにＳＤＭのジャンパーを着た園部が入ってきた。

「消防班統括責任者・佐竹消防司令補が現場に向かってくれます」上野が伝えた。

園部は中央のデスクに座って、ファイルを開いた。気象班、消防班、医療班、警察班などが記載されているＳＤＭの組織図だ。消防班の統括責任者は、佐竹尚人《さたけなおと》。

「揃わなかった精鋭のうち唯一の希望ってとこだな」

園部は誰に言うともなく、つぶやいた。


『ＳＤＭ二号機、十一番スポットにてエンジン始動中。あと五分で離陸準備完了』

新木場の東京ヘリポートではスピーカーの音声が響いていた。ヘリコプターの前には、オレンジ色のＳＤＭのジャンパーを羽織った消防班・統括責任者の佐竹が晴原の到着を待っていた。

「気象班の晴原さんですね。そちらの方は？」

佐竹は、現れた晴原に挨拶をした。その後ろにいる私服のパンツスーツにショートコートを羽織った彩を見て、不思議そうにしている。

「先生の助手の雲田です」

「助手じゃない」晴原が否定し、彩と言い合いになりそうだったが、すぐに佐竹に向き直った。

「佐竹さんのお噂はお伺いしています。ＳＤＭに加わっていただき感謝します」と頭を下げた。

「リーダー面するのはやめてもらえますか」

佐竹と同じユニフォーム姿の優吾が現れ、晴原の前に立った。

「ＳＤＭにとってあなたの存在は迷惑なんですよ。あなたは取り憑《つ》かれている。人を救うことに」

「取り憑かれているよ。それが今生きている唯一の理由だ」

「あのー」彩が優吾を見た。

「自分は佐竹班、消防士長・園部優吾です」優吾は直立し、彩に自己紹介をした。

「園部……」

「園部大臣の甥《おい》だ」晴原が優吾の代わりに説明する。

「確かめさせてもらいますよ。あなたがＳＤＭにいるべき人間なのかどうかを」

優吾は先ほどから変わらぬ強い視線で晴原を見据えている。

『至急至急、十一番スポット離陸準備できました』スピーカーが告げ、佐竹たちがヘリに乗り込んでいく。

「先生も課題出されましたね」彩は晴原の顔を見て笑った。

『隊員は個人装備を装着し、安全管理を踏まえ十一番スポットに向かってください』スピーカーからの音声が告げる中、晴原は「おまえと一緒にすんな」と彩に言い、ヘリに向かった。

ヘリの中では、列車内のように二人ずつの向かいあわせの席だ。初めて乗る彩だが、晴原に倣ってヘッドセットを装着した。

『こちら本部。要救助者の身元が判明しました。計十名です』本部の梨紗子の声が入る。

佐竹と優吾はタブレットで要救助者の写真を確認した。佐竹は『前田琢巳（25）』の文字を凝視した。

「隊長？」

「いや、なんでもない」

佐竹はすぐに答えた。やがて、眼下に雪山が見えてきた。

「綺麗。でも怖い顔もあるんですよね……」彩は窓から白く染まった山を見下ろしている。

「怖い？　そんなもんじゃない」晴原が言う。「人知を超えた力をもって不条理に、理不尽に多くの命を奪う。俺たちが相手にするのはそういう自然の脅威だ」そう語る晴原は、優吾の鋭い視線を感じていた。

　荒天となった雪山の表情が見えてきた。

　山の麓《ふもと》は吹雪《ふぶ》いてはいなかった。彩は晴原の後に続き、ホテルに向かう雪道を歩いていた。

「お、おおおお」パンプスが雪にハマってしまって歩けない。ホテルは目の前なので、冷たかったが、パンプスを脱いで歩いた。

『ＳＤＭ気象班及び消防班・統括責任者が現着です。地元山岳救助隊と連携し、速やかに捜索を開始してください』本部の三崎から無線が入る。

「了解」晴原はホテルの廊下を歩きながら応えた。

「大規模な災害が起こりそうなエリアを、現在解析しています」

　ホテルの一室に集まった地元の山岳救助隊の面々を前に晴原が説明をする。

「遭難者の捜索に関し、雪崩のリスクが高いところを読み解いて、こちらから指示を出していきます」

　晴原は言ったが、聞いていた地元の隊員たちは明らかに不満そうだった。

「今まで私たちだけでやれていたことです」

「ＳＤＭだかなんだか知りませんが、出しゃばらないでもらいたい」

次々と批判の声が上がり、一人が、「こういうことをやっていればいいんじゃないですか」と、その場にある冊子を机に叩きつけた。

『雪山に登る際、知っておいてほしいこと』という冊子だ。表紙にはハルカン仕様の晴原の写真が載っている。

「いろんなところで見かけますよ、ハルカンさん」地元の隊員は皮肉を言う。

「救助のプロのプライドってやつですか。くだらない」晴原が言い返した。

「もう一度言ってみろ」地元の隊員たちも声を上げ、一触即発の空気が漂う。

「いいかげんにしろ！」佐竹が一喝した。「初めての試みだからこそ一つにならなければいけない。納得がいかない者は、ついて来なくていい。今この瞬間にも救助を待っている人がいることを忘れるな」

「異論がないようですね」優吾は、静まりかえった部屋を見渡した。

「予測より現場の風速が強い。その誤差を加味して、導き出した結果、今後風速二十メートル毎秒を超える猛吹雪《もうふぶき》になる。そしたら捜索は不可能。リミットはあと百二十分」

晴原の説明に、部屋の中はさらに深刻な空気が流れた。

彩は、さっき地元の隊員が投げつけた冊子を手に取って開いてみた。

『もし雪崩に遭遇したら、くぼみがあったらそこを目指す。横に逃げる。もし埋まってしまったら両手で口を覆うなどして空間を作って窒息しないようにする』などとイラスト入りで解説してある。

熱心に読んでいると、サイレンの音が近づいてきた。

「なんですか？」ノートパソコンで解析をしている晴原に尋ねた。

「俺たちの拠点の到着だ」と、晴原は言って外に出て行った。彩はホテルの人に借りた長靴を履き、後を追った。

駐車場に出ると、車体に大きく『国土交通省特別災害対策本部車』と書かれたトラックがサイレンを鳴らして入ってくるところだった。

「国交省から譲り受けたＳＤＭ専属の指揮車輌だ」晴原が彩に説明をしていると、運転席からＳＤＭのジャンパーを着た丸山《まるやま》ひかるが出て来た。

「ずいぶん早かったな」

「フルスロットルでぶっ飛ばして来たんで！」

ひかるが答えたとき、助手席のドアが開いた。坊主頭の山形広暉《やまがたひろき》が飛び出して来て、隅でオエエ……と吐いている。

「軟弱」ひかるは山形を冷たい目で見ている。

「走り屋の運転が荒いんだよ！」

「新人？」彩を見て尋ねたひかるに、晴原は「助手じゃない……」と否定しようとした。

「まだ先生に認めてもらってませんが」彩は遮って言い、挨拶をした。

「私はドライバー兼料理人の丸山ひかる。あいつは情報班の山形」

「本部、ホントなんで僕がＳＤＭに呼ばれたんですか。我が国唯一の国家地図作成機関、国土地理院で働き夢のような人生を送っていたのに！」山形は無線に向かって問いかけた。

『私の熱烈な推薦よ。地理オタクの知識、役立てなさい』本部にいる上野の声が、イヤホンマイク越しに聞こえてくる。

「勘弁してくださいよ。人の生き死になんて関わりたくないです。僕は地図が作りたいだけなんですよ」

「ごちゃごちゃうるさい。始めるよ。トランスフォーム！」

　ひかるがリモコンを取り出して操作すると、車輌がトランスフォームを始めた。側面が開き、みるみるうちに車体が広がり、せり出した部屋が中央で連結する。様々な設備を備えた拠点に変形した。中に数十台のモニターを設置した、指揮車輌が完成する。畳十畳ほどあるスペースは対策本部としてテレビ会議も可能。空調も整い、料理を作るスペースもある。晴原たちが車内に入っていくと、一斉にモニターが点灯した。

『こちらＡ班。作業道に入りました。これより雪崩ポイントに入ります』

　佐竹たちは雪が絶え間なく降り続く中、山中に入っていった。佐竹と優吾はＡ班。担当する要救助者は送電設備の修理に向かっていたエンジニア、四名だ。

『こちらB班。最後に登山者の目撃情報があった付近には、要救助者なし。捜索続行』

それぞれの隊員は、晴原に映像を届けるための小型望遠カメラを装着している。晴原は隊員たちからの映像と地形、気象情報を照らし合わせた。

「A班、前方右の山、傾斜角度は三十五度。斜面は低木林。現在風が強く、落雪や吹き溜《だ》まり、それに雪崩の危険性あり。迂回《うかい》してください。B班はそのままのルートで問題ない」

指示を出すと、各班から『了解』と返ってきた。

『こちら本部。地元役場、消防、警察の連携が取れていないもよう』梨紗子から無線が入る。

『地域住民への避難指示が行き届いていない』上野が言った。

「ここで何ができるんですか……」彩は、広々とした指揮車輌の車内をぐるりと一周し、感動していた。

「教えるの面倒」食料を運んでいたひかるは、一蹴した。

「え、えええ」

「今回で『さよなら』かもしれないし。災害の現場ってハード。逃げ出す可能性大と見たね」

ひかるはクールだ。

「しばらく動きがないはずだ。ここをまかせる」晴原はリュックを肩にかけ、立ち上がった。

「無線通信は常時オンにし、何かあればすぐに対応する」

「どこ行くんですか？」彩が声をかけた。

「市長に会ってくる」そう晴原は言って、「本部、市長にすぐアポ取ってくれ。十五分後」と指揮車輌から出て行った。


『福島県朝木市にある朝ヶ岳で雪崩が発生し、送電設備の修理に向かっていた福島電線のエンジニア四人が巻き込まれました。こうした事態を受け、現場には内閣府に新設されたＳＤＭが出動し、対応に当たっています』

とある総合病院のロビーのテレビでも、朝ヶ岳の雪崩の情報が流れていた。医師の汐《しお》見《み》早《さ》霧《ぎり》は同僚とニュースを見ていた。

「ＳＤＭ医療班に専属チームの構想があるとか。うちから医師を出すみたいで、その候補、汐見先生らしいですよ」同僚の医師が言った。

「えっ、私？」予想外の言葉に、早霧の頭は混乱していた。でも、この病院が自分を厄介払いしたがっているのはわかる。早霧は自分の右手をじっと見つめた。


晴原は朝木市の市役所に到着した。

「避難状況は？」市役所の入り口に続く階段を上りながら、上野に尋ねる。

『まだ進んでない』

「了解」

『こちらは両班とも順調に進行中。A班は雪崩ポイントまであと五十分。B班は中腹地点を通過』

佐竹からの報告を聞き、晴原は「了解」と応え、市長室に入っていった。ホワイトボードに災害状況が書き出してあり、職員が数人、会議テーブルに集まっている。

「承知しました。はい、わかりま……あ、今来ました」

市長は電話中だったが、晴原を見て通話を切った。そして、つかつかと近づいて来た。

「園部大臣の顔をお立てしてお話はお伺いしますが、いきなり乗り込んでくるって……」

食ってかかってきた市長をスルーし、晴原はホワイトボードに向かった。

「低気圧の急発達で、暴風雪が予想以上に広がる可能性があります」

ホワイトボードにマグネットで留めてあった地図をはずし、会議机の上に広げた。

「この地域の地形は局地的に風が強まりやすいため、ホワイトアウトになる恐れがある。また、雪崩が発生したら道路に達する恐れがあり、移動が困難になって市民に甚大な被害が出る。この場所を基点に周囲十五キロ圏内、今すぐ避難指示を」晴原は赤いマーカーで地図の該当部分を丸で囲んだ。

「外で開催中のすべてのイベントも即刻中止に」

「そこまでやる必要があるんですか？　多くの苦情が殺到するのは必至ですよ』

「苦情ですか。そんなもの甘んじて受けいれてください！」晴原は声を荒らげた。

「こんなことになるとは思わなかった……被災した人間の多くが同じことを言う。苦情よりずっと重い。これを言わせたら負けです。仮にあなたのご家族が現場にいるとして、そこまでやる必要があるのか……と同じことが言えますか？　一時の判断の遅れが命取りになる。今すぐ、避難指示出してください」

「いいでしょう。ただし、ＳＤＭからの指示だと公言しますよ」

　市長はあくまでも苦情を受けたくないようだ。

「一向にかまいません。直接説明する。苦情は全部こちらに回してください。現場指揮車輛の方に」

「ん？　こっちに？」

　指揮車輛で無線の晴原の声を聞いていた彩は首をかしげていたが、しばらくすると、車内の壁に取り付けられている電話が鳴った。

「……はい、いえ、絶対では……念のためにイベントの中止を……」電話の相手は怒って切ってしまった。さらにまた別の場所に取り付けてある電話が鳴る。そんなことを五、六回繰り返した。ていねいな対応を心がけていたが、たいていの相手は文句を言い、乱暴に電話を切る。

「苦情のオンパレード、止まらないんですけど」彩は机に突っ伏した。

「まだ起きてないこと信じてもらうって難しいよね」ひかるがフライパンを磨きながら言う。

そこにまた電話が鳴った。彩は仕方なく立ち上がって電話に出た。

「あ、はい。ＳＤＭです。はい……あ、はい。えっ、いやでも……少々お待ちください」

彩は電話を保留にし、無線マイクで晴原に声をかけた。

「先生、一年に一度の『子どもスポーツフェスティバル』が始まったばかりだそうです。本当に中止なのかと」

『行ってこい』晴原が言った。『直接受け止めてこい、苦情』

Ａ班は雪崩ポイントに向かっていた。

『こちら本部。Ａ班後方で雪崩が起きたと情報が』

優吾はタブレットで位置を確認した。佐竹がのぞきこんでくる。

「晴原統括責任者が指摘した迂回したポイントか。彼には見えていたんだな、この雪崩が」

佐竹の言葉を、優吾は複雑な思いで聞いていた。

「リミットはあと四十分、急ぐぞ！」

「了解！」優吾たち隊員は雪を踏みしめ、再び歩き出した。

彩は『子どもスポーツフェスティバル』の会場内のイベント用テントに向かった。イベントを中止にしてくれるよう関係者に交渉していると、ゼッケンをつけた子どもたちが駆け寄ってきた。

「なんでだよ！」「ずっと楽しみにしてたのに！」「天気なんていつも当たんねえし！」「ふざけんな、ブス！」子どもたちは言いたい放題だ。

「ブス？　今ブスって言ったの誰？　待ちなさい、もう！」

彩は口の悪い男の子を追いかけた。子どもたちは散っていったが、今度は保護者たちに囲まれた。テント内には晴原が表紙の『雪に備えること』『雪山に登る際、知っておいてほしいこと』の冊子が置いてあることに、彩は気づいた。

「中止は強制ではないですよね」「競技を減らして夕方までには終わらせますから」「考え方が悲観的ですよね」「どうせ何も起きないんだよ」

保護者たちに囲まれながら、彩は姉の事故を思い出した。

「……ある日突然、悲劇は起こります」

彩は真剣に語り出した。

「起きてしまって初めて気づく。あのとき、こうしておけばって。でもあのときは、もう戻ってこない。戻ってこないんです。お願いします。中止してください。お願いします！」

彩は必死に頭を下げた。

『こちらB班。登山道脇の樹林帯でテントを発見。遭難パーティの可能性あり。これよりテント内部検索します』

指揮車輌に戻った晴原に、B班から連絡が入った。

『至急至急。テント内に要救助者六名発見、保護します』

B班が救助している様子を、晴原はモニターで確認していた。

「残りは雪崩ポイントの四名」

「それが一番の難題だね」そばにいた山形が言う。

『要救助者の新たな情報が入ってきました。雪崩ポイントの四名はみんな登山初心者とのこと』

本部の三崎が報告した。モニターには、雪崩ポイントにいる前田たちの顔写真が表示される。

キーボードを叩く手を止めた晴原は、四名の写真を見た。

「要救助者のご家族が集まっています。無事だったことを伝えてきます」

ひかるが出て行ったのと入れかわりに、彩が戻ってきた。

「そっちはどうだった？」山形が声をかける。

「こんなことになるとは、って言わせない。負け回避です。イベント中止を受けいれてくれました」

彩は晴れ晴れとした表情で報告した。

「賢明な判断だ。該当エリアでも降雪が始まった」晴原は解析を続けながら言った。「今後も苦情係やれ」

「えっ」

「不服か？」

「いえ、やります。後悔するより全然いい。それで誰かの安全が守れるなら」

「あー、そういうできた発言、嫌だなぁ。ホント嫌」山形は片手で頬を押さえながら、彩を横目でじーっと見ていた。


『こちらA班、雪崩ポイントに現着。映像を送ります……想像以上です』

佐竹から報告が入った。現場からのカメラ映像を見ると、雪崩の規模が大きく、あたり一面、雪の塊だらけだ。晴原はモニターを見て息を呑んだ。

「現場の詳細な地形を……」晴原が言うと、山形が画面に地形図を出した。

「積雪が崩れて動き始めた『発生区』はこの地点」晴原は画面を指した。

「傾斜角度は四十度。雪崩は時速約二百キロ以上」山形が言う。

「雪崩が通った流下距離は全長約二キロ。雪崩の堆積約十万トン」

「十万トン？」彩には見当がつかないようだ。

『仮に浅い位置にいて生きていても、捜索は困難を極めます……』現場の優吾が伝える。

『雪崩に埋まった場合、三十分過ぎれば生存率は約三十パーセント程度』佐竹も厳しい表情だ。

猛吹雪の兆候が不気味に近づいてきた。残り時間が刻々と迫ってくる。

『絶望的。捜索可能時間はあと三十分』本部の上野が言った。

『奇跡でも起きない限り、見つけ出せない』

優吾が思わず発した言葉は、指揮車輌にも、本部にも、重い空気をもたらした。

指揮車輌の中には、晴原がキーボードを叩く音だけが響いていた。

「祈るしかないんですか?」彩が口を開いた。

「何、バカなこと言ってるんだ? 祈っても奇跡なんて起きやしない。奇跡は準備するものだ。要はこっちが投げた球を受け取っていたかどうかだ」

彩はじっと考えていた。

「たとえば縦か横。雪崩が起きたとき、縦に走ったら、呑み込まれて終わりだ。だから真横に移動し逃げる。くぼみがあればそこを目指す。巻き込まれたら、雪崩の動きが止まる前に腕で口の周りにスペースを作って呼吸できるようにしておく。この要救助者たちは素人。それでも今の知識を知っていてくれたら……生存している可能性は十分ある」

あっ。彩は上野の言葉の意味がようやくわかった。

「世の中の気象リテラシーを高めたいのよ。いつ起こるかわからない自然災害に備えて」

　上野はそう言っていた。ホテルや『子どもスポーツフェスティバル』の会場にも、気象庁が発行した冊子が置いてあったのはそのためなのか。

「先生はずっと準備を……。奇跡を起こすために……」

「要救助者が危険回避の最低限の知識を知った上で、雪崩に巻き込まれた……その前提で局所的捜索に当たる」

　晴原は佐竹に指示を出しながら、モニターを見つめ、ぎゅっと握った右手を左手で包むようにしてキーボードを叩き始めた。頭の中で、さまざまなデータを思い浮かべ、集中し、考えた。数式も浮かび上がってくる。晴原は立ち上がった。

「雪崩の『走路』を除外した『堆積区《たいせきく》』……その左右十メートル範囲をピンポイントで捜索！」

『了解！　これより要救助者の検索を行う。ビーコン捜査要員は左右に分かれ、捜索開始！』

　優吾は棒状のプローブという探針を長く伸ばして雪面に刺し、ビーコンの電源を入れた。

『園部、望月、左！　桑原、佐久間、右！』

　佐竹たちはスマホのような形のビーコンを使い、雪崩埋没者がどこにいるのかを探るために雪の上にかざしている。

『よし！』隊員たちは堆積区の左右に散り、捜索を始めた。

『反応なし！』数人の隊員が声を上げる。佐竹は時間を確認した。

晴原はさらに集中して、モニターを見ながら解析を進めた。数々のデータ。そして、現場に入ってから見た光景が、頭に次々と浮かんでくる。木々と、照り付ける太陽の位置関係……晴原は気づいた。

「そのエリアは、悪天候の前、フル日照で日差しが強かった。樹木の幹は、陽を吸い込んで、かなり温かくなっていた。『ツリーホール』ができていたはずだ」

「ツリーホール？」彩が尋ねると、山形が「輻射熱《ふくしゃねつ》の効果で幹の周りにできるポケットのようなくぼみ」と、説明した。

「木の周辺……雪崩の前にくぼみがあったと思われる地点の捜索を！」

晴原が隊員たちに告げた。

『了解！』佐竹たちは木の周辺をビーコンで捜索していく。ビーコンの距離表示が最小になっていき……、『隊長、ビーコン反応あり！』隊員の一人が絞るように声を上げた。

「斜面東側も捜索を」晴原はさらなる指示を出した。

『了解！』

『要救助者、この位置だと思われます！』優吾がついに発見した。

『こちらA班。雪崩側面ツリーホールがあったと思われる場所に反応あり！』

佐竹は晴原に報告してから『プローブで検索開始！』と、優吾たちに声をかける。

『隊長、こちらもビーコン反応あり！』続々と、反応があった。

優吾は反応があった場所にプローブを刺し込んだ。先端が何かに当たる。

『ここだ……大丈夫ですよ！』優吾は両手で掘り起こす。

「……受け取っていてくれ」晴原は指を組み、目を閉じて祈っていた。

『今、助け出しますからね！　もう少しですよ』優吾は要救助者に声をかけ続けた。

『今すぐに出しますからね！　生きて帰りますよ！』

晴原は立ち上がり、食い入るようにモニターを見つめた。優吾が付けているカメラの映像だ。両手で必死に雪をかき、要救助者の黄色いジャンパーが見えてきている。ついに優吾は、腕の部分を掘り起こした。やがて顔も見えてくる。目は閉じているが、顔が空気に触れると、口を開いて息を吸い込んだ。生きているようだ。

『要救助者一名発見！　意識あり。脈呼吸あり。搬送用意を！』

優吾からの報告に彩はよっしゃ、とガッツポーズをして、慌てて黙った。

『埋没位置確認！』

『こちら佐竹、要救助者二名救出！』

佐竹たちから次々と報告が入り、彩は小躍りしている。

「先生のボール、受け取ってくれてました」

彩の声に、晴原は小さく頷いた。だが、気を緩めることはなかった。

霞が関のＳＤＭ本部にいるメンバーからも安堵の笑みがこぼれた。園部も口を手で押さえ、感動している。

「この救出劇……晴原くんにしかできない芸当ですね」上野はしみじみとつぶやいた。

「災害から命を守るためなら、あいつはなんだってやる」

園部は笑顔で言ったが、上野はハッと厳しい表情に戻った。

「五年前のことが今のあいつを突き動かしてるんだ」


地元隊員たちは、助け出された救助者たちを担架に乗せ、搬送していた。

「佐竹さん、残り一名の氏名は、前田琢巳。救助者の情報では、前田琢巳は自分たちより下の方向に流されたとのこと」

「検索を続行する」

「了解」

佐竹と優吾は前田の捜索を続けた。


ホテルの部屋には、要救助者の家族が集まっていた。

ひかるが救助されたエンジニアの氏名を報告すると、家族たちが安堵し、喜び合う。

「あの、あの、あの、私の夫、前田琢巳は大丈夫なんでしょうか」

前田の妻、明日香《あすか》がひかるに尋ねた。ひかるは明日香と向かい合う位置に歩いて行き、告げた。

「場所はほぼ特定できているようです。今、救出に」


晴原は指揮車輌のモニター前で、佐竹たちからの報告を待っていた。

「まだ時間がある。間に合う」彩はほとんど祈っている。

「正直、かなり厳しいと思っていたんだけどな」山形は冷静だ。

晴原はモニターの前から離れ、ノートパソコンに向かい解析を続ける。彩は晴原のそばに行き、じっと見つめた。

「なんだ？」

「先生の課題、答えがわかりました。救助が完了したらお話しします」

「いいから今言ってみろ」晴原は解析の手を休め、彩の方を見た。

「天気予報は私たちの毎日の生活に欠かせないものです。でも何より、命を守るためにある。天気予報は誰かの命を守るためにある」

「その通りだ。でも予測だけでは救えない。だからＳＤＭが必要なんだ」

晴原の言葉を、彩は考えていた。

「いつまでそんな薄着でいるつもりだ？　そこにかけているのを使え」

晴原はＳＤＭのジャンパーを指した。「雲田のはそれだ」

彩は指揮車輌の隅の方にかけてあるジャンパーの方に歩いて行った。そして、不意に晴原の方を振り返った。

「今、初めて名前呼んだ」

彩はそう言うと、ジャンパーに腕を通し「あったか～い」とほほ笑んだ。

晴原と彩の会話を、対策本部のメンバーたちも聞いていた。

「未来の精鋭になるかもしれない仲間が加わったみたいですよ。きっと晴原くんにとって、彼女は必要な存在になる」上野は園部を見た。

「浮かれるのはまだ早い。災害は常に計算できない。それは晴原もわかっているはずだ」

園部は厳しい表情を崩さずに言った。


「あと一名」

晴原はモニターを見つめていた。


救助されたエンジニアたちはこれから病院へ向かうと、ひかるは家族たちに説明をしていた。明日香は机の上にあるＳＤＭのタブレットをのぞいてみた。

『ＳＤＭ隊員』の欄で、目を留めた。

「佐竹尚人？」

明日香は思わず声を上げた。


佐竹と優吾は雪崩ポイントの走路の先で、ビーコンを手に捜索を続けていた。反応はない。

「リミットまであと五分程度。必ず助け出す」佐竹は厳しい表情で決意を口にした。

前田琢巳……その名前には覚えがある。佐竹は娘の明日香から送られてきた一枚のハガキを思い出していた。『この度私たち結婚しました』と結婚式の写真がプリントされていて、ウェディングドレス姿の明日香と、前田琢巳が笑顔で写っていた。

『一度ぐらい琢巳さんに会ってください。明日香』と手書きのメッセージが添えてあったが、佐竹は会いに行かなかった。でも今は、なんとしても会いたいと願っている。

「隊長！」

優吾の声に、佐竹は現実に戻った。

「どうした？」

佐竹は優吾が立っている位置まで行き、優吾の視線を追った。

「最後の要救助者発見」佐竹は無線で報告した。

『急いで救助を』晴原の声が返ってくる。

「崖ぎわで今にも落ちそうだ」佐竹が伝えた。前田は、崖っぷちに生えている細い木のそばで、ぎりぎり上半身が残っている状態だった。だが意識はもうろうとしているのだろう、どうにか引っかかっているというところだ。今にも落ちそうだと確認できる。

「この先は足場が崩壊する危機があります。慎重に救助しないと、風にあおられてたいへんです」優吾は言った。

　ザザザ……と音がし、前田の体が落ちていった。佐竹は弾かれたように走り出した。

「隊長？」優吾の声が聞こえたが、佐竹は足を止めず、滑り落ちる前田の腕をつかんだ。もう一方の手で、すぐ近くの細い木をつかむ。前田はもうほぼ残っていない力で、佐竹の腕をつかんだ。佐竹は踏ん張り、前田を引き上げた。体を確保し、あともう少しというところで、崖周辺の雪が崩れた。足場を失い、二人はそのまま滑落した。

「隊長！」


　現場からの映像が途絶えた。

「何があった……？」晴原は問いかけた。

『滑落した。要救助者を庇って佐竹隊長も一緒に』優吾の返答に、誰もが言葉を失った。


　優吾は視界がきかない中、崖下付近に慎重に近づいて行った。崖のせり出した部分に前田と佐竹が滑落している。

「十メートル下の崖の中腹に二名とも滑落。現地点から二人の容体は不明。崖は崩壊危険があり接近不能。ヘリで救助するかしかありません」

そこに強烈な吹雪が襲ってきた。

『リミットだ。この吹雪じゃ、ヘリは飛べない』晴原が言う。

「二重遭難……救助不能……」

吹雪の中、優吾は進むことも戻ることもできずにいた。

『これ以上リスクは取れない。レスキュー隊は撤退するしかない』

本部の園部の声が聞こえてきた。晴原はパソコンの画面を凝視していた。考えをまとめるために、目を閉じる。

『人は無力』『自然災害の脅威』『予測不能の災害』『未曽有の危機』『避けられなかった悲劇』『自然の驚異に人は逆らえない』……など、無数の言葉が次々と浮かび上がってきた。

*

五年前――。

晴原は被災地の遺体安置場所にいた。遺体のそばに座りこみ、灯の顔を見た。額や頬に傷があるが、まだ生きているようだった。

「灯……」

呼びかけても、灯は答えない。

「天才だと言っていた」

遺体の傍らに座っていた園部がつぶやいた。

「晴原柑九朗は誰よりも正確に答えを出す。数学の力を使って、どんな気象予測の難題でも答えを導き出す」

園部の言葉を、晴原はうつろな顔つきで聞いていた。

「間違えたのか」

問いかけられたが、答えられなかった。

「君は予測を間違えたのか」

胸をえぐられ、言葉を発することができない。園部は、一つ息を吐いてから続けた。

「ただ、わからないのは一時避難した公民館で、灯は全員にそこで待機するように指示した。しかし、この子自身は避難先から一人出て、危険区域に向かっていったそうだ。なぜそんな行動をとったのか……」

「最後の言葉」

園部は声を殺して泣いていた。

晴原は絞り出すように言った。

「それもわからないんです。話があるって、灯が。俺が家を出るとき言っていたんです。『奇跡』だって……」

「妊娠していたんだ」

晴原は驚いて顔を上げた。

「娘のお腹には、きみとの子どもがいたんだ」

園部の言葉に、晴原はより深い後悔と絶望に襲われ、泣き崩れた。

「ごめんな……」

晴原は冷たい灯の顔に触れた。

＊

晴原は指揮車輛の外に出て、目を閉じた。

『明日の命を守り抜く。いつも通りの朝を迎えるために』

ノートに書いてあった灯の言葉を思い出す。

「全力で抗ってやる。理不尽、不条理に。あたりまえの朝を迎えるために……」

「先生」彩も車から出てきた。

「まだ終わっていない。必ず助ける」

晴原は目を開け、目の前にそびえる雪山と対峙《たいじ》していた。

佐竹と前田は、崖から落ち、倒れていた。

二人とも動かなかった。救助は不可能だ。

吹雪の中でなすすべもなく立っていた優吾は、三年前のことを思い出していた。

＊

三年前――。レスキューに配属されたばかりの優吾は、署内で筋トレをしていた佐竹を見つけて駆け寄り、声をかけた。

「自分はこの命、かつて佐竹隊長に救ってもらったんです」

佐竹の背中に向かって、直立不動のまま続けた。

「覚えていらっしゃいますか。自分が中二のとき、冬の奥多摩で遭難。隊長に救助していただいたあの日から、レスキュー隊員になりたくて志願したんです……」

「死ぬぞ」佐竹はなんの感慨もなく、背中を向けたまま言った。

「おまえみたいな奴が真っ先に現場で死ぬ」佐竹は立ち上がり、優吾に問いかけてきた。

「レスキューの使命はなんだ？」

優吾は答えられず、黙っていた。

「自分自身が生きて帰ることだ」佐竹は言った。

「……自分自身、生きて帰る」優吾はその言葉を繰り返した。まだ経験の浅い優吾には、導き出せない答えだった。

「助けられない命がある。それを心に刻み、次の任務に当たり、また命を救うんだ」

佐竹に言われて以降、優吾はその言葉を忠実に守ってきた。

*

「……地上からのアプローチは不可能。吹雪でヘリも飛べない。レスキュー隊は撤退。撤退します」

優吾は撤退を決断し、思いを振りきって歩いてきた道を戻った。

指揮車輌に戻ると、晴原が黙々と解析を続けていた。

「吹雪はいつ止むんですか」優吾は晴原に尋ねた。

「それがわからないかぎり、救助のしようがない」

「わからないことはわかっている」晴原は画面に向かったまま返答した。「気が散る。しばらく話しかけるな」

そのとき、指揮車輌のドアが開き、ひかるが一人の女性を連れて入ってきた。

「要救助者、前田琢巳さんの奥さんです。佐竹隊長のことでお話が」

「父なんです。佐竹尚人は私の父なんです」

前田の妻・明日香は、佐竹の娘だという。晴原以外のその場にいた全員が、明日香を見た。

「小学生の頃に母と離婚したんです。あの人にとってはレスキューが全て。半年前、結婚式のときも緊急の呼び出しで来なかった。まだ一度も夫と会ったことさえないんです」

「でも佐竹さんは、気づいていた?」

彩が言うのを聞きながら、晴原はモニターに要救助者リストを表示した。佐竹と前田、二人の写真と名前が表示される。

「間違いない」優吾はヘリでタブレットを凝視していた佐竹を思い出していた。

「だから危険な状況なのに、身体が動いた……」彩の言葉に、優吾は黙り込んだ。晴原は解析を続けつつ、優吾の表情をチラリと見た。

「父が夫のそばにいるなら大丈夫ですよね。家族を犠牲にして、レスキューに人生を懸けてきたんです……大丈夫ですよね、助かりますよね」

明日香は優吾に問いかけてくる。

「ホテルの方で待機してください。状況が進展次第、お伝えします」

優吾はそれしか言えない。明日香はひかるに促され、ホテルに戻って行った。

「……ああー、ホント苦手、こういう重たいの」一人離れた場所にいた山形が、解き放たれたようにため息をついた。

「ううっ」

崖下で佐竹は意識を取り戻し、目を開けた。すこし離れた場所に、前田が倒れている。

「こちら佐竹！　こちら佐竹！」

無線機は故障しているのか、まったく反応しなかった。

優吾と明日香のやりとりを無線で聞いていた本部では、園部が厳しい表情を浮かべていた。

「ＳＤＭレスキュー隊長が二重遭難。レスキューでは、一番やってはいけないミスだ。しかも身内を助けようとして」

「マスコミから現時点での状況について、会見を求める連絡が入ってきています」上野が伝える。

「わかった」園部は本部を出て会見場に向かった。

指揮車輌の中は、晴原が解析を続けるタイピング音だけが響いていた。

「こんなときになんですが、握り飯と豚汁できました。ぬか漬けは自家製です」

ひかるが中央のテーブルに食事を置いた。

「いや、さすがにこんなときになんだと思うよ」山形は言ったが、晴原は手を止めて立ち上がり、お椀を手に席に戻った。

「その一段落した感じ、吹雪がいつ止むか分かったんですね」

彩が言い、優吾たちも期待の目で晴原を見ている。

「陸上競技やマラソンの世界大会、興味あるか」

晴原が唐突に発した言葉の意図が、彩にはわからない。

「俺は興味が持てない。見ず知らずの他人が競い合うのを見て、何が楽しいのか。愛国心などないのに、なぜ自分の国だからという理由だけで応援できるのか」

「先生、なんの話ですか」

「でも注目すべき箇所をある人に教えてもらって、途端に興味が湧いた。大会を支える舞台裏の人間だ。計時計測するタイミングチーム。百分の一秒の違いで、順位や記録更新に大きな影響を与える。絶対の基準があってはじめて、アスリートは全力で戦える。でも機械に絶対はない。だからこそあらゆる事態を想定しつつ、全力で向き合う。それと同じだ」

晴原は一度言葉を切り、車輌内を見渡した。

「ＳＤＭのメンバーが全力を発揮する。そのためにも絶対はない気象予測の、絶対を導き出すことが俺の使命だ」

「ええっと、それで吹雪はいつ止むんですか」彩が焦《じ》れたように言う。

「まだ使命を果たす段階じゃない」

「つまりわからないってことですね」

その質問には答えず、晴原は豚汁を食べ始めた。

「（ひと言わからないって言えば済む話。場の空気読め）」彩が中国語で非難した。

「晴原さん、理屈っぽいってよく言われない？」ひかるが呆れ顔で晴原を見ている。

「研究者の宿命だ」

晴原が言ったとき、再びアラート音が鳴り響いた。

『こちら本部。避難指示を出した山間エリアで、救助要請の入電あり。母娘が車で移動中、突然の吹雪に見舞われ道路脇の吹き溜まりに突っ込んでしまったとのこと』三崎が報告した。

『氏名は下村《しもむら》真帆《まほ》、三十五歳。娘は百合《ゆり》、十二歳』梨紗子が情報を加えた。

『場所は県道90号線の竹宮。この悪天候で地元の警察消防は各方面への対応に追われ救助は困難。ＳＤＭ事案かどうか、現場の判断を仰ぎたい』

本部からの連絡を受け、晴原は気象データを確認した。

「今後さらに強烈な吹雪になる」

「地形的にも谷間の出口になっていて風が強まりやすい。これはかなり緊急を要するね」

晴原は気象図を、山形は地図を見て言った。

「でもこっちも要救助者が」彩が声を上げたが、

「佐竹隊長たちの救助は断念。我々はそちらに向かう」優吾はきっぱり言った。

「ずいぶんと諦めが早いんだな。このまま見殺しか」そう言って晴原は立ち上がり、優吾を呼び止めた。優吾は振り返り、晴原のもとに歩み寄った。

「あなたはここで指示するだけ。どんな思いで私たちが現場から撤退したかわかりますか。ヘリを飛ばせない以上、救う方法がないんだ。救えない命より救える命に向き合う。ただそれだけ」

　厳しい目を向ける晴原に、優吾が続けて言った。

「命を救うことに取り憑かれて、自分は誤った判断はしない。県道90号線に向かいます。要請を受けてください」

　二人は顔を突き合わせていたが、晴原は無言で腰を下ろし、モニターに目を戻した。

「対処に当たる。ＳＤＭ案件だ」

　優吾たち救助隊員が外に出ると、落ち着かない様子で外にいた明日香が駆け寄ってきた。

「今から救助に向かってくれるんですか？」

「いえ、別の新たな救助要請のため、ここを離れます」

「待ってください。どうして？　助けてください。お願いします」

　取り乱す明日香を、指揮車輌から出てきた彩とひかるが優吾から引き離した。ひかるが「大丈夫ですから」と、明日香をホテルに連れて行く。残った彩は優吾の胸に手を当てた。

「救ってきてください」

「えっ」優吾は彩のまっすぐな目を見た。

「命を救ってきてください」

園部大臣の記者会見の様子が、ＳＤＭ本部のモニターに映し出された。

『……ただ、今のところ大きな被害は確認されていないということです』

園部は佐竹のことは触れずにいたが、記者から質問が飛んできた。

『ＳＤＭレスキュー隊長が要救助者とともに、崖下に滑落したという情報が入ってきていますが。しかも身内を助けようとしたとか。現場の判断に任せたため起きたことではないのですか。どう責任を取るおつもりですか？』

園部は返答に窮している。

「どうして情報が？」梨紗子がモニターを見てつぶやいている。

「誰かがリークした……」上野が首をかしげていると、

「リークではなく、危機管理の一環です」と、言いながら総務大臣の立花が入ってきた。

「ＳＤＭは、本来とは違うオペレーションで災害対応に当たっています。それが正しいのかどうか。国民に情報を開示し、是非を問わなければなりません」

「物は言いようですね」上野は立花を睨んだ。

「言いようですよ、政治家ですから」立花はフフ、と笑った。

「最初は何事もトラブルはつきもの。園部大臣にお伝えください。健闘を祈ります」

それだけ言うと、立花は本部から去って行った。

雪崩現場の崖下では、佐竹が痛みをこらえながらどうにか体を起こし、前田のもとに這って行った。

「今起こします。いきますよ、一、二、三！」

「……すいません」前田は微かに意識があるようだ。

「今、持ち上げますから」佐竹は前田の体を支え上げ、ハーネスを装着し、背負った。転落した場所からなんとか這い上がろうとしたが、つかんだ場所の雪が崩れ、二人は再び滑り落ちた。

吹雪が強まる中、優吾たちは県道の雪の吹き溜まりの中に突っ込んでいる車を発見した。どうにか雪をどけ、窓越しに中をのぞきこむ。

「こちら消防班、園部優吾。県道90号線、救助要請地点に現着。ただ車内には誰もいない」

優吾は報告しながら、車の中を確認していた。

「ガソリンが切れている。暖房が長く使えないと判断し、どこかに一時的に緊急避難しようとしたと思われる。携帯も繋がらない」

『避難途中に猛吹雪に巻き込まれて遭難したのかもしれない。周囲の捜索を』

晴原の声が返ってくる。

「周囲の確認！」優吾は隊員たちに指示を出した。だが吹雪はさらに激しくなり、あたりは真っ白だ。

「ダメだ……。まるで方向感覚がなくなる。要救助者がどこに向かったかわからない」

『諦めるのがやっぱり早いな』晴原が言う。『俺が導く。現場の気象条件に鑑みて、徒歩なら二百から三百メートル圏内。最大風速二十メートル毎秒、最大瞬間風速は四十メートル毎秒。気温はマイナス三度。風速が一メートル増せば体感温度は一度下がる。寒さは想像を絶する。風が強く息をすることすら難しい。風が弱いエリアに自然と足が向かったはずだ。つまり北東……』

激しい吹雪の中、優吾は必死で晴原の言葉に耳を傾けた。

『北東方面二百から三百メートル圏内に何がある？』晴原が山形に尋ねている。

『北東には吹雪をしのげる森林がある』

『そこに要救助者はいるはずだ』

「至急そちらに向かいます」優吾は応え、隊員たちと北東に向かった。


「すごい。気象学で人の行動までわかるんですね」彩は驚いていた。

「空気だ。気象次第で性質が変わる。それを読み解けば、人の動きも見えてくる」

「場の空気は読めないくせに？」

「は？」

「独り言です」彩は晴原から目を逸らした。二人のやり取りを聞いて山形とひかるは顔を見合わせ、噴き出していた。

「レスキュー隊です！　声が聞こえたら返事！　物を叩くなど合図してください！」

優吾たちは森林を進んでいた。呼びかけているが、応答はない。

「要救助者、見当たりません」最後尾を歩く隊員が声を上げた。

「ホントにここなのか？」「気温が下がってきた」「園部さん、このままでは危険です」

隊員たちが次々と不安の声を上げるのを聞き、優吾は考えた。

佐竹さんだったらどうするだろう。佐竹さんだったら……。

*

──「目を閉じ、深呼吸して空を見る」

佐竹の声が、突然優吾の頭の中に蘇ってきた。

「追い詰められたとき、俺はいつもそうする」

いつだったか、屋外で訓練をしていたときの休憩時間だった。

「今まで積み上げてきた血反吐《ちへど》を吐く訓練を思い出す。やれないことはないと自然と勇気が湧く」

急にそんなことを言い出した佐竹を優吾はじっと見つめた。なんだ？　と問われ、優吾は言った。

「いえ、現場で隊長のその姿をよく見るなと思っていました。いつも涼しい顔してミッションをこなしていると思っていたんですが、けっこう追い詰められていたんですね」

生意気なことを言った優吾に、佐竹は照れ笑いを浮かべながら腹パンチを繰り出した。

＊

あのときの佐竹の言葉を思い出しながら、優吾は雪が舞い散る森林の中、目を閉じた。痛いほどに冷たい息を慎重に吸い込み、吐き出し、空を見上げる。心を整え、目を開けて改めて周囲を観察する。

「この吹雪では、われわれも立ち往生する！」

「引き返しますか？」「一時退避を決断してください！」

隊員たちが優吾に指示を仰いだそのとき、目の端に微かな違和感がよぎった。優吾は走り出した。白い雪の上に、ピンク色のフードがわずかに見えている。駆け寄り、雪を払うと、下村真帆、要救助者の母親が娘の百合を抱え込むようにして、倒れていた。

「大丈夫ですか？　聞こえますか？」母親と娘に声をかけながら、報告した。

「要救助者発見！　意識あり。低体温症の恐れはあるが、そのほかは大丈夫です」

『車輌停車位置に救急車を向かわせています』本部の梨紗子が告げる。

「そこまで連れて行く！」優吾はすぐに応えた。

彩はボードに記された要救助者のうち、発見された『下村真帆、下村百合』の名前を棒線で消した。残っているのは『前田琢巳』と『佐竹尚人』だ。

「崖から滑落した二人は、吹雪が止まない限りどうしようもないんですよね」

彩が尋ねたが、晴原は黙々と解析を続けている。

「解析はまだ時間かかるんですよね。二人はあとどれぐらい耐えられるんですか」

「現場の気温はマイナス十度。持って日が暮れるまでだ」晴原は答えた。


崖下で、佐竹は保温シートを広げて前田をくるんだ。体温を保つようにしているが、雪は容赦なく降り続け、強い風が吹きつけてくる。自分が置かれているのがどういう状況かというのは、佐竹自身がよくわかっている。佐竹は追い詰められていた。


彩とひかるはホテルのロビーにいる明日香のもとに行った。温かいチョコレートドリンクを勧めると、明日香は一口飲んだ。

「いってらっしゃい」明日香がつぶやいた。

「夫を見送ってまだ数時間しか経っていないんです。早く鉄塔を修理しないとみんなが困る。でも、雪山だし寒いよなって。じゃあ、晩ご飯、鍋にしようか。海鮮鍋がいいかなって……」

明日香は涙をぽろぽろこぼした。

「もしかしてこのまま……。ほかの人たちは助かったのに、どうして夫だけが……」

悲嘆に暮れる明日香を見ていた彩は「どうして私なの……？」という姉の真紀の言葉を思い出していた。

＊

「もう二度と歩けないって……」

三年前、病室に見舞いに行った彩に、真紀は言った。

「どうして？　ねえどうして？　ねえ、なんでこうなるの？」

真紀はピクリとも動かない自分の足を、掛布団の上から何度も叩いた。

＊

「なんで……どうして……被災したとき、その答えがあるとしたら一つです」

ひかるの声に、彩は現実に戻った。

「あ、私、災害遺児なんですよ」

「えっ？」彩は目を見開いた。

「驚きすぎ。ＳＤＭに関わろうなんて考える人間は、いろいろ抱えてるほうが普通でしょ。とにかく昨日今日会った人に、こうやってさらりと言えちゃうようになってわかったんだよね。答えが」

ひかるの次の言葉を、彩と明日香は待った。

「ただただ運が悪かった。残酷ですけど、それが唯一の答えです」

彩とひかるは指揮車輌に戻った。

「せっかく認めてもらってこのジャンパーもらいましたけど、ここにいて私、役に立っていますか？」

彩は晴原の背中に問いかけた。

「むろん役立たずだ」

「さっき奥さんの話を聞いて、胸が張り裂けそうになりました。なんとかしたい。役に立ちたい。でも私にはその力がない。皆さんにはある。成し遂げなければいけない責任とか使命とか、そういうの。それがないのがなんか悔しくて……」

「ならどうすればいい？　雲田がＳＤＭにいる存在理由はなんだ？」

彩が答えに詰まっていると、本部から無線が入った。

『もともと降雪があった海岸沿いで停電の入電あり』

「海岸沿いの塩分を含んだ雪は電気を通しやすく、フラッシュオーバーを起こす確率が高くなる。状況から見て、大規模な停電が起きる」晴原が告げた。

「一難去って一難。次から次へと」山形が言うと、

『それが災害の常』無線から、上野の声が聞こえてきた。

「停電に関して本部で対応可能ですか」晴原は本部に尋ねた。

『了解。こちらで対処する』

再び解析に戻った晴原の脳裏に、吹き荒れる風が浮かんできた。右の拳を握り、左手で包んだり開いたりしながら、目を閉じて考え続ける。

『本部より、当該地区で信号機消灯の情報あり』三崎が、現地から入った情報を伝える。

『その周辺はアイスバーンが起きている可能性あり。警察は誘導のため、人員を派遣してください』上野が指示を出す。

『こちら本部。消防班、救助要請入電あり』梨紗子が消防を呼んだ。

『こちら消防班、どうぞ』たった今、下村親子を救急車に運び終えた優吾が応える。

『市民ホールにて、暴風雪による停電のためビル内のエレベーターに閉じ込められたと通報あり。要救助者は、四名。現在、各方面対応が遅れています』梨紗子が続けた。

『そこから現場に向かえますか？』上野が優吾に尋ねる。

『了解。至急急行する』

優吾が応えたのとほぼ同時に、晴原は頭の中で数式を導き出し、手の動きを止めた。

「待て。こちら晴原。園部優吾、おまえを中心にこちらに数名戻って来てもらいたい。もう一つの救助にも人員を割いてくれ」

『もう一つの救助？』

「救うべき命があるだろ。佐竹尚人、前田琢巳だ」

晴原の口から出た名前に、無線を聞いている全員が沈黙した。

「吹雪がいつ止むかわかった。ヘリを飛ばせる」

　晴原は決意の表情で言った。


　崖下の佐竹は、前田の額の傷を手当てし、救急絆創膏を貼った。貼り終えると同時に意識が朦朧《もうろう》とし、佐竹はそのまま倒れた――。


　優吾たちが指揮車輌に戻って来た。晴原は待ちかまえていたように、優吾を見て告げた。

「今から二十分後、一時的に滑落ポイントで風が弱まる。その瞬間を狙えば救助できる」

「それは具体的に何分ですか」優吾は冷静な口調で尋ねた。

「おそらく十分程度」

「おそらく、ですか。絶対はない気象予測の絶対を導き出すんじゃなかったんですか。この状況で予測が間違えば、何が起きるか。自分の判断で人が死ぬかもしれないんですよ。同じ過ちを繰り返す気ですか」

　優吾は問いかけたが、晴原は黙っていた。二人の間に重苦しい空気が流れる。

「……五年前のことを言っているのか」

　黙って聞いていた晴原がおもむろに口を開いた。

「五年前のことを言っているんですよ。灯さんは、俺にとって本当の姉のような存在だった」

　優吾はところどころ言葉を詰まらせながら続けた。事情のわからない彩は戸惑い、ひかると山形を見た。でも二人は口を結んでいた。

「あなたは重ね合わせている、被災者家族と自分の経験を。大切な人を失う絶望を味わわせたくない。あなたが経験したあの耐えがたい痛みを……」

　優吾は晴原を指さしながら迫ってきた。

「救助には行けません。命を懸けても、命は捨てない。レスキューの使命は、ほかでもない自分自身が生きて帰ること。今この状況で救助に向かえば私は……佐竹さんに『失格』だと言われる。撤退する勇気を持つほうがはるかに難しいんですよ」

　優吾は思いを吐き出した。周りにいる隊員たちは唇を噛みしめ、うつむいている。イヤホンからも何も聞こえてこない。

「頑なに反対してくれて感謝する」晴原は言った。

「おまえの言う通りだ。おそらくじゃ命を懸けられない、懸けてもらっちゃ困る。さらに精度を上げる。風が弱まる正確な時間を俺が導き出す。俺も現場に同行する。ヘリに同乗する」

　晴原に背を向けていた優吾が硬直した表情で振り返った。

「ほんの僅かな兆候も見逃さない。現場で撤退すべきかどうかを読み切ってみせる。『命を懸けても、命は捨てない』レスキューの使命は俺が守り切る」

「本当にできるんですか」優吾は晴原に一歩近づいた。

「今まで救えなかった命、零《こぼ》れ落ちていった命。でもＳＤＭだからこそ救える命がある。俺はそう信じている」

晴原が確かな声でそう言うと、優吾は振り返って隊員たちを見た。視線が合うと、全員がいっせいに頷いていた。優吾は一つ息をつき、本部に告げた。

「我々は、晴原統括責任者とともに救助に向かいたいと考えます。ただし、万が一のことがあれば間違いなくＳＤＭは終わりです。現場の判断にゆだねてよろしいんでしょうか。本部長の是非を仰ぎたい」

しばらくすると、本部から園部の声が聞こえてきた。

『是非を仰ぐ必要はない。ＳＤＭは、現場の決定に本部が従う。思い通りにやればいい』

「行くぞ」晴原が言うのとほぼ同時に、優吾は「了解」と、応えた。

吹雪の中、ヘリは離陸した。ぎりぎり飛べているが、かなり視界は悪い。機内も激しく揺れている。

「気流が悪くて機体が安定しません。これ以上近づくのは無理です」操縦士が言う。

「もうすぐだ」

晴原はノートパソコンと窓の外の状況を交互に見ている。優吾は隣の席からパソコン画面をのぞきこんでいた。

「来る。今だ！」

晴原の言葉通り、吹雪が一気に弱まって、凪《なぎ》状態になった。

「風がおさまった」優吾は驚きの声を上げた。

「この機を逃すな！」晴原が言い、優吾は「降下地点に侵入！」と操縦士に指示を出した。

「了解！」ヘリが高度を下げていく。徐々に、崖下が見えてきた。

「直下三十メートル下、要救助者を確認」

優吾は滑落ポイントにいる佐竹たちを見つけた。米粒ぐらいの大きさだが、佐竹のオレンジ色のユニフォームが見える。

「リミットは九分」と晴原が伝えた。「降下準備！」隊員たちは救助用のワイヤーを準備し始めた。ヘリコプターが着陸できない山岳地域などの救助活動の際は、ヘリコプターが空中停止した状態で、機体に装備しているホイスト（ウインチの一種）先端にフックのついたワイヤーを伸長し、救助員や救助用担架を降下させて救助する。

ワイヤーを装着した優吾は親指を立ててＯＫサインを出し、救助ハーネスを持って体を外に出した。晴原は視線を合わせ、頷いた。

「降下開始！」ワイヤーを操作するホイストマンが優吾に伝えた。優吾の体が、空中に吊るされる。

「ガスト！　突風が来る、揺れるぞ！」

晴原が声をかけてきた。ガストとは、風速が短時間に不規則に変化する現象だ。

「了解！」優吾はしっかりとワイヤーをつかみ、慎重に雪上に降り立った。

「前田さん、聞こえますか？」

まずは保温シートにくるまっている前田の状態を確認する。

「はい」かなり弱い声だが反応はある。

「隊長！　隊長！」倒れている佐竹を揺すると、微かに目を開けた。

「要救助者二名、意識あり。引き上げは、前田琢巳、佐竹隊長の順で行う」

前田の体から保温シートを取り、救助用ハーネスを取り付ける。

「ハーネス付けますね。腕、上げられますか。下、通しますね……ハーネス完了」

前田に声をかけながらチラリと佐竹を見ると、目がうつろだった。優吾は焦りながらも、下りてきたワイヤーに自分と前田のハーネスを固定した。ヘリに向かって親指を立てる。

「救助開始！　ワイヤー巻き上げ！」

ホイストマンの合図で、前田を抱えた優吾はヘリコプターに引き上げられた。

「到着！　一人目救助完了！」

隊員に前田を引き渡し、優吾も機内に戻る。

「予想以上に風、雪ともに強まっている。予測より再び吹雪が来るタイミングが早まった。あと二分で視界ゼロ。ヘリも操縦不能に陥って墜落する」晴原は優吾に情報を伝えた。

「もう時間がありません。二人目の救助は無理です。離脱しましょう」操縦士が声を上げる。

優吾は晴原の顔を見た。

「――急げ！」

晴原の言葉に押し出されるように、再び体を機内から外に出した優吾に、晴原が敬礼してきた。そして優吾にパワーを送るように勢いよく手を放した。優吾も思わず敬礼を返した。

「降下開始！」ホイストマンの声と同時に、優吾は降下していった。雪の上に降り立ち、急いで佐竹にハーネスを取り付けようとしたが、完全に目を閉じている。顔を近づけると、息がない。首筋に手を当てたが、脈もない。

「要救助者佐竹尚人、ＣＰＡ……呼吸が止まっている」

「引き上げて離脱してから蘇生を」ホイストマンが声を上げた。

「それじゃ手遅れになる。引き揚げ開始まで猶予は一分弱」

晴原はヘリのドアから顔を出し、無線からではなく、優吾に聞こえるよう声を上げた。

「あと一分、時間はある！」

晴原の声を聞いた優吾は目を閉じ、深呼吸した。そして空を見上げた。先ほどからずっと同じ、真っ白な空だ。でもそこにはヘリから身を乗り出している晴原がいる。

「この場でリミットまでCPR蘇生措置を試みます！」

　優吾は心臓マッサージを始めた。

「限界です！　ホバリング維持できません！」操縦士が言った。

「あと三十秒待て！　まだいける！」晴原が揺れる機体から身を乗り出し、叫ぶ。

「死ぬな。戻って来てください」

　優吾は一心に心臓マッサージを続けた。

「生きて帰るんです。帰りを待っている人がいます。戻って来てください！　レスキューの使命を、使命を果たしてください！　戻って来い!!」

　優吾は拳を振り上げた。

「園部！」晴原が呼ぶ声が聞こえたが、優吾は佐竹の心臓を強く殴打した、すると、佐竹がピクリと反応し、咳《せ》き込んだ。

「心拍再開！」

「時間だ。急げ！」晴原が叫ぶ。優吾は急いで佐竹と自分の体をワイヤーで固定した。

「引き上げ開始！」

　ワイヤーが引き上げられたが、風が強まってきた。機体もワイヤーも激しく揺れ始めた。突然装置が停止し、優吾たちは宙吊りになり、振り子のように左右に揺れた。

「ホイスト巻き上げ不能！」

ホイストマンは叫んだが、晴原が身を乗り出し、左手でドア上のグリップをつかみ、右手を伸ばしてきた。優吾は風に揺られながらも、晴原の手をつかんだ。

「よし！」ホイストマンも身を乗り出し、晴原と共に優吾たちを機内に運び込む。

「引き上げ完了！」

隊員が声を上げ、晴原が「急速離脱!!」と指示をした。ヘリは急発進した。黒い雲が迫っている。巨大な黒い雲が、ヘリを呑み込んだ。


「先生！」彩が叫んだ。

指揮車輌内のモニター映像は、黒い雲に覆われてヘリの姿はまったく見えない。彩たちは静かに状況を見守るしかなかった。無線からは何も聞こえてこない。

『通信……不能』本部の三崎が声を上げた。

誰もが目を見開き、息を呑んでいたが――。

『――こちら晴原、離脱成功。要救助者二名とも無事だ』

ようやく、晴原の声が聞こえてきた。

「よっしゃー！」山形とひかるは顔を見合わせてハイタッチしようとしたが、ひかるは手を引っ込め、彩と喜び合った。

霞が関のＳＤＭ本部でも歓声が上がっていた。

「さすが晴原くん、完全に読み切った」上野が言うと、園部もほんの微かに笑みを浮かべた。

「エレベーターの救助も無事に完了したそうです！」三崎が報告を上げた。

「停電も今夜中に復旧の予定だそうです」上野のもとにも、一報が入った。

「綱渡りだな」園部はすぐに真顔に戻っていた。

「でも、渡りきりました」

「まだまだＳＤＭには課題が山ほどある」園部はあくまで冷静だった。

夕方、晴原たちを乗せたヘリはヘリポートに到着した。待機していた明日香が、ストレッチャーでヘリから救急車に移動する前田に駆け寄って行く。

「おかえりなさい、あなた」

声をかけると、前田はほほ笑み、頷いてみせた。明日香は振り返り、ゆっくりと佐竹のストレッチャーに近づいた。

「お父さん、よかった。ホントよかった」

明日香は佐竹の手を握った。佐竹はゆっくりとしか動かないもう一方の手をどうにか伸ばし、明日香の手に重ねた。

「本当にありがとうございました」明日香は近くにいた晴原と優吾に頭を下げた。

「ご迷惑を……」佐竹は声を詰まらせた。「申しわけない」

「誰も悪くありません。誰だって、いつ災害に巻き込まれてもおかしくないんです。生きていてくれて、ありがとうございます」晴原は深々と頭を下げた。

救急隊員たちが声をかけ、佐竹と前田は搬送されて行った。

「あんな顔するんですね」明日香と一緒に来ていた彩が、突っ立っていた優吾に言った。

「えっ」優吾は彩の視線を追い、晴原を見た。晴原は遠ざかる救急車を穏やかな顔で見送っている。

「外面仕様じゃない笑顔。でもなんだか寂しそう」

彩の言うように、晴原は笑っていたが、目が寂しさをたたえていた。

気象庁気象研究所に戻ってきたのは、もう夜明けの近い時間だった。

「おっそろしく長い一日でした。疲れたー」

第六研究室に入るなり、彩は伸びをした。晴原はパソコンのモニターをチェックし、窓の外に目をやった。

「先生、私、力をつけます。気象のこと、全力で勉強して詳しくなる。誰かの命を救うために」

彩は晴原の背中に決意表明をした。「それがＳＤＭにいる存在理由です」

「早く帰って、休め」

晴原はゆっくりと振り返って言い、研究室を出て行った。

晴原が屋上で空を見ていると、彩が追ってきた。

「先生、聞いてもいいですか。灯さんという方のこと」

彩は晴原の隣に立った。

「かけがえのない人だった。五年前の関東南部豪雨のときに亡くなった」

「ある人。ときどき、ある人に教わったって、先生言ってますよね。それって……」

「灯のことだ。大学時代に灯と出会い、彼女を通して外の世界が見えたような気がした。気象学にも導いてくれた……」

そこまで話したところで、晴原は黙った。

「雲田、見逃すなよ」

「え」

その瞬間、周囲が、空と街全体が、青く染まった。

「青い！　きれい……！」

「ブルーモーメント。日の出前と日の入り後に見られる大気光学現象の一つで……」

「すごっ、あたり一面が真っ青！　先生、すごい！」

彩は晴原の言葉を遮って、はしゃぎながら空を見渡している。

「あっ、夜が明けます」

「いつも通りの朝」

灯が言っていたように、また今日も、朝を迎えた。

「奇跡」彩がつぶやく。

「えっ」

「それって奇跡ですよね」

彩が屈託のない笑顔で言った。


十年前、灯と一緒にブルーモーメントを見た。

「ブルーモーメントを見ることができるのは、いつも通りの朝を迎えられたから」と言って、灯は晴原の肩にもたれた。

いつも通りの朝。晴原が噛みしめていると「それって奇跡だと思わない？」と、灯は得意げに笑った。

そのときの灯と、彩が同じことを言った。たしかにいつも通りの朝を迎えられるのは奇跡かもしれない。晴原はあの日以来、灯のいない朝を迎えなくてはならなくなったのだから。

晴原は青い空に包まれながら、はしゃいで駆け回っている彩を見てふっと笑った。

園部は、ＳＤＭ本部にいた。医療班統括責任者・志賀《しが》浩一郎《こういちろう》のプロフィールを読み込んでいると、立花が入ってきて声をかけた。

「危ういところもあったようですが、順調な滑り出しですね」

「初の女性総理、それだけ見てあなたが動いているとは思えない。目的はなんなんですか」

「希望……戸惑い、憤怒……ＳＤＭに対して私が抱く感情です」

立花の言葉の意味することがわからず、園部は顔をしかめた。

「園部大臣のお嬢さん、五年前、関東南部豪雨で亡くなる直前の彼女の行動を、ある週刊誌が記事にしようとした。でも誰かが握り潰した。彼女の身勝手な正義感で失われた多くの命がある。違いますか」

「先生、それは……」

「ＳＤＭが動き出した今だからこそ、真実を公にすべきだと思いますよ」

立花の声は震えていた。

翌日、晴原は佐竹の病室を見舞った。テーブルの上にある新聞には『遭難者10名全員生還　命懸けで遭難者を救う伝説のレスキュー隊員』と記されている。

「園部大臣が美談として情報をコントロールしました。ＳＤＭ消防班統括責任者は伝説のレスキューだと」晴原は言った。

「……伝説のレスキューですか」佐竹は自嘲気味に言い、ベッドのそばに座っている優吾を見た。「おまえの考えを聞かせてくれ」

優吾に向かって佐竹がそう言うのを聞き、晴原はさりげなく病室を出て行った。二人きりになった病室で、優吾はしばらく考えていたが、やがて心を決め、口を開いた。

「今まで数多くの命を救った。でもそれ以上に助けられなかったむなしさに押し潰されてきた。知らず知らずのうちに使命感が暴走し始めていた」

一語一語、絞り出すように話す優吾を、佐竹は黙って見つめた。

「それが今回、形になって現れた。ましてや身内を助けるために、私情から動いた。無謀な行動をする人間はレスキューにはいらない。いてはいけない」

告げた優吾の方が辛そうに、唇を引き締める。

「あの中二坊主がいっぱしなことを」

佐竹はふっと笑った。

奥多摩で遭難した中二のとき、佐竹が現れたときの安堵感と、背負われた広い背中、かけてくれた言葉は、いつだって優吾の胸の中の大切な場所にある。

「一線から身を引く」佐竹は腕を伸ばして優吾の髪をくしゃくしゃにした。

救助してくれたあのときも、佐竹は「よく頑張ったな」と、満面の笑みを浮かべ、優吾の頭を撫でてくれた。今は優吾の方が一回りほど体が大きくなってしまったが、佐竹の手のぬくもりは変わらない。優吾の目から涙が溢れた。

「そんな顔するな。園部優吾、おまえは私の誇りだ」

　笑みを浮かべている佐竹とは対照的に、優吾は涙が止まらなかった。


　晴原が病院の向かい側の公園で待っていると、優吾が出てきた。

「おまえには責任を取ってもらう」晴原は歩きながら言った。優吾の反応はない。

「ＳＤＭは未完成。そんな状況で消防のエキスパートがいなくなるんだ。消防班統括責任者を引き継ぐのはおまえしかいない」

「私は階級が低いし、年齢もまだ若い……」

「階級・年齢に関係なく能力本位で人材を集める。それがＳＤＭだ」

　晴原は立ち止まって、あたりの木立を眺めた。

「俺は最高のチームを作る。あらゆる自然災害に立ち向かうために」

「やっぱりあなたは取り憑かれている」

　優吾は笑みを浮かべながら言った。

「だからそばで止めるやつが必要だろ」

　晴原は仏頂面で振り返り、優吾に右手を差し出した。優吾がニヤリとして右手を出すと、晴原はすぐによけて拳を握る。優吾はその拳に自分の拳を合わせた。

とある総合病院では、医師の汐見早霧が院長室に呼ばれていた。

「ＳＤＭ専属の医療チーム、始動させるそうよ。で、あなたに行ってもらいたい」

「お断りします」

早霧は院長がすべてを言い終える前に、きっぱりと断った。

「災害医療は初期治療がメイン。私は脳神経外科医です。それも、どんな難しいオペも成功させてきたんです」

「ゴッドハンドは過去の話！」院長がきつい口調で言う。

「必ず治して復帰します」

院長室を出た早霧は誰もいない手術室に向かった。脳神経外科手術用の顕微鏡をのぞきこみ、ピンセットを手にオペのトレーニングを始めた。けれど、その右手はかつてのように細かくは動かない。

苛立ちが抑えられず、その場にあった手術用具入りのトレイを払いのけた。

早霧は、思うように動かない右手を見つめた。右肘から手首にかけては、大きな傷跡が残っていた。

3

院長から渡された『SDM専属医療チーム』の資料を手に、早霧は病院の廊下を歩いていた。

早霧の前方に手術室に急ぎ向かう医師たちの姿があった。

「難しい手術になりますが、全力を尽くします」

執刀医が不安げな患者家族に声をかけている。以前だったら、あのオペの担当は早霧だったはずだ。早霧は手にしていた資料を持つ手に力を込めた。

＊

半年前――。

早霧は、次々と難度の高いオペを成功させ、院内外で注目を集めていた。

「私たちが諦めたら患者が死ぬ。必ず助ける！」

常に命と向き合う早霧は冷静さと技術、そして外科医としての自信と矜持《きょうじ》をもっていた。

充実した日々を送っていたある日、病院の中庭で院長と外科部長に声をかけられた。

「スーパードクターでしかできない最高難易度のオペ。その若さで片っ端から成功させるとは、まさにゴッドハンドね」院長は早霧を絶賛した。

「手術依頼が殺到しています」外科部長も早霧には頭が上がらない状況だ。

「すべてお受けしてください」早霧は自信に満ち溢れていた。「この手で救える命があるなら、私は全力で向き合っていきます」

　そのとき、あたりがざわつきはじめた。

「誰かいる」近くにいた人たちが、上を見ている。早霧も視線を追うと、病院建物の張り出した屋根に、早霧がオペを担当した女子高生の患者、久部《くべ》柚希《ゆずき》がいた。頭に包帯を巻いた彼女は、スマホを手に早霧を見ている。息を呑んだ早霧の白衣の中で、スマホが鳴った。

「柚希ちゃん？」

『先生、一日に何回ぐらい考える？　生きたくなったり、死にたくなったり』

「え」

『助けてくれなくてもよかったのにな。先生にもらったこの命。私、いらない』

　柚希は涙交じりのたどたどしい口調で言いながら、一歩一歩、歩き出した。スマホを耳に当てたまま、早霧はあたりを見回した。看護師が大型リネンワゴンを運んでいるのが目に入る。

「ちょっとこれ、貸して！」ワゴンを奪い取るようにして、屋根の下に走った。

　柚希が宙を舞った。早霧はワゴンを押しながら、がむしゃらに走った。中庭に激しい衝撃音が響き渡り、早霧は気を失った。

　しばらくして目を開けた早霧は、すぐに柚希を見た。シーツなどのリネンにまぎれて呻《うめ》いている。助かった。早霧も無事だ。けれど、右手に激しい痛みを感じた。早霧の右手は潰れていた。

早霧は中庭に佇み、まだ以前のようには動かない右手を見つめていた。

「先生」呼ばれて振り返ると、柚希が立っていた。柚希は足に後遺症が残り、杖をついていた。

「後悔しているんでしょ。私を助けたこと。私の命を救ったこと」

暗い目で問いかけてくる柚希に、早霧は何も返せなかった。

*

晴原は、気象研究所近くのカフェのテラス席で上野たちと昼食を食べていた。上野と彩はサラダ、晴原はケバブだ。

「懸案だったSDM医療班。医者は公務員じゃないから、各病院に出動命令ではなく協力要請という形しかとれなかった。でも専属医療チームができたら、自前で人材を確保することができる」上野が言うと「期待しかないですね」と、彩が頷いた。

「不安しかないな」ケバブをぱくつきながら、晴原は即座に否定した。

「冷静に考えろ。この医師不足。どこも人手が足りないのに、優秀な医師を『はい、どうぞ』と、うちに回すと思うか。期待できる要素があるなら言ってみろ」

　気まずい空気が流れたとき、「あの、ハルカンさんですよね」と、女性客が声をかけてきた。

「はい、晴原です」晴原は手元に置いてあったメガネをかけ、爽やかな笑顔で立ち上がった。

「いつもSNSチェックしています」握手を求められ、明るく応じている。

「ありがとうございます」

晴原は彼女たちが行ってしまうとメガネをはずし、仏頂面に戻って腰を下ろす。

「（相変わらずお見事な使い分け）」彩が中国語で言う。

「なんだ、こいつ」晴原は手元に置いてある医師たちのプロフィールを繰りながら舌打ちした。

「そもそも志賀統括責任者ってどんな方なんですか？」彩が上野に尋ねる。

「医師会の有力者。彼が声をかけたから人材が集まったのも事実」

「なんなんだ、こいつ」

大病院の院長、学会の理事長、医療法人設立など、志賀のプロフィールは実に華々しい。

「一番期待してた分、相当きてるね」

「相当きてます」

上野と彩が囁き合っているのをチラリと見ると、店員がこちらをうかがっているのが目に入った。晴原はサッとメガネをかけ直し、笑顔を用意し始めた。

「あの、ハルカンさん、ですか」

「はい、晴原です」にっこりと笑って立ち上がり、サインを求められたので「もちろん喜んで」と、ペンを受け取った。

「ここまで来ると立派な芸ですね」彩は上野と頷き合った。

ＳＤＭ本部の隣にある会議室に、専属医療チームのメンバーが集まっていた。出席者の早霧たちには『ＳＤＭ専属医療チームの展望』と題された資料が配られている。早霧と同世代の医師、刈谷《かりや》広也《ひろや》など、若手の医師看護師が五名だ。

「専属医療チームの皆さん、今日の研修、よろしくお願いします。もうすぐ本部長もお見えになるはずです」

上野は挨拶をし、晴原の席に近づき「罵詈雑言、ほどほどにね」と、小声で言った。

「今朝、俺はリンゴを食べた。思わず二個食べた」

晴原の発言に、出席者たちは「は？」と、首をひねった。早霧は顔をしかめている。

「先だっての雪崩被害にあった要救助者がＳＤＭに送ってくれたものだ」

「あっ、無茶苦茶おいしかった。ですよね？」彩は、晴原越しに優吾を見た。

「驚くほどおいしかった」優吾も素直な感想を口にする。

「掛け算だ」晴原は言った。

「山岳地帯の水は、緑のダムとなり、綺麗な水を生む。森林の多様な微生物が生み出す清純な土。そして太陽の恵みをいっぱい浴び、じっくり熟成——この掛け算で最高のリンゴが生まれる。ＳＤＭも同じだ。チームの掛け算が必要不可欠だ。気象班が天気を読み、消防警察が要救助者を救う。さらに医療班に命のバトンを繋いでいく」

晴原は医師たちのプロフィールが書かれた資料をめくった。

「刈谷広也。ＳＤＭで目指すこと――志賀先生の下で災害医療を学びたい、志賀先生のように、志賀先生みたいに、志賀先生の如く、って何回おもねってるんだ」

「七回」彩が答えた。

「何より汐見早霧。ＳＤＭで目指すこと――空欄だ」

　晴原は早霧を見た、早霧は黙っていた。

「汐見先生って、あの天才脳外科医の汐見先生ですよね」気づいた若手医師が言う。

「でも怪我で二度とメスは握れないって聞いた。同世代にすごい医者がいると思ったけど……」刈谷が言いかけたが、早霧は遮って口を開いた。

「二つ間違いがある。一つ、私は天才じゃない。どんな難しいオペでも事前に何度もシミュレーションを繰り返す。患者さん一人ひとりにとことん向き合っているだけ。二つ、この手は治す。必ず復帰する」

「つまり腰掛けってことか。迷惑だ」晴原ははっきりと言った。

「腰かけてあげたことに感謝してもらいたい」早霧は言い返す。

「すごい自信」彩は肩をすくめた。

「初期治療なら、ありとあらゆるケースに対応できる……」

「迷惑ってのは同感ですね」優吾が早霧の言葉を最後まで聞かずに言った。

「要救助者なら、そう思うはず。腰掛けの医者に命を託すことに」

早霧はうつむいてしまった。

「さっそく、有意義な意見交換か」

園部が医療班統括責任者の志賀浩一郎を連れて会議室に入ってきた。

「その結果、不安がより増しましたよ」晴原が言う。

志賀がメンバーを見て話し始めた。

「災害医療は、決して望む者は多くない。専門を捨て繋ぐ医療に徹するからです。しかも危険と隣り合わせです」

「だからこそ、ここで戦うと覚悟のある奴にいてほしい。命のバトンを渡せる仲間がほしいんですよ」晴原が意見を述べたとき、アラートが響き渡った。医師たちは顔を見合わせていたが、晴原たちはすぐにメインルームに向かった。

「栃木県荻沢市の市街地にて火災が発生。強風注意報が出ているエリアです」

三崎の報告を聞いた園部は「荻沢市」と、確認するように繰り返した。

「二十五年前、荻沢大火が起きた場所です」上野がモニターに過去の資料を映した。

「鎮火に三十時間以上。類焼面積二十万平方メートル。火の海となり甚大な被害が出た」

晴原は『一九九九年　荻沢大火』とテロップが出ている記録映像を食い入るように見た。

「強風が吹いていると、通常時の火災と比べて延焼速度が非常に速い」優吾は厳しい表情を浮かべた。

「地元の消防警察、そして医師に任せておくという選択肢もあるが」園部が晴原を見た。

「今日は専属医療チームの初研修の日です。体制が整ってから……」志賀も賛同している。

「研修なんて悠長なこと言っていられません。悲劇を繰り返さないために、ＳＤＭだからこそ抗える。救える命がそこにあるかもしれません。そのために、俺たちはここにいるはずです」

晴原が言い放つ。

「晴原はこういう男だ」園部は、志賀と、会議室から出てきていた医療班の面々に「当該案件、専属医療チームと共に対応に当たる」と指示を出した。

「ＳＤＭ出動」晴原は彩と優吾に告げて、本部を出た。


荻沢市に到着すると、延焼中のビルに消防車が多数駆けつけていて、地元消防隊による懸命な消火活動が行われていた。近隣の店から、続々と人が出てくる。出てきてすぐに倒れる人もいて、現場は混乱していた。

「強風により火災は帯状延焼中。今後の活動方針願います。継続して堀ヶ谷一丁目にメイン部隊を配置、火災面に距離を取る陣形で」

現場近くの小学校校庭に設置された臨時の指揮本部に到着した優吾は、地元の消防士たちに指示を出した。

「了解。ただ予測以上に火勢が衰えないんです」

地元の消防士の言葉の通り、延焼ポイントには黒い煙が上がっていた。

消防士たちによって助け出された要救助者は、医療現場指揮所である体育館に運ばれていた。床に敷かれたシートの色はトリアージタグの色別に分かれている。トリアージタグとは負傷者の識別票で『Ⅰ赤エリア』は命の危険あり。『Ⅱ黄エリア』は入院が必要。『Ⅲ緑エリア』は軽症。緑エリアにはパイプ椅子が置いてある。要救助者はひとまず青いシートの上に運ばれて、その後トリアージタグを付けられる。重傷者はストレッチャーに乗せて赤か黄色のエリアに運ばれ、歩ける救助者には肩を貸し、緑エリアまで移動してもらった。

「３Ｔ《スリーティー》。Ｔｒｉａｇｅ（選別）。Ｔｒｅａｔｍｅｎｔ（治療）。Ｔｒａｎｓｐｏｒｔａｔｉｏｎ（搬送）の基本に忠実に動くんだ」

志賀は医療スタッフに指示を出した。医師たちが上着を脱ぎ、荷物を置き準備をしていると、志賀が早霧の前に来て尋ねた。

「きみは手を怪我してると聞いたが」

「初期治療なら問題なく対処できます」

「昔からだ」志賀がため息交じりに言う。

「君の病院の院長は昔から私の足を引っ張る。このチームでは、医療資器材を運ぶことに徹してください」

志賀は、驚いている早霧に「わかりましたね」と念を押した。

晴原は前線指揮所から少し離れた高台に立っていた。青空が広がる中、延焼ポイントから黒い煙が上がっている。空を見上げて目を閉じ、全身で気温、風の向き、風速などを感じ取った。そして目を開け、指揮車輌に入っていった。

「風の流れと同時に、風上側《かざかみがわ》の大気安定度と暖気《だんき》移流《いりゅう》を解析する」

「山越え気流を調べるんですね」彩がすぐに反応する。

「なんだ、その付け焼き刃的気象知識は」山形が彩に尋ねた。

「何、勉強してるの？」ひかるも驚いて彩の顔を見ている。

「気象についてもっと詳しくなりたいんです。それにゼロになりたくない」

彩は晴原に近づいて言った。「ＳＤＭは掛け算なんですよね。一人でもゼロがいたら、チーム全体がゼロになってしまう。せめてチームの１になりたいんです」

「なんかむず痒《がゆ》いな。そういう前のめり発言」山形は痒そうな仕草をする。

「はっきり言っておきます。私は気象予報士を、本気で目指そうと思います」

「本気と言うなら、俺は今何を警戒しているかわかるか」

晴原は背中を向けたまま彩に言った。

「四月だというのに、ここに来たとき、何も感じなかったのか？」

「……あ、暑く感じました」

「過去の悲劇どころじゃないかもしれない」

　そう言って、晴原はまたモニターに向き直った。


　優吾のもとに、地元の消防士が走ってきた。

「火の勢いが尋常じゃないんです。いったい何が……」

「今、気象班が読み解いています。それがわかるまで耐えてください」

　そのすぐ近くで揉《も》めている声が聞こえてきた。

「なんてことしてくれたんだよ！」

「榎田さんのせいなんだよね？　なんで、家でゴミ燃やしてんの？」

　住民たちが一人の男を取り囲み、責め立てていた。榎田と呼ばれた男はひたすら頭を下げていた。頬の傷から血が出ているが、一応自力で立っていた。消防士が間に入って住民たちを制し、怪我をしている榎田を体育館に連れて行こうとしたが、拒絶して立ち去ろうと歩き出し、すぐに崩れ落ちた。

「診せてください。どこか痛みますか。ご自分で歩けますか」

　刈谷が青いシートの上で榎田に声をかけ、緑のトリアージタグを付けた。

「そんな奴より、こっちの治療を優先してもらえませんかね！」

緑エリアのパイプ椅子に座っていた男が立ち上がって刈谷に向かって行こうとするのを、優吾たちは慌てて止めた。

　刈谷は榎田を軽傷と判断し、看護士が緑エリアに誘導。荷物を整理していた早霧は、そのやりとりを身を乗り出して見ていた。そしてたまらずといった様子で、緑エリアの方に歩いていった。

「頭痛はありませんか？　我慢してますよね」問いかけたが、息が荒く、応えられない。

「そんな奴、放っておけよ！」さっきの男が早霧の方に向かって来た。

「胸が苦しくないですか」早霧はなおも尋ねた。

「いったい、何を疑っているんですか」刈谷が早霧に呆れたように声をかけてきた。

「いいかげんにしろ！　どうでもいいだろ、そんな奴」別の怪我人たちが声を荒らげる。

「どうでもいい命なんてない」早霧は怪我人を睨みつけた。

「ホント……私は大丈夫ですから」榎田は立ち上がり、足を引きずって体育館から出て行こうとした。でも足がよろけ、仰向けに倒れてしまう。

「高血圧緊急症《こうけつあつきんきゅうしょう》を起こしてる」早霧は榎田にすぐに駆け寄り、首に触れた。「甲状腺の腫脹《しゅちょう》がある。外傷に気を囚《とら》われていると見過ごしてしまう。おそらく甲状腺機能亢進症《こうじょうせんきのうこうしんしょう》……すぐに降圧した方がいい」ものすごいスピードで的確に診断していく早霧に、刈谷や、まわりにいた医療班のメンバーは目を見張っていた。だが、医療用ペンライトを出して瞳孔を診ようとする早霧の手を、志賀がつかんだ。

「資器材管理を徹底してくださいと言いましたよね!!」

「しかし患者さんが」

「その手で処置して、ミスが起きたとき、どうするんです？」

志賀は早霧を無理やりどかし、近くに立っていた刈谷に「君がやりなさい」と、命じた。

荷物の整理に戻った早霧は、優吾がじっと見ていることに気づいて、「何？」と言った。

「いや、簡単に引き下がるんだなと思って」優吾は真剣なまなざしで話しかける。

「あなたが言っていたんですよ。患者さん一人一人にとことん向き合うと。目の前の命に執着してきたから、難しいオペでも成功させてきたんですよね」

とそのとき、無線から晴原の声が聞こえてきた。

『SDM各位、気象班から重要な報告だ。過去の大火と今回、大きく違う点がある。ただの強風じゃない。風速十三メートル。気温は三十六度。湿度は十パーセントと乾燥。このエリアでフェーン現象が起きている。気温の高い空気が山を越えて反対側に吹き下りたとき高温の強風が生まれる』

湿った空気が上空で水分を放出すると、空気が百メートル下がるごとに気温が一度上昇する。

『そして付近の気温が上昇する。今後さらに、風がたびたび強まる。雲田』晴原から、彩に交代した。

『最大瞬間風速は三十メートル。延焼拡大速度は時速約五百メートルで、二時間もすれば、荻沢中央公園まで火の手が延びていく可能性が』

『現在、荻沢中央公園には桜の花見客が多数います』本部の上野が言う。

『しかも周辺は学校、保育園などがある住宅密集地です』三崎も報告を上げ、園部が『すぐに避難誘導を』と、指示を出した。

「消防隊は距離を取って消火活動を行います」優吾は歩き出した。

『それじゃダメだ』晴原が否定した。

『二時間後、風が大幅に強まる。そうなったら手の施しようがなくなる。今全力で、積極的消火に当たらないといけない』

「認められない。現段階でも風速は大きく、火は狭い角度で直線的に迫って来ている。隊員が火に呑み込まれる」

『俺が気象を読む。分単位で変わる風速を見極め、風が短時間で強まるときに防御陣営《ぼうぎょじんえい》。風が僅かに弱まるタイミングに距離を詰めて、効果的かつ、強力な大量放水で迎え撃て』

「そんなこと……」

優吾は絶句した。火の粉による飛び火や建物構造の影響もあり、状況は読めない。

『難しいのは承知の上だ。悲劇は二度と繰り返さない。連携すれば、立ち向かえるはずだ』

晴原は断言した。

「そちらに命を託すこと忘れないでください」

『俺の目の前で誰かを死なせるとでも思うか？』

「消防班、気象班の情報のもと、攻めの消火を軸に対処する」

　優吾は覚悟を決めて指示を出した。

『現場に最大限のバックアップ態勢を取る。近隣の市町村に応援部隊の要請を』

園部が告げ、三崎と梨紗子が『了解』と応じた。

「医療班集合！」志賀が医師と看護師を集めた。

「こちらの処置が終わり次第、拠点を変えます」志賀は言い、早霧を見て「君はここで待機を」と命じた。

「しかし……」

「必要ない。私のチームでミスは許さない。これは命令です」

　あまりの言葉に早霧は黙った。刈谷や若手医師たちが、それぞれの持ち場に移動していく中、早霧は立ち尽くしていた。その様子を見ていた優吾は体育館を出て歩きながら本部に向かって無線で告げた。

「消防班園部優吾から本部へ。医療班に対し、不安要因があります」

『志賀さんのことか。彼は政界進出を狙って存在感を示すためにＳＤＭに参加したって聞いている。極度にミスを恐れているのは、何より自分のキャリアに傷をつけたくないからだろう。

それは、私も感じていたところだ』園部が言う。

「ただ医療班には期待すべき人物もいます。早急に調べてほしいことがある」

『了解した』園部は頷いた。


立花は議員会館の一角で、懇意にしている記者と会っていた。

「五年前、これが出る予定だった記事です」

ツテを使いまくって入手した、と、記者が言う。立花は封筒を開け、中身を確認した。

『関東南部豪雨』『無責任な行動が生死を分けた!?』大きな文字が並んでいる。

「記事を握り潰したのは誰かわかっていません」

「園部肇一以外あり得ない」立花は揺るぎない口調で言った。

「ＳＤＭが出動している今使えば効果的なのでは」

「命の最前線で戦っている者たちがいます。混乱をもたらす。使うのは時期をみてから」

「目的は、園部大臣を引きずり下ろすためなんですよね」記者は探るように言う。

「結果的にそうなるかもしれない。ただＳＤＭを壊してしまいたいという思いと同時に、正式運用までこぎ着けてほしい。それが私の本音なんですよ」

立花は腕組みをし、宙を見つめた。

優吾たちが現場に到着した様子が、指揮車輌のモニターに映っている。晴原は天気図を読んでいた。やはりフェーン現象が起きているようだ。

「五分後、平均風速八メートルに変わる。迎え撃て」

「風上のアメダスで風速低下を確認」彩も手伝っている。

「地形的に河川側では一時的な風の強まりに留意」山形が告げた。

『ＳＤＭ園部から各隊員。多口放水《たこうほうすい》による延焼阻止を！』

無線からは、優吾が隊員たちに指示を出している声が聞こえてくる。

『ＳＤＭ各位、共有してほしいことがあります。現在、避難者の中に気分が悪くなる人が発生しています。風向《ふうこう》からは火事の煙や有毒ガスは考え難い。フェーン現象による高温、熱中症かもしれない』本部の上野が現地の様子を伝達してきた。

「でも今は四月……」彩がつぶやく。

「異常気象も掛け算だ」晴原は言った。

「自然界の要素の前例のない掛け合わせによって、人類が経験したことのない気象現象が世界中で起きている。あり得ないことに備えないと、自然の驚異から命は守り切れない」

『暑さ指数は警戒レベル。でも身体が気温の上昇に慣れていないはず』上野が伝える。

「火を食い止めても、避難者が熱中症で危険な状況に晒されたら元も子もない」晴原は解析を続けながら言った。

『医療班で対処する』やりとりを聞いていた志賀がそう言うと、

『消防班園部から晴原統括責任者に』消火活動中の優吾の声が入った。

「こんなときになんだ」

『こんなときだからこそ、ほかにも備えておきたいことがあります』


指揮車輌に早霧が入ってきた。彩は晴原がいる奥のスペースを手で示した。

「風向は北西で風速は安定。十分間このままだ。風下から迎え撃て」

晴原は防災ヘリの上空からのライブ映像の解析を続けていた。

『了解。筒先を火面に向かう方向に配備せよ』優吾が消防班に指示を出している。

「一九九一年、岡山県の離島にて生を受ける」晴原は指揮車輌内に早霧が入ってきた気配を感じながら、届いた情報を読みはじめた。

「父親は島で唯一の医者。その父の背中を見て医師を志した。高度で繊細な技術が要求される脳神経外科医を目指す。同時にあらゆる症例に対応する総合医のスキルを磨くことも怠らず、医療の道に邁進《まいしん》した」

「ちょっと待って。なんで私のことを……」背後に立っていた早霧は、驚きを隠せない。

「園部優吾さんが本部に依頼して調べさせたんです」

「ポテンシャルはかなり高め。でもその力を発揮仕切れないのは、なぜなのかって」

「そこで晴原さんの出番」

彩が、山形が、ひかるが順番に説明したところで、晴原が口を開いた。

「問題は手じゃない。心だ。俺が診断してやる」

「あなたに私の何がわかるっていうの？」早霧が苦しい表情で言う。

「親からネグレクトを受けている少女がいた。脳腫瘍の中でも高悪性度。グレード４のグリオーマ。誰もが匙《さじ》を投げたその患者をきみが担当した」晴原は続けた。

半年前のことだ。早霧が柚希の病室を訪れ、病状を説明した。すると柚希は無表情に言った。

「お父さんもお母さんも喜んでた。保険金が入るんだって……私、死ぬことを望まれている」

病室のベッドで、柚希は自虐的に笑った。

早霧はそのことを思い返していた。

「必死の思いで助けた患者が自殺しようとした。それを止めようとしてきみの右手が壊れた。なかなかの絶望だ」ようやく晴原は振り返り、早霧を見た。

「でもまだ足りないな」

「は？」

「希望を捨てろ。希望は時に災いになる。どこかでわかっているんだろ。その手はもう元のようには戻らないってことを。でも現実を受け止めきれない。考えることさえ辛い。知らず知らずのうちに避けてしまう」晴原は立ち上がり、カップに入っていたコーヒーを飲んだ。

「絶望も悪くない。俺は気象予測を見誤ってかけがえのない人を失った」

晴原は言った。灯だけじゃない。お腹の子どもも同時に失った。

「絶望しきった先に残ったのは、命の重さだ。目の前の命を救いたいという思いだった。絶望した先に、最後に君の心に残るのはなんだ？」

晴原の問いかけに、早霧は答えられなかった。

「それを心に刻み、前に進め。絶望の谷を這い上がり、継続の大地を歩め。俺の診断は以上だ」

話を終えると、晴原はリュックとノートパソコンを手にした。

「今後熱対流の影響で、風が複雑に変化することが想定される。延焼拡大ポイントに合流する」

「同行しても邪魔ですよね」彩がすかさず言う。

「答えるまでもない」晴原はそっけない。

「じゃあ、私は自分のできることを！」結局、彩は晴原の後をついていった。

体育館に戻った早霧はパイプ椅子に腰を下ろし、半年前、入院中に主治医に言われた言葉を思い出していた。

「腕神経《わんしんけい》を損傷しており、以前のように高度な手技が必要とされるオペはもう……」

主治医の言葉を最後まで聞きたくなくて、早霧は前のめりに口を開いた。

「神経を再生する方法ないですか？　この手でしか救えない命がある。治す、絶対に治す」

自分に暗示をかけるようにそう言ったけれど、手が元通りになる可能性はほとんどないことはわかっていた。

　早霧は自分の手を見つめた。その手に涙がこぼれ落ちた。

「落ち着いてください。皆さん、落ち着いてください！」

逃げてくる住民たちに声をかけながら晴原が走っていると、視線の先で老女が転倒した。

「こちら風上なので火は追ってきません。ゆっくりでかまいません。避難所に」老女を助け起こし、自分も立ち上がって現場を見上げた。

「ＳＤＭです」警官に声をかけ、黄色い立ち入り禁止のテープの内側に入っていく。

「熱対流の影響で、一部地域で上昇気流が強まり、火の粉が飛散しやすくなる。風速八メートル」晴原は、酸素ボンベを背負っている優吾を見つけ、声をかけた。

「ＳＤＭ園部から各隊員へ。放水によるウォーターカーテンを張る。三メートル間隔で各隊、放水態勢を取れ！」優吾が指示を出し、消防士たちから「了解！」と、返ってくる。

「安全な場所で指示していればいいものを」優吾は晴原のそばでつぶやいた。

「おまえたちの命も託されているんだ。やれることは全部やる」晴原は言った。

彩は自分の判断で、避難所に来ていた。

「こちら医療班、体調を崩した人たちは熱中症で間違いない」志賀が無線で報告している。

『延焼は食い止めています。そちらの処置に集中してください』晴原が応じた。

「大丈夫。日陰で休んで水を飲んで。火は食い止めていますから、安心してください」

彩はテントの下で休んでいる住民たちに、飲み物を配っていた。

「おい本部、救急車の手配はまだか？」志賀は焦っている。

『火事による怪我人の搬送により、そちらの対応が遅れています』本部の梨紗子から声が返ってくると、志賀は舌打ちした。そのとき、「志賀先生！　こちらの患者さんの様子がおかしいんです」刈谷が呼びかけた。面倒臭そうに志賀が向かうと、テントの中に多田《ただ》智人《ともひと》が酸素マスクをして横たわっていた。かなり苦しそうに息をするその近くでは、多田の妻と子どもが心配そうに見守っている。

「一向に呼吸が改善されないんです」

「熱中症じゃないのか？」志賀は聴診器を当てながら言ったとき、多田の頭がゆらりと揺れた。

「多田さん？」刈谷が声をかけた。「意識障害が悪化。ＪＣＳで二桁から三桁に低下」

　ＪＣＳとは意識障害の深度分類で、二桁だと刺激で覚醒するが刺激をやめると眠り込む状態。三桁は刺激しても覚醒しない状態を示す。

「診断を確定するには、病院に搬送するしかない」

志賀たちが話すのを聞き、彩は無線マイクで早霧に問いかけた。

「診断がつかない要救助者がいます。何が起きているのかわかりますか、汐見先生。危険な状態みたいなんです」

「何出しゃばった真似をしてるんですか」志賀が彩の方に近づいてきた。

「いや、でも汐見先生のスキルは高いって聞いたから」

「私と対立する院長が差し向けた医者だ。信用できるわけがない。私のキャリアに傷はつけさせない」

高圧的な志賀に対し、刈谷や看護師たちは疑念の眼差しを向けた。

「なんですか、その目は！」志賀はテント内に流れる空気を察し、声を上げた。


体育館でぼんやりと座っていた早霧の耳に『お父さん！』『あなた！』『助けてください！』と、多田の家族の声が聞こえてきた。医師や看護師が容体の急変を叫び、パニックになっている様子も入ってくる。でも早霧は動けなかった。

――「絶望した先に、最後に君の心に残るのはなんだ？」

突然、晴原に言われた言葉が蘇ってきた。

――「目の前の命に執着してきたから、難しいオペでも成功させてきたんですよね」

優吾はそう問いかけてきた。

早霧は、自分の右手を見つめた。「この手でしか救えない命がある。治す、絶対に治す」と、いつも思っていたはずだ。

――「先生、後悔しているんでしょ。私を助けたこと。私の命を救ったこと」

あのときは柚希の問いに答えられなかった。でも、今なら答えられる気がする。

「……してない……後悔してない……してないよ」早霧はパイプ椅子に座ったまま、右手をぎゅっと握った。

『サチュレーションが下がってきている。すぐに挿管しないと』『血圧も低下しています。このままじゃ病院に搬送するまでもたない』

イヤホンから患者待機所での会話が、ひっきりなしに聞こえてくる。

「こちら汐見、今から向かいます」早霧は立ち上がり、無線に告げた。

『きみに治療行為はさせない！』志賀の声が返ってくるが、

「あなたの指示は受けない！」早霧は避難待機所に向かって歩き続けた。

「今の私でも……この手でも救える命はある」そして、走り出した。

『こちら晴原、専属医療チーム、おまえたちはどうするんだ？　チームにおいて沈黙は罪だ。目の前の命を救うために、正しいと思う方に声を上げろ』晴原が呼びかけ、

「バトン、渡されているんですよ。そのバトンを繋がなくていいんですか」彩はテント内にいるみんなを見て言った。

「私は汐見先生の力を借りるべきだと思います」若い医師が切り出すと「私も」「私も」と、看護師たちの声が続いた。

「志賀先生、診断がつけば治療ができます。ここは汐見先生の手を借りても」刈谷も立ち上がり、志賀に訴えた。

「統括責任者は私だ。認めない」なおも志賀は言い張った。

『志賀先生、先生の医者としての功績は十分承知しています』突然入ってきた園部本部長の声に、志賀の表情が硬直した。

『ただ、上に立つ者は常にほかの誰かの意見に真摯《しんし》に耳を傾ける、そういう姿勢を忘れてはいけないんですよ。キャリアを重ねるうちにそれができなくなり、現場と乖離《かいり》してしまった存在を一言で何と言うかご存じですか』

『老害――』きっぱり言ったのは火災現場の晴原だ。

「私の力がなければ、人材確保さえ成り立たな……」

「バトンを渡せる仲間なら、もうここにいるんですよ」彩は志賀の言葉を遮って声を上げた。

刈谷たち医師と看護師は、多田に対して、自分たちができる処置をしている。

「園部さん、後悔しますよ」志賀は脅すように言った。

『私は現場に判断を委ねます。現場に丸投げが私のモットーですから』

　園部の言葉を聞き、志賀はジャンパーを脱いで叩きつけその場から立ち去った。


　早霧は走っていた。

『汐見先生、患者は発熱と呼吸苦を訴え、意識レベルは低下』刈谷が無線で呼びかけてくる。

「髄膜炎《ずいまくえん》とか、頭蓋内疾患の可能性は？」頭をフル回転しながら、走り続ける。

『項部《こうぶ》硬直《こうちょく》はない』

　だとすると……。

　考えていると、優吾たち消防隊員が延焼を食い止めている現場が近づいてきた。早霧は立ち止まり、息を整えた。現場には必死でノートパソコンのキーボードを叩いている晴原もいる。その姿に勇気をもらい、もう一度走り出そうとしたところに、バイクが走ってきた。

「乗って」バイクを運転していたひかるがヘルメットを手渡した。

「患者さんのご家族から、できる限り情報を集めて」早霧は刈谷に向かって叫び、ヘルメットを受けとって後部座席にまたがった。


　消火活動を続ける優吾たちに荒れ狂う炎が迫っていた。

「おろし風が強まる。警戒をしろ！」

晴原が声を上げたとき、消火中のビルの壁がはがれた。気づいた優吾はホースを投げ捨てて走り、タックルをするように近くにいた消防士を突き飛ばした。その瞬間、すぐ近くに壁の一部が落ちてきた。地面に転がった優吾と消防士は互いに無事を確かめ合い、再び消火活動に戻った。

救急車と消防車が到着した。一つ息をつき、晴原は燃え上がる炎と空を見上げて目を閉じた。救急車両のサイレンと、周囲の喧騒をかき消すように、吹き抜ける風に揺れる木立の音が聞こえてくる。晴原は目を開けた。

「十分後、全力で水のカーテンを！」

バイクが患者待機所に到着した。

「汐見先生、こっちです！」彩に声をかけられ、早霧は医療用テントに走った。

「汐見先生、患者は不整脈の持病を持っているそうです」刈谷が伝えた。

「役に立つ情報かどうか、多田さん、今日の花見に向けて徹夜で仕事を。倒れる前はずっと座り込んで呼吸が苦しそうだったようです。そして立ち上がり、歩き出した途端、倒れ込んだと」

彩も報告した。早霧はさっそく診察を始めた。

「サチュレーション七十パーセントです！」酸素飽和度を測定していた若手医師が叫んだ。

「気道閉塞《きどうへいそく》なし。それに不整脈の持病。ずっと座りこんでいて歩き出したとたん倒れた……

肺血栓塞栓症《はいけっせんそくせんしょう》――エコノミークラス症候群。すぐにエコー検査を！」早霧は診断を下した。熱中症により、血液の粘度が上がり、血栓症のリスクが増加したということだ。ズボンをめくり上げて膝のあたりのエコーを見た。

「下肢静脈《かしじょうみゃく》に血栓……間違いない、足にできた血栓が両肺に詰まり重症化。ヘパリンを」

「VT、心肺停止！」若い医師が声を上げた。VTとは心室頻拍。心室内から発生する異常な興奮によって頻脈を生じる不整脈の一種だ。

「DC準備して」早霧はハサミを受けとり、多田のTシャツを切り、胸を開けた。

「DC百五十ジュールにチャージ」

「離れて！」周りに声をかけ、心臓に電気ショックを与えた。だが心電図は反応がない。

「お願い、戻って来て！」早霧は祈るように心臓マッサージを続けた。


「通水交代！」

「了解！」優吾はホースを受け取り、放水を続けた。晴原は現場の風を見ていた。商店街の旗の揺れが弱くなり、やがて止まる。

「風向安定。風速が低下。今だ、この機を逃すな！」

「SDM園部から応援隊へ。筒先を壁に向け延焼を阻止せよ！」優吾は隊員たちに指示を出した。

「了解。ウォーターカーテン、設定完了！」

「了解。応援隊、放水開始！」


避難待機所では、早霧が心臓マッサージを続けていた。

「ＤＣ二百ジュールにチャージ。離れて！」

再び電気ショックを与えたが心電図は反応がない。

「絶対に助ける。死なせない！　戻って来い！」早霧はマッサージの手に力を込めた。悲痛な叫びが届いたのか、しばらくして多田の体がピクリと反応した。

「心拍再開！」若手医師が叫んだ。

「ヘパリン二千単位投与」

『救急車もうすぐ到着します！』無線を通して梨紗子の声が聞こえてくる。

「病院にＥＣＭＯ《エクモ》の準備をするように伝えて」早霧は言った。

「こちら汐見、要救助者の処置終了」


風はおさまっていた。水のカーテンもおさまっていき、目の前の炎はほぼ消えていた。

『こちらB班、鎮火を確認しました』

優吾のもとに、各班から鎮火の報告が入ってきた。優吾の目の前でも消火が確認された。

『園部隊員、各エリアの、全面鎮火を確認しました』報告が入る。優吾は水を止め、ホースを地面に置いて晴原の方を向いた。そしてゆっくりと親指を立てた。

「こちら晴原。鎮火成功！」晴原は、無線に向かって報告した。

ＳＤＭ本部にも、安堵の空気が広がった。

「確実にチームの力は上がっています」上野は園部に言った。

「警察、自衛隊……今後さらに連携が鍵になっていく。まだまだ始まったばかりだよ」

園部はイヤホンのヘッドセットをはずし、上野に渡した。

「そう言いつつ、嬉しそうですね」

上野が言ったとき、園部のスマホが震えた。画面に『立花藍』と出ている。園部の笑顔がスッと引いた。園部はスマホを手に、廊下に出て行った。

早霧が指揮車輛に入ると、優吾が正面に立っていた。

「自分たちの後ろに医療班がいてくれる。こんなに心強いことはなかった。汐見早霧……あなたを信じてよかった」優吾が爽やかに笑う。あまりにストレートな賛辞に、早霧は一瞬、ドキリとして、うつむいた。

「診断料はこれからの活躍で返せ」晴原はぶっきらぼうな口調で言った。

「あなたの診断なんて関係ない。昔の自分を思い出しただけ」早霧はぶすっとして言い返した。

「志賀統括責任者が捨てていきました」彩はＳＤＭのジャンパーを晴原に渡そうとした。晴原はジャージの上に置いてあった『医療班統括責任者』の名札を手に取り、早霧に差し出した。

「人事、緩くない？」早霧はつぶやいた。

「風通しがいいとも言いますよ」優吾が笑う。

「医療班統括責任者、引き受けてくれるんだろ」晴原が問うと、一同は早霧に注目した。

「その前に、私は向き合わなければいけない患者さんがいる」早霧は晴原を見て言った。


数日後、早霧は病院の中庭で柚希と並んでベンチに座っていた。

「後悔してるんじゃないかって……柚希ちゃん、前に私に聞いたよね」

柚希は下を向いている。

「後悔してる。でも、それはもう少しちゃんとクッションを使って受け止められたらな。そういう後悔」

早霧の言葉を聞き、柚希は顔を上げた。

「きっと同じことをする。あのときと同じ状況になったら、同じことを。目の前で柚希ちゃんが死ぬのを止めなかったら、その方が後悔する」

「……バカでしょ、先生」

「命を救うこと、私にはそれしかできない。だから死にたくなったら何度でも救う。何度でも」

早霧は、泣き出してしまった柚希の肩をやさしく抱いた。

「私が医者でいるかぎり絶対に柚希ちゃんを死なせないから、覚悟して」


その頃、晴原は園部に呼ばれ、霞が関のＳＤＭ本部にいた。

「覚悟しておいてくれ。明日、これが出る」

園部はある週刊誌を晴原に渡した。

『関東南部豪雨』『無責任な行動が生死を分けた⁉』『身勝手な正義』などの大きな文字が目に飛び込んでくる。記事には――五年前の関東南部豪雨で九人死亡。気象研究所研究官・園部灯が避難場所の公民館に留まるように指示し、十名の人間が命を落とした。自分だけは危険が迫り逃亡。園部灯は、与党有力議員・園部肇一の娘――とある。

「灯のせいで、多くの命が失われた。しかも、本人はその場から逃亡した。そういう内容だ。私がこの記事を握り潰したと言われている……私じゃないんだ。灯の死に注目が集まり、真実を追及されるのを恐れた人間がいたんだろう」

「灯の死に関わっている人間がいた」

黙って記事を見ていた晴原は口を開いた。

いったい誰が？　晴原は鼓動が激しくなっていくのを感じていた。

4

晴れた気持ちのいい朝、出勤途中の彩は、橋の上で足を止めて空を見上げた。雲の隙間から何本もの光の筋が降り注いでいる。見入っていた彩の顔は、空の美しさとは逆にどんどん曇っていった。

あれはたしか、高校一年生のある朝。登校途中の彩はこの場所から空を見上げていた。

「きれーい」

彩が足を止めると、姉の真紀も一緒に空を見上げた。一年生と三年生。別の高校だったけれど、登校時間は一緒だった。

雲の隙間から降り注ぐ美しい光の筋……「『天使の梯子《はしご》』って言うみたいだよ」と真紀が教えてくれた。

「やっぱお姉ちゃん、最強！」

彩は真紀の腕を取った。物知りで勉強のできる真紀は、彩の憧れの存在だった。

「でしょー？」

得意げに言う真紀と笑い合った朝を思い出していると、その横を小学生の姉妹が走って行く。

「お姉ちゃん待ってよー」

声をかけられた姉が足を止めて妹の手を取り、ともに走る。

真紀と彩も、よくああやって手を繋いで走った。何度も何度も、笑顔で走った。

＊

三年前のある日——。

「頑張れるわけないでしょ！」大声が聞こえ、彩は急いで真紀の部屋に向かった。床にはコーヒーカップが転がり、中身がこぼれていた。真紀のベッドのそばで、母親がなすすべもなく立ち尽くしていた。

「誰のせいでこうなったと思ってるの！　なんで、彩じゃなくて私なの！」

真紀は泣き叫んでいた。廊下で見ていた彩は、中に入っていくことができなかった。

別の日の朝、彩が庭に面した窓を開けると、空に天使の梯子ができていた。

「お姉ちゃん、見て」車椅子を窓辺に押していくと、真紀は無言で空を見上げた。

「生徒さんからの手紙いっぱい来てるんだよね。また学校戻って来てって。みんな、お姉ちゃんが元気になるの、待ってる。お姉ちゃん、最強だから。大丈夫」真紀の前にしゃがんで、顔を見た。

「普通にできてたことが、もうできない」真紀は表情のない顔で言った。

「私、なんだってする。だから頑張ろう」彩は精一杯、自分の気持ちを伝えた。

「頑張れない人間に頑張れって？　それ、形を変えた暴力だよ。普通でいられるから、そういうことが言える。彩は無事でよかったね」

　彩はもう、何も言い返せなかった

＊

　スマホの着信音で、現実に戻った。上野からだ。『マスコミに何を聞かれも、相手にしないで』というメッセージに、雑誌記事が添付されている。開いてみると『気象庁勤務の娘により関東南部豪雨で９人が死亡　身勝手な正義』というタイトルが飛び込んできた。


　霞が関の本部の会議室には、ＳＤＭのメンバーが集められていた。

「言葉の暴力だ」机の上に置いてある週刊誌の記事を見て、優吾が憤《いきどお》っている。

「灯さんが亡くなって、反論できないことをいいことに」

「いまいち人間関係、把握できてないんだけど。まず園部灯さんは、晴原さんの婚約者だった人？」早霧は、少し離れた場所でカツ丼を食べている晴原を見た。「朝からカツ丼食べて、ノーダメージな感じだけど」

「ていうか、朝からカツ丼食べますか？」彩は晴原に尋ねた。

「肉系はだいたい、朝だ。パフォーマンスが上がる」晴原はおかまいなしだ。

「で、無茶苦茶ダメージ受けているあなたが？」早霧が優吾に視線を移した。

「いとこです」

「実のお姉さんみたいな存在だったそうですよ」彩が説明を加えた。

「語弊があったらアレなんだけど、シスコン的な？」早霧がストレートに尋ねると、

「間違いなくシスコンですね」優吾はなんの抵抗もなく認めた。

「そう堂々と言われると、うん、あなたの憤る感じ、伝わってきた」

「灯さんは、太陽みたいな人だった」優吾は芝居のセリフのような熱い口調だ。

「憧れるな、そういう人」彩がにこやかに言ったが、

「そもそも今になってなんでこんな記事が」優吾は、怒りで震えている。

「Fair is foul and foul is fair」

　突然英語で言った晴原を、優吾が「は？」と、睨みつけた。

「綺麗は汚い。汚いは綺麗――シェイクスピアの『マクベス』の冒頭で、魔女が語るセリフあるだろ。綺麗があるから汚いがある。汚いがあるから綺麗がある。相反するものは、切っても切り離せない。あらゆるでき事は表裏一体。賞賛があれば、非難もある。ＳＤＭは立て続けに結果を出した。無闇に持ち上げられてる節もある。その分、誹謗《ひぼう》中傷の類いがあってもおかしくはない」

「でも、こんなこと書かれて平気なんですか？」

　優吾が声を荒らげたとき、会議室に園部と上野が入ってきた。

「私はこんなものが真実を伝えているとは思わない。ただＳＤＭ反対派は活気づいている。そ

のほとんどが自らの立場や利権を守るためだ」園部が皆を見て言った。

「彼らを巧みに利用しているのが立花総務大臣」上野が補足する。

「知らなきゃいけない人間関係、いろいろあるんだ」早霧はひとりごとのようにつぶやいた。

「とにかく、ＳＤＭの有効性をさらに広める必要がある」園部は晴原を見た。

「ＳＤＭ独自の防災活動ですね」晴原が応え、彩は「独自の防災活動？」と首をかしげた。


　晴原たちはモニタールームに移動した。中央のモニターには、各都道府県で特定の自然災害が起こった回数などの情報が表示されていた。

「特定の災害が起こりやすい場所。ＳＤＭは、地域の人たちに危険をしっかりと認識してもらって、どう備えるかを伝える。今回は千葉県華原市」

　上野がメンバーたちに資料を配り、「台風の上陸回数だけでいえば、千葉県は全国八位。ただ季節外れの台風が発生し、三日後に接近する見通しだ」と晴原が説明した。モニターには三日後に暴風域に入るということを示す予報図が表示されている。

「しかもここって、半年前、台風が直撃して大きな被害が出たところですよね」

　優吾が言うように、別のモニターには半年前の台風災害の報告書と、数十台の車が横倒しになっている写真などの被害状況が映されている。

「今回は市の要請もあって、とくに子どもたちに向けた防災教育を行ってほしいの。前回の被災で、傷ついている子も多くいるみたい」上野がメンバーたちの顔を見回して言った。

「災害に備えるだけじゃなく、災害後のことも大事ですよね。とくに子どもの心の傷は深刻。『災害後の心のケア』も医療班が対応できたらと思っていました」早霧は前向きだ。

「心強い。汐見さんが仲間になってくれて本当によかった」優吾は早霧に向かって笑いかける。

「けっこうストレートなこと照れずに言うよね」

「ド直球な奴だ」晴原はひとこと言ってから、彩を見た。

「で、そろそろ突っ込んだ方がいいか、雲田」

「え」資料をめくっていた彩は『防災活動を市民生活課が補助』という一文をじっと見つめていた。

「さっきから資料の情報に、いちいち過剰に反応してる」晴原は鋭く指摘した。

「地元なんです。千葉県華原市は私の地元なんです」彩は打ち明けた。


翌日、ＳＤＭのメンバーは華原市役所で、子どもたちを対象にした防災教育を開いていた。

「トランスフォーム！」ひかるがスイッチを押すと、指揮車輌がどんどん形を変えていく。

「すげー！」黄色とオレンジのカラフルな帽子をかぶった根岸《ねぎし》航平《こうへい》ら男の子たちは車に夢中だが、女の子たちはハルカン仕様の晴原を見ている。

「ハルカン、超かっこいいんだけど」迫田《さこた》実花《みか》が声を上げると、白衣姿の晴原はメガネをクイッと上げて見せた。そして笑顔で子どもたちとグータッチをかわしている。

「ね、あの外面って必要？」早霧が彩にこそっと尋ねた。

「みたいです。気象リテラシーを広めるパフォーマンス的に」彩はさすがにもう慣れた。

「少しでも敷居を下げたいんでしょうけど、胡《う》散《さん》臭《くさ》過ぎる」優吾は辛辣《しんらつ》だ。

　非常持出袋を背負い、防災頭巾をかぶった山形が「はい、注目ー！」と、子どもたちに呼びかけた。「千葉の地形の魅力は、全国でも珍しく、高い山地がないところ。しかし北から南へ行くほど起伏に富んだ丘陵地帯が広がる。ここが心躍るポイント。地形を知ることは防災にも繋がる。フィールドワークに同行したい人は？」

　山形は子どもたちを見渡したが、シーンと静まり返っている。ひかるはリモコンを操作して指揮車輌の形をさらに変えた。子どもたちはワーッと声を上げて車の方に走って行く。

「そのリアクション、予測してました。後でレポート見てね」そうつぶやいて、山形は子どもたちの前から立ち去った。

「それにしても、思った以上に明るいな」優吾は子どもたちの様子を見渡した。

「でも本当の明るさじゃないかもしれない。苦しみを心の奥に押し込んでいる子もいると思う。苦しみにもいろいろあるから」早霧も子どもたちの表情をじっと見ていた。その言葉が彩の胸に突き刺さる。

「お待たせしました」駐車場に市役所の担当者がやって来た。その後ろに、車椅子に乗った女性がいた。真紀だ。彩は動揺していたが、真紀はわかっていたようで、彩と目を合わさずにうつむいている。

「今回、手伝わせていただく地域振興課です」担当者が挨拶をした。

「いつも妹がお世話になっています。雲田彩の姉です」

真紀の挨拶に、メンバーたちは驚いて彩を見た。

「お姉ちゃん、よろしくね」彩が言うと、真紀はかすかに口角を上げ、頷いた。

「はい、みんな。これから、災害を『正しく恐れる』ための、防災授業を始めます」

晴原はさわやかに笑みを浮かべ、子どもたちを引き連れ、防災センターに向かった。


防災センターのイベントルームで、晴原はモニターに現地の天気図を映し出した。

「今接近している台風の進路は、房総半島の右側を掠《かす》めていく見込みです」

「それって確実？」航平が声を上げた。

「台風は大きな現象なので、ある程度予測可能です。ただ大事なのは、台風から離れた場所でも災害が起きるということです」

「それを想定した防災マップを作りましょう」

彩の指導で、子どもたちは防災マップを作り始めた。

「台風は予測できるって言ってたけど、ゲリラ豪雨は？」航平が晴原に新たな質問をした。

「災害の予測に興味があるんですね」晴原は指差し棒で航平を指した。

「できるの、できないの？」

「予測はかなり難しいんですよ」

「できないのかよ」

「できないとは言っていない。かなり難しいと言ったんです」

晴原は大人気なくムッとしている。

「ほぼ同じだし」

「いや、違う。天と地ほど違う。日本の国語教育はどうなっているんだ。そもそもゲリラ豪雨は積乱雲によってもたらされることを知らないのか。教えてやる。積乱雲は時空間スケールが小さいため、トリガーとなる現象が……」晴原は航平の前に立ち、早口で説明を始めた。

「先生、外面《そとづら》が崩れかかっています」彩は小声で注意した。

「そのトリガーとなる現象も難しいんです！」一度大きく息を吐き、どうにか笑顔を作る。

「じゃあ、虹の予測は？」航平はなおも晴原に尋ねた。

「ん？」

「普通の虹じゃない。ダブルレインボー」

「二重の虹がかかる現象でしょ。見たら願いごとが叶うとかじゃなかったっけ」

早霧が航平と頷き合う。

「正確な予測はかなり難しいんですよ。ただし今話した通り、それイコールできない、ではありません」

　晴原は苛立ちを抑えながら言った。

「ホント、ホントに見られるの？」

「見られるとも言ってはいな……」晴原はムッとして、低めの声で言いかけたが、

「見られるって、実花、見ることができるって」航平は隣の席の実花に声をかけた。

「……いいから」実花は素っ気ない。

「なんでだよ、みんなで一緒に最後見よう。な？」

「ホント、そういうの、いいから！」

　実花があまりに強い口調で言ったので、室内は静まり返った。「私、お手洗いに」気まずくなったのか、実花は部屋を出て行った。彩は追いかけようとしたけれど、真紀が車椅子を動かして後を追う姿を見て、足を止めた。

「どうしてダブルレインボーが見たいの？」早霧は、しゅんとしている航平に声をかけた。

「あいつのじいちゃんと約束した……。絵の先生。昔ダブルレインボーを見たことがあるって」

　絵画教室の先生だった実花の祖父、迫《さこ》田《た》幸《ゆき》雄《お》が描いたダブルレインボーの絵を見て、実花が見たいと言った。迫田はみんなで見に行こうと約束して、指切りをしたのだと言う。その絵画教室には航平も、ここにいる子どもたちの何人かも通っていた。

「でもじいちゃん、半年前の台風で死んじゃった」

航平が言うと、台風のことを思い出したのか、周りの子どもたちの顔も暗くなった。

「来週、実花引っ越す……。この町にいるの、たぶんキツいんだ」

「たとえここを離れても災害に巻き込まれる可能性はある。だから予測できるかどうか、知りたかったんだな」優吾は航平のそばに行って、ほほ笑みかけた。

「ダブルレインボーをみんなで見る、それも航平くんなりの優しさなんだね。お別れ前に、この場所の嫌な記憶をなんとかしたかった」早霧も、航平の気持ちに寄り添った。

「あんな拒否《きょひ》るんならいいや」

航平は投げやりに言い、マップの危険区域を赤いペンで塗り始めた。


彩がイベントルームを出て行くと、少し離れた場所で真紀と実花が話をしていた。

「みんなの優しさが苦しいよね」真紀が言うと、実花はリュックの中を探り、うさぎのぬいぐるみを取り出した。

「これね、おじいちゃんが誕生日に買ってくれたものなの。もう捨てていい、忘れなさいって、お父さんお母さん言うけど……」

「忘れられないよね。でも、それでいいんだよ」

真紀が実花の肩に手を置き、笑いかけた。そして、近くに彩がいることに気づいた。

「次、消防実習だって。どうする？」

彩が実花に尋ねると、実花は立ち上がり、「これ、預かってて」と、ぬいぐるみを渡して室内に戻って行った。

「さすが元小学校教師、子どもの扱いに慣れてる」彩は笑顔を作って真紀に声をかけた。

「わかりやすいから」真紀は無表情だ。「この人もきっと自分と同じ側だって」

そして、動かない白分の足を見つめた。

「……お母さんから聞いた。教師、復帰しないかって、誘われているって」

「頑張って復帰してほしい？　私のことより、彩はどうなの？　ずっと派遣なの、私に気を遣ってなんじゃない？　気象に関わる仕事、偶然空きがあったからって言ってたの、嘘でしょ。本気なんでしょ。でもやりたいことができたって、私には言えない。もういいかげんそういうのやめて。彩は私のこと気にせず、自分の道を進めばいい」

真紀は車椅子を操作し、彩を残して戻って行った。

「……気にするよ」

ひとり残された彩は、実花から預かったうさぎのぬいぐるみに視線を落とした。かなりボロボロで、片耳とリボンが取れかかっていた。

屋外では、優吾による消防の実習訓練が行われていた。早霧はＡＥＤの使い方を教えていた。

晴原は群がる女の子たちに、雲の種類を説明していたが、切りのいいところで、ノートパソコンを手に指揮車輌に戻った。もう限界だ、と、メガネをはずしてネクタイをゆるめた。

「じゃあ、十分間休憩」優吾が子どもたちに声をかけた。

「実花ちゃん、はい、これ」彩は実花にぬいぐるみを渡した。「リボン取れかかっていたのと、ほつれてるところ、直してみた」

「勝手なことしないで！」

急に声を荒らげ、実花はぬいぐるみを芝生に叩きつけた。くたっとしているうさぎを見下ろしている実花の呼吸がだんだんと荒くなっていき、その場に崩れ落ちてしまう。

「実花ちゃん、大丈夫？　実花ちゃん」彩の声に、早霧が駆けつけた。

「パニックからの過呼吸。ゆっくり吸ってみようか。大丈夫。もっとゆっくり……」

早霧は背中をさすって息を吸うリズムを整えた。彩は何もできず、ぼんやりと立っていた。


イベントは中断し、ＳＤＭのメンバーは防災センターで担当者から説明を受けた。

「今、実花ちゃんのご両親に説明して、帰ることになりました」真紀が晴原に報告した。

「ほかの子も動揺してますし、今日の予定は明日に組み込む形でお願いします」

担当者に告げられ、晴原は「わかりました」と、頷いた。

「きれいになったぬいぐるみを見て罪悪感を覚えたんだと思う。無意識に止めていた時間が動き出した」早霧がメンバーに説明した。

「災害後のストレスからＰＴＳＤ、レスキューの中にも抱えている人はいます。知らず知らずのうちに、心にダメージを受ける」優吾は深刻な表情で言った。

「何がトリガーになってフラッシュバックが起きるかは人ぞれぞれだから」

「地雷、避けられたと思うな」ひかるの言葉に、みんなは黙った。

「雲田さんって、災害に関わった人に何かしてあげたい。そういう気持ち溢れてるよね。でもさ。はっきり言って、空回ってる。それって、おせっかいって言うんだよ」

「言い過ぎだ」優吾はひかるを制した。

「いや、同感だ」晴原はひかるに賛同して、「何かしてあげたいからといって、雲田に何かできる力があるのか？　周りに迷惑をかけるのは自明《じめい》の理《り》だ」

「やっぱり言い過ぎですよ」

「おまえらも思っていたことを、オブラートに包んで言ったつもりだ」

「いや全然包めてないから」晴原は早霧にすかさずツッコまれた。

「駐車場借りてもいいですか。明日までに指揮車輌で解析したいことが二つあって」と、晴原は真紀に許可を取って、イベントルームから出て行った。

　入れ違いに「いやあ、充実の一日だったなあ」と戻って来た山形が、「千葉の地《ち》磁《じ》気《き》逆転《ぎゃくてん》地層《ちそう》、チバニアン。何回見ても最高……ってあれ、子どもたちは？」とセンター内を見回すと子どもの姿はなく、優吾たち消防隊員は「失礼します」と去って行ってしまった。

「何この空気？　なんか、触れない方がいい感じだね」

「山形って、意外と地雷踏まないよな」

「人のあれこれは直視しない。ぼんやり薄目で見るのにかぎるの」

　山形とひかるの会話を聞きながら、彩はすっかりしょげかえっていた。真紀は何も言わず、心理的にも物理的にも彩と距離を置いていた。


　夜、園部は議員会館の会議室にいた。目の前の机の上には週刊誌の記事が置いてある。

「真偽不明であっても、試験運用中にこういう記事が出るのは問題ですね」

　立花が厳しい口調で言う。

「そしてこの記事の中には本当のことも書いてあるんです。ＳＤＭを構想していたのは園部大臣のお嬢さん。彼女が気象研究所の研究官だと名乗り、指示したことで、多くの命が失われた。そして当の本人はその場から離れた」

「なぜその場を離れたのか、理由は私にもわかりません」園部は立花に近づいて行き、向かい合った。「ただ、立花先生。勝手な臆測は控えていただきたい。それに、五年前あの記事を握り潰したのは私じゃありませんよ」

「いずれにせよ、当面ＳＤＭの正式運用は見送り、試験運用を続ける」

幹事長の御子柴《みこしば》が判断を下した。

「それでけっこうです」園部が言い、会議は終了した。

「真偽をはっきりさせる必要がありそうですね、ＳＤＭを正式運用させるためにも」

立花が去り際に園部に言った。

「しかし、あの記事を誰が握り潰したのか。私じゃなかったら、誰なんですかね」

「近々、もう一人、ＳＤＭに優秀な人材が入るはずです。その人物がきっと真実を明らかにしてくれますよ」立花は園部を残し会議室から出て行った。


華原市の市役所駐車場の指揮車輌の中では、晴原が台風の進路を黙々と解析していた。

「おはようございます」朝になり、彩が入ってきた。

「もしかして先生、徹夜……」

「徹夜はしない。集中力が落ちるだけだ」

と、オーブンの鳴る音がした。晴原は鍋を取り出した。

「朝から豚の角煮？」

「丸山が作ってくれたものだ。食べるか？」

「いえ、食欲が……」彩は食べ物が喉を通らないようだが、晴原はかまわず食べ始めた。

「先生って、よく食べますよね」

「食べられるときに食べておく。寝られるときに寝ておく。災害はいつ起こるかわからないからな」

「先生、私……」

「昨日のことだろ。悩み相談の類いはいっさい受け付けない」晴原は釘を刺した。「いきなりはどうかと思って、場が温まるのを待っただろ。語るな」

「もう、モヤモヤが溢れそうなんです」

「勝手に溢れ出せ。ただ俺には聞かせるな」

「中国語だったら、完全には聞き取れないですよね」彩は言い、中国語で悩みを吐き出した。

「（力のない私は、出しゃばった真似をしない方がいいんでしょうか）」

「全然、聞き取れないな」

「（姉にも同じようなこと言われたことがあります。関わらないでって……でも、ただ手をこまねいているのが苦しくて……）」なおも心の内を中国語で明かす。

「聞かないと言ってるのに聞かせようとする。ある意味、脱帽だ」晴原は食事の手を止めた。

「面倒くさい奴って、よく言われます、私」彩は日本語で返した。

「いいんじゃないか、それで」

「え」いきなり肯定された彩は戸惑っていた。

「何事も表裏一体。おせっかいも百回続ければ強い愛情だ。そばでエールを送り続けてくれる人がいる。これほど心強いことはない。自分が正しいと思う道を貫けるかどうかだ」

「先生」

「なんだ、まだあるのか」

「いえ。私も食べていいですか」

「食欲なかったんじゃないのか」

「俄然《がぜん》出てきました」

「立ち直り早すぎだろ」

「切り替えが早いとも言います」

晴原はフッと笑い、角煮を取り分けた。


優吾や早霧たちは指揮車輌の外で、車内に入るタイミングを見計らっていた。

「そろそろ中入っていいんじゃない？」

「師弟トーク終わった感じだしね」

車内の様子を確認し、ひかると山形が「おはようございます」と入って行った。

「太陽なんだろうな、雲田さんも」まだ車外にいた優吾は、彩の笑顔を見ていた。

「根っこは灯さんと同じ気がします。人の心に光を差し込む。だから晴原さんが反応している。あの人って心がピタッと閉じた人だったんですけどね」

「まさか惹かれている的な？」早霧は探るような目で優吾を見た。

「は？」

「いや、冗談」

早霧は先に指揮車輛に入った。優吾は首をひねりながら後に続いた。


「今日のイベントの確認します」

ひかるは資料を配り始めた。と、解析中の晴原が手を止め、モニターを凝視した。

その途端にモニターが『Ｃａｕｔｉｏｎ』と警告画面に変わり、アラームが鳴り始めた。

「危険予測プログラムが反応した」

晴原は無線のスイッチを押した。

「本部、緊急案件だ。台風の進路が大きく変わった。予想より太平洋高気圧が強く、静岡に上陸する。しかし同時に千葉にも危険が迫っている。超高解像度シミュレーションの結果、今から一時間後、ミニスーパーセルによる竜巻が起こる可能性が高い」

スーパーセルとは、別名巨大積乱雲のことだ。落雷や強い雨はもちろん、強い竜巻を発生させたり、巨大な雹《ひょう》をもたらす危険な雲のことをいう。

「台風が直撃するかどうかに、みんな目が行きがちだが、その手前で起こる突風に目が行かない。このままだと大きな被害が出る。これが竜巻発生の可能性が高いエリアだ」

晴原は竜巻が発生するポイントをモニターに表示した。確率分布――赤・黄色の楕円のエリアが映し出されている。

「……この近くにも来る」優吾の言葉に、彩は恐怖が蘇り、怯えた。

「子どもたち、もう集まっている時間」

早霧とひかるは飛び出して行った。彩もハッと現実に戻り、後を追った。

「とくにこのあたりは住宅密集地」山形は自分のパソコンで分析して言った。

「地元消防警察と連携し、住人たちの避難指示と警戒に当たります」優吾も外に出た。

『至急至急、ＳＤＭから千葉県警に緊急の通達あり……』

『こちらＳＤＭ、千葉消防局に緊急事案の要請……』

本部の三崎と梨紗子が報告を上げた。

『時間がない。緊急会見を行うがそれだけじゃ不十分だ』園部の発言を受けて、

『市の防災無線で情報を――』上野が指示を出した。

「さらにそれに連動して、地元テレビ局に協力要請をお願いします」晴原は本部に依頼した。

「みんなよく聞いてね。これからこの町に大きな竜巻が来ます」

ひかるはイベントルームに集まった子どもたちに説明した。子どもたちから「えー？」と声が上がり、パニックになった。実花は無言でうつむき、航平は実花を気にしながら、昨日、自

分が作った防災マップを見ていた。

「ちゃんと聞いて。外は非常に危ないので外には絶対に出ないで。竜巻が通り過ぎるまで、私たちはここで待ちます。私たちの話をよく聞いて、行動してください」ひかるは言った。

「竜巻って、もしかしてあのときみたいな強い風が？」真紀が彩に近づいてきた。

「……それもあのときより、広い範囲に」

二人が口にする『あのとき』。二人の運命を変えてしまった『あのとき』だ――。

『地元テレビ局が緊急で中継を差し込んでくれる。過去の被害映像を流した方がいい。竜巻の強さは？』上野が無線で、指揮車輌の晴原に尋ねているのが、彩のイヤホンから聞こえてくる。

『風速七十五メートル毎秒、ＪＥＦ３相当』と、晴原は応えた。ＪＥＦ（日本版改良藤田スケール）は、竜巻などの突風の強さを表す。ＪＥＦ３は木造の住宅が倒壊し、アスファルトが剥離したり飛散するレベルの強い風だ。

『つむじ風ならあったはず』上野は調べ始めた。

『千葉って畑が多くて、熱対流が起きやすい。つむじ風もけっこう起きてますからね』山形が答えた。

『同じ風の強さで言えば三年前のつむじ風被害のものがある。しかも千葉、地元の人の記憶にも残っている』上野が言った。

それはまさに『あのとき』。無線越しに上野たちの会話を聞いていた彩は、真紀を見た。

『ただミニスーパーセルの竜巻って、噛み砕かないと怖さが伝わらない。いかに恐ろしいか、正確に知ってもらう必要がある。現場から伝えて』

『竜巻だけでなく静岡上陸に際し、そちらの解析も同時に行っています。俺は手が止められない』晴原が答えた。

「私が……伝えましょうか。たぶん私が一番、怖さを伝えられます。経験者だから。三年前のつむじ風に遭遇してるから」

彩は切り出した。真紀が目を見開き、彩を見ている。

『雲田さん、それ、今初めて人前で口にしたんじゃない？』上野が尋ねてきた。『テレビの前で話せるの？』

「……私の経験を伝えることで誰かの命を守れるかもしれない。力のない私のたった一つの力。だったら、それ使うしかないじゃないですか」

『雲田、頼む』聞こえてくる晴原の声に、彩は「はい」と応えた。

イベントルームが臨時の中継地となった。彩はパソコンの前で、スタンバイしていた。地元のテレビ局のスタッフが駆けつけ、市の防災無線も連携して流せる態勢になっている。

「十秒後、中継繋ぎます」スタッフの声に、彩は「はい」と返答したが、緊張で心臓が高鳴っていた。目の前にはカメラの三脚が立てられ、近くのテーブルに置いてあるモニターの画面は分割され、右側に現在放送している情報番組が映っていた。見ていると、恐怖が蘇ってくる。

『ここで緊急速報です。華原市で竜巻が発生するとみられています。現場にいるＳＤＭの方と中継が繋がっています。お願いします』キャスターが伝え、画面が切り替わった。

「ＳＤＭ気象班の雲田です。今から富士平、下ノ浦に竜巻が発生します。竜巻と言われても、皆さん馴染みがないかと思います。いかに危険なのか、皆さんに知ってもらいたいです。三年前、華原市で起きたつむじ風と同程度の突風が、約五キロの距離にわたって発生します」

画面に被害後の写真が表示された。建物が倒壊し、木々がなぎ倒され、瓦礫が散乱している。

「私はこの災害を経験しています。二〇二一年、五月十四日、十四時過ぎ、私はバス停にいました」

彩は言葉を続けられず、うつむいた。

『あのとき』から、何度も何度も思い出した恐怖の瞬間に、体が硬直してしまう。イベントルーム内のメンバーや子どもたち、そして真紀も、彩を見守っていた。

「頑張れ、彩、頑張れ」声をかけてきたのは、真紀だ。真紀の言葉に、彩は拳をギュッと握った。

「近くの工事現場の足場にあったクレーンが上から降ってきました。私は無事でしたが、目の前で傷ついた人がいます。あのときのこと、忘れようとしても忘れられません。人生を狂わせる災害が目の前に迫っています。屋外にいる場合は、直ちに建物内に退避してください。屋内では、雨戸や窓を閉め、建物の中心部に移動してください。大切な人の命を守るために、このことを多くの人に伝えてください。繰り返します。屋外にいる人は……」彩は繰り返した。

『雲田。フェーズドアレイ気象レーダーの観測をもとに、さらに詳細に絞り込んだ。十分後、富士平。十二分後に下ノ浦』イヤホンから晴原の声が聞こえてくる。

「十分後、富士平。十二分後に下ノ浦に竜巻が来ます」

　彩は、晴原に言われた通り、伝えた。


　彩が必死で呼びかける様子を見守っていた真紀に、早霧が話しかけた。

「サバイバーズ・ギルトってご存じですか」

「え？」

「生存者の罪悪感。災害から生存した方も罪悪感によって苦しみます。自分のせいで相手が犠牲になったんじゃないか。どうして私だけが無事だったのか。実花ちゃんみたいに」

早霧は実花を見た。半年前、目の前で祖父を失った実花は、唇をギュッと噛みしめながら、彩を見つめていた。

「目に見える苦しみと目に見えない苦しみ。お姉さんと彩さんは、同じ痛みで繋がっているんじゃないでしょうか」


　優吾は住宅地で、地元の警察官とともに避難を呼びかけていた。家に戻る人、避難所に向かう人たちで、住宅街の道路はかなり混雑していた。

防災行政無線局から災害等の緊急時に住人に情報を伝える屋外スピーカー、屋外拡声子局からは、彩が危険を告げる音声が流れていた。優吾は親とはぐれて道にしゃがみこんでいた子どもの親を探して引き渡したりと、周囲の状況に気を配っていた。と、その視線の先を見覚えのあるカラフルな帽子を被った少年がよぎった。航平だ。川べりの道を駆け抜けて行った。

「こちら消防班、園部。市役所で避難している子どもたちの中に根岸航平くんはいますか」

優吾は無線に呼びかけながら、航平が向かった方へと走り出した。


「根岸航平くんいる？」

早霧があたりを見回すと「さっきまでいたよね」「どこ行ったんだ？」子どもたちも互いに顔を見合わせている。

「富士平で航平くんらしき子を見たって言ってるけど」ひかるの言葉を聞いて、実花が声を上げた。

「おばあちゃん。私のおばあちゃんがいるとこ。え、なんで……」

『富士平は、数分後に竜巻が来る。急いで保護しろ』晴原が叫ぶ声が聞こえてきた。

「航平くーん」優吾たち消防班は必死で航平を探していた。スピーカーからは、サイレンと彩が危険を告げる声が流れている。その声が聞こえなくなるほど、風の音が強くなっている。目を開けているのも、立っているのも辛いほどだ。

　川沿いの団地の背後で、黒い竜巻が起こっていた。

「逃げろー！」優吾は声を上げ、自分は団地の自転車置き場の中に入り、しゃがみ込んだ。周囲の木々の枝が折れ、自転車が倒れ、外はすさまじい風が吹き荒れていたが、しばらくして風がおさまった。これは、竜巻だ。

　優吾は外に出た。前方で帽子が高く飛んでいるのが見えた。


『航平くんが竜巻に！』優吾の切迫した声が告げた。

　誰かのイヤホンから漏れた声を聞いた実花は、真っ青になり倒れてしまった。

「実花ちゃん！」早霧は慌てて駆け寄った。


　イベントルームで横になっていた実花が目を覚ますと、付き添っていた早霧が「大丈夫？」と、声をかけた。

「航平は？」実花はすぐに、航平の名前を口にした。

「あそこにいるよ」実花に寄り添っていた早霧は、航平を指した。航平はバツの悪そうな顔で歩いて来て、実花の前に立った。

「この防災マップでどこに避難すればいいかわかってるし、転んで帽子を落としただけだ」

「勝手な行動は自分だけじゃなく、周りにも危険を及ぼす。二度とやったらダメだぞ」

優吾が航平の頭をやさしくコツンと小突いた。航平は肩をすくめている。

「でも、どうして」実花は航平を見た。

「実花ちゃんのおばあちゃんに何かあったら、実花ちゃんがまた悲しむと思って、向かったみたい」答えたのは、早霧だ。

「おばあちゃんはちゃんと家にいて、航平くんも中に入れてもらえたんだって」

「よけいに心配かけて。……空回っているね」彩は、わざと意地悪く言った。

「空回りの先輩にマウント取られてるぞ」ひかるが笑い、

「さて、どうする、少年」山形が航平を見た。

「最後に一緒にやりたいことあるんでしょ」彩が促すと、航平は実花に向き直った。

「ここ離れる前に、みんなでダブルレインボー見よう」

航平が勇気を出して言うと、実花はこくりと頷いた。

「でも本当に見られるんですか」実花が彩に尋ねた。

「問題ない……ですよね、先生？　解析してくれているんでしょ」

彩は、部屋の隅でふてくされたように立っている晴原を見た。晴原は昨日、「明日までに指揮車輌で解析したいことが二つある」と真紀に言っていた。

「一つは台風のこと。もう一つは、ダブルレインボーのことなんですよね？」

「自然現象も表裏一体だ。積乱雲から竜巻は生まれる。ダブルレインボーも積乱雲がないと生まれない」晴原は子どもたちの方を向いた。

「災害を正しく恐れるために、防災授業の最後にダブルレインボーを見に行く」

ハルカン仕様はもうやめたのか、いつものぶっきらぼうな口調で言った。子どもたちから「わーい」と歓声が上がった。

「今から一時間後に雨が上がる。出発の準備して行くぞ」

晴原が外に向かうと、ＳＤＭのメンバーや子どもたちも後に続いた。

「私決めたよ。これからも全力でおせっかい焼く」彩は、隣にいた真紀に言った。

「子どもの頃からお姉ちゃんの笑った顔ずっと見てきた。だから頑張れ、頑張れって言い続ける。いつかお姉ちゃんが心の底から笑える日が来るまで」

真剣に言葉を紡ぐ彩を、真紀はじっと見上げていた。


子どもたちはレインコートを身につけ、出発を待っていた。

「これからあの子たちが向き合っていく気象環境は、俺たちの頃とは大きく違う」

晴原は子どもたちを見つめながら、言った。

「たしかに、穏やかに移ろう季節の変化は、いつの間にか失われたよね」早霧は頷き、

「ここ十年で急激に異常気象が増えてきた感じがする」優吾も同意した。

「地球温暖化。これまでのツケが一気に押し寄せて来てるんだよね」山形が真顔で言った。

「異常気象があたりまえの世界で生きていく世代だ。でも悲観することなく、力強く乗り越えていってほしい」晴原の言葉に、ＳＤＭのメンバーたち、そして真紀は子どもたちの笑顔を見ていた。

「今後、ＳＤＭの防災活動は自然の怖さだけでなく素晴らしさも伝えていく」

晴原は灯のノートに書かれていた言葉を、胸の中で噛みしめていた。

『これから起こる悲劇に抗いたい。明日の命を守り抜くために。いつも通りの朝を迎えるために』


一時間後、みんなは岬でダブルレインボーを見ていた。

「すげー！」「きれー！」

大騒ぎしていた子どもたちは慌てて目を閉じ、手を合わせてそれぞれに願いごとをし始めた。航平は、隣に立つ実花が一心に祈っているのを見て、自分も急いで目を閉じた。

「『頑張れ、実花ちゃん』って祈ってるんだろうな」彩はほほ笑ましい気持ちで見ていた。

「その気持ち、届くと思う」隣で真紀が言った。

「私だからこそ、子どもたちに教えられることがあるかもしれない。これが、私の力だと思える日がくるのかも。私も、半歩かもしれないけど踏み出す。じゃないと彩も前に進めないでしょ」

真紀は笑顔で彩を見て、そして手を握った。

「だから挫けそうなとき、これからも頑張れってそばで応援してね」

そして晴原たちの方を向いて、「妹のことよろしくお願いします。きっとみなさんの力になれると私は信じています。うちの妹、最強なんで」真紀は彩の腕を取って笑った。

「お姉ちゃん……」

「一日に何回泣くの。それに子どもみたいに泣かないの」

真紀は呆れていたが、彩は涙が止まらなかった。そんな彩を笑顔で見つめる優吾の優しい横顔を、早霧はチラリと見ていた。

「さて、俺たちも一応、願っとく？」山形が言った。

「彼女ができますようにって願っても叶わないと思うぞ」ひかるが意地悪く言う。

「微妙に違うんだな。地形マニアの彼女ができますように、だよ」

二人がふざけ合うのを聞きながら、晴原は虹に向かって目を閉じ、祈っていた。

その夜、園部は会議室である人物の経歴書を見ていた。そして経歴書を上野に渡して、告げた。

「実質、名誉職だった警察班統括責任者が新任と交代する。新任は立花大臣が神奈川県警に働きかけ、ねじ込んできた。沢渡満《さわたりみつる》、五十歳。立花大臣の夫だ」

朝、出勤途中の晴原は中年男性に声をかけられた。

「晴原柑九朗さん、ですよね」晴原は警戒しながら相手を見た。

「いやー、男前だな。私もイケオジなんて言われますが」と、おどけている。見覚えのない顔に、晴原は眉根を寄せた。

「新しくＳＤＭ警察班統括責任者に任命される沢渡です。まあ、かみさんがアレなもんで、コネですよ、コネ」

「は？」

「ところでこれ、私、興味あるんですよ」

沢渡は晴原にスマホの画面を見せた。『身勝手な正義』というタイトルの週刊誌の記事だ。

晴原は顔をしかめ、沢渡を見た。

「止めたんですよ、私は」沢渡は続けて言った。

五年前。警察官の沢渡は、避難警報が鳴り響く中、必死に走っていく灯に、そっちは危険区域で、すでに川が氾濫し始めているから戻るようにと、声をかけた。けれど灯は覚悟の表情を浮かべ、走って行ったのだと言う。

「でも彼女は私の制止を振り切った。おそらく園部灯さんの最後を見たのは、私ですよ」

沢渡の言葉に、晴原は新たな疑問を抱えることとなった——。

灯の最後を見た。いきなり現れた沢渡に言われ、晴原は衝撃を受けていた。沢渡はなおも言った。

「避難した公民館で多くの人に留まるように指示しながら自分だけ離れ、さらに危険な場所に向かった。なぜですか」沢渡は一歩二歩と足を前に運び、晴原の目の前まで近づいて来た。小柄なので晴原を見上げる格好になるが、警察官だからか目が鋭く、圧がすごい。

「その答えを探しています」この五年間、ずっとだ。

「それは私が見つけますよ。彼女の行動のおかげで、私とかみさん、人生狂わされた口ですからね」そう言ったかと思うと、沢渡は突然、がらりと表情を変えた。

「どういう意味だって言いたいでしょ。まあ一杯やらないと語れないんで、おいおいね」

沢渡は酒を飲むような仕草をしながら言い、晴原を置いて先に歩いて行った。

＊

五年前の関東南部豪雨の翌日――。

沢渡は遺体安置所にいた。前夜のような広域緊急援助隊の格好ではない。私服での訪問だった。沢渡はある遺体の顔が目に留まり、足を止めた。それは自分の制止を振り切った女性、園部灯の変わり果てた姿だ。そしてその傍らで虚《うつ》ろな表情で座りこんでいたのが、晴原だった。

「お母さん！　お母さん！」

高校の制服を着た女の子が泣きながら駆け込んで来た。その遺体は、立花の地元秘書・河合《かわい》早紀《さき》だった。

沢渡がやりきれない気持ちでふと外を見ると、立花が泣いていた。

遺体の前で悲しむ多くの遺族を前に、沢渡は自責の念で押し潰されそうだった。

*

五年前の記憶を胸にしまい込み、沢渡は総務省に立ち寄った。確認したいことがあったからだ。廊下を歩いていると、立花が前方からスタッフを引き連れて近づいて来た。

「藍ちゃん」と、呼びかけると、立花が足を止めた。スタッフを先に行かせて沢渡の方を向いた。

「なぜ、ＳＤＭにあなたをねじ込んだか、でしょ」

立花は、沢渡が何も言わないうちに、口を開いた。

「災害対策専門のエキスパート。機動隊、広域緊急救助隊として長年キャリアを積んできた」

「すでに現場を退いた身だよ」

沢渡は穏やかな口調で言った。

「まだ老け込む歳じゃないでしょ。ＳＤＭ警察班統括責任者に適任だと思って推薦しただけよ」

立花は鞄を開けて、茶封筒を取って差し出した。沢渡は受け取って、中身を確認した。

「こんなもん、ずっと持ち歩いてたんだ」

「ＳＤＭのことで会いにくると思ってたから」

　立花はそれだけ言い、行ってしまった。


　ＳＤＭ本部の会議室に集まった彩たちに、沢渡が紹介された。

「あの立花大臣の旦那さん？」彩は驚きの声を上げた。

「姉さん女房。馴《な》れそめ知りたい？　ズバリ私の一目惚れ。凛《りん》としたあの感じにビビッと。あれ、この表現古い？」沢渡はおどけて笑った。

「知りたいのは、園部大臣と敵対する立花大臣がなぜ旦那さんをＳＤＭに……」

「スパイ。内部に入り込んで問題を炙《あぶ》り出すのがミッション」

　沢渡は本気とも冗談ともつかないことを、軽い口調で言い、彩はますます困惑した。

「スパイって自分のことスパイって言います？」早霧は冷静だ。

「立ち位置バレバレでしょ。ＳＤＭを潰すためにここにいること。大きな問題、当たりはつけてるんですよね。ＳＤＭのミッションデータ、全部聞かせてもらいましたから」

「その当たりとやら、ぜひ知りたいですね」優吾は挑戦的だ。

「空気ですよ、空気。人は場の空気によって行動が左右される。ＳＤＭの空気のもとは晴原柑九朗」

沢渡はパチンと指を鳴らし、ガラスの向こうのモニタールームにいる晴原を指した。

「目の前の命を絶対に救う――少年漫画のヒーローがかもし出す空気。雲田彩さん、それにあなたは瞬殺で呑み込まれた。その充血した目、昨日も寝る間を惜しんで、気象予報士を目指して猛勉強ですか」

沢渡に鋭くツッコまれ、彩は黙った。

「汐見早霧さん、あなたもほぼ瞬殺組。居場所を見つけてエンジン全開ってとこでしょ」

早霧も沢渡から目を逸《そ》らし、うつむいている。

「期待したのは、園部優吾さん、あなたなんですけどね。晴原さんを止めるのが役割。でも最近、少し呑み込まれがちじゃないですか」

「そのつもりはありませんよ」優吾はムキになって反論した。

「空気ってのは、自覚できないもんなんですよ。ＳＤＭを支配する空気は、至極《しごく》正しい。だからこそ、危険なんです」

沢渡は作業中の晴原を見つめている。

「おっとさっそく、来るか。顔つきが変わった」

沢渡がそう言った途端、モニタールームでアラートが鳴った。


その頃、議員会館では会議が行われていた。発言しているのは立花だ。

「ＳＤＭの正式運用について、総務省主導で評価を下すのはいかがでしょうか。元々、総務省は各省庁の取り組みを調査し、課題や問題点を実証的かつ総合的に把握分析する役目があります」

「私も適任だと考える。異論がある者は？」

　御子柴幹事長が会議室を見回すが、全員、押し黙っている。園部は複雑な表情を浮かべて考えていたが、そこに秘書が近づいてきて、耳打ちした。

「失礼します。ＳＤＭ事案です」

　園部は立ち上がり、廊下に出た。


『園部だ』

　園部が晴原の呼びかけに応答した。

「こちら気象班晴原。茨城県平岡市にて、今から二時間以内に巨大な雹《ひょう》が降る兆候を捉えました」

『巨大な雹？』

「ソフトボールほどの雹が時速百キロ以上で」

　晴原以外のメンバーたちも、モニターでエリアなどの情報を見ている。

「通常、積乱雲の中にあるのは、雨か雪か雹かの判別は難しいですよね」彩が言った。

「二重偏波《にじゅうへんぱ》気象レーダーによる解析によって突き止めた。過去に例がない規模だ」

「直撃したら、命の危険がある」早霧が、その恐ろしさを確認するように言った。

「市の危機管理課に情報を」優吾は三崎と梨紗子に指示をした。

「至急至急、ＳＤＭより茨城県平岡市に緊急事案あり」三崎がマイクに向かって告げ、無線が飛び交う。

「まるで逆なんだよな」沢渡は一人、どこか冷めた口調で言った。

「今まで私は災害が起きてから動いていた。でもここでは未然に防ぐために動く。ＳＤＭは既存の組織を否定するところがありますよね。その既存代表なわけですよ、私は。なのでこちらも全力で否定させてもらいますよ」

『それは楽しみだ』園部は沢渡に言って、『当該事案ＳＤＭが対応に当たる』と、ゴーサインを出した。

「ＳＤＭ出動」

　晴原はメンバーを引き連れて現場に向かった

　ＳＤＭメンバーは茨城県平岡市役所に到着。ＳＤＭジャンパーを羽織った沢渡も同行した。市役所の防災危機管理課の職員たちは、あちこちに電話をかけたりと、対策を練っているようだが、どこかまだのんびりとしていた。

「緊急事案を通達したＳＤＭです」

晴原は一番手前の席にいた若い男性職員に声をかける。

「あ、僕が連絡受けました。災害対策本部が立ち上がっています。農作物の危機にどうするか」

すぐに立ち上がったその職員は、畑中大輔《はたなかだいすけ》という名札をつけていた。

「農作物の危機？」

「去年も雹で大きな被害が出て……」

「何、言っているんだ。これは人命に関わる問題だ」

　晴原は畑中の言葉を遮った。

「えっ、人命……？」畑中は目をぱちくりさせている。

「巨大な雹が時速百キロ以上で降り注ぐ。あと四十分で市民の命が危険に晒《さら》されることを理解してないのか。きみの危機管理の甘さで、傷つく人が出るかもしれないんだぞ」

「ど、どうすれば……」ようやく事の重大さが理解できたようで、青ざめている。

「急いで防災無線で呼びかけを」

「防災無線お願いします！」畑中が声を上げ、ほかの職員たちに呼びかけた。

　一連のやりとりを少し離れた場所から見ていた沢渡は、手帳を取り出し、『ありがちな初動ミス。予測しても、正確に伝わらないと意味がない』と、書き込んだ。

「俺の話を聞いてるのか」晴原は畑中に詰め寄っている。

晴原は危機管理課の責任者の方に移動し、なおも厳しく責め続けた。

「(正しいけど、間違ってる)」晴原の様子を見ていた彩は、思わず中国語でつぶやいた。そして、沢渡の視線に気づいた。

「メモ、取るといいですよ。心の中にあるモヤっとしたことを書いておく。いつか言語化できるようになりますよ」沢渡は彩にそう言い、フロアを出て行った。

『先生はただみんなを助けたくて、必死なだけ。でも……』スマホのメモに打ち込んでみたものの、その先になんと打ったらいいのかわからない。

「とにかく手分けして、各家庭に直接連絡できるようにします！」

畑中が焦った声で言い、ほかの職員たちも電話をかけ始めた。

園部はＳＤＭ本部に入り、ジャンパーを羽織った。

「初動ミスにより、巨大な雹の危険性が市民に確実に伝わっていない模様です」

「現在、福岡に出張中の上野さんから連絡が。上野さんが携わっている保険会社のサポートシステムが使えるそうです」

三崎と梨紗子が報告を入れた。モニターには、保険会社の雹災確率というマップが表示された。

「『雹災アラート』だな」

園部は色別のマップを見た。平岡市周辺を『可能性がある』の黄色い円形が囲んでいて、平岡市は『非常に高い』という赤い円形で囲まれている。

「年々雹被害が増加し、保険金の支払いが膨張。過去のデータからエリアを絞り込むのに有効」

梨紗子が上野からの連絡を読み上げた。


『晴原気象統括責任者、上野さんからのデータを送ります』

三崎が晴原に呼びかけた。

「了解。降雹発生確率が高い地域を、二五〇メートルメッシュで絞り込む」

メッシュとはその名の通り網の目の区域に分けて、それぞれの区域に関する統計データを編成したものだ。市役所の駐車場に停車した指揮車輌に移動していた晴原は、すぐに解析にとりかかった。

「やっぱり災害の現場は『握り飯』だよね。妙な安心感がある」

沢渡はひかるが用意したおにぎりを食べながらも、晴原を観察していた。

「なんか、見張られてる感じで居心地悪い」

晴原のそばで作業をしていた山形が声を上げた。

「山形くんってさ、ＳＤＭの空気に呑み込まれないよね。業務だから淡々とやっている。気持ちいいくらい使命感もない。いいよねえ」

「俺、褒められてる？」山形が疑問を口にすると、ひかるが「ある意味」と、答えた。

「三十分以内に、このエリアに雹が降る」

晴原は送られて来た雹災マップを見て言った。モニターにエリアが表示される。

「時間がない。効率的に避難指示を出す必要がありま……」口を開いたのは彩だったが、

「ちょっと出しゃばった真似を」と、沢渡が遮り、無線マイクに向かって話し始めた。

「並谷町は住宅軒数四百五十。地元消防と警察は四十名で避難誘導を。古峯町は、防災無線でカバーできていない山間部を優先に二十名で。駅に向かう県道70号線は、この時間渋滞しがちなので、迂回するように」

『的確だ。しかも地域の交通情報まで』街に出ていた優吾は感心していた。

「なお一つ懸念事項がある。先程、市役所で職員は農作物を守ろうとする意識が高かった。これはこの町の空気感だと感じています」

「町の空気感……」彩が繰り返した。

「農家にとって、大切に育ててきた農作物が被害を受ければ生活に直結する。つまり、よりギリギリまで農作物を守ろうとするのではないかということです。避難指示をした後もダブルチェックの意味合いで注意を払ってください。園部優吾統括責任者は現場で指揮を。全体をこちらで管理します」

沢渡は指示を出し、またおにぎりを頬張った。

「さすが」と、沢渡に言う山形に、

「場数だけは踏んでるんでね。ＳＤＭのウリって、階級・年齢に関係なく能力本位で人材を集める。でも、能力が高くても経験値が低いってのはねえ……あ、メモメモ」沢渡は皮肉を口にしながら、手帳を取り出した。


　地元消防警察と共に降雹ポイントに到着した優吾は、畑が広がる地帯を見渡して絶句した。

『こちらは防災避難課です。十五分以内に並谷町、古峯町に雹が降る怖れがあります。屋外にいる方は、ただちに建物の中に避難してください。繰り返します……』

　防災無線がひっきりなしに鳴り響いているというのに、農家の人たちは畑でネットを張り、作物への降雹対策をしていた。

「こちらＡ班園部。沢渡統括責任者の懸念通りです。こちらが本来伝えたい危険性が伝わりきれていない」

『こちらＢ班、Ａ班と違って、すでに在宅避難している者がほとんどです』

　別の班の隊員が報告した。Ｂ班は防災無線がない住宅街だ。

「防災無線がないエリアなのにどういうことだ？」

　優吾は腕時計で時間を確認した。

「とにかくリミットまであと十五分。退避命令が出るまで、一軒一軒声がけを！」

優吾の指示で、地元消防警察が畑にいる人たちに避難を促す。

「すいません。巨大な雹がもうすぐ降ってきます。今すぐ自宅に避難を！」

畑に雹害ネットを設置している若い夫婦を見つけ、警察官が声をかけた。妻はお腹が大きい。

「まだ収穫ができないの、山ほどあるんです」

夫の矢崎《やざき》保《たもつ》がのんびりと答えた。

「命の危険があるようです！」警察官は真剣に言った。

「わかりました」保は妻の里沙《りさ》に「先に家に入って、雨戸を閉めて」と、伝えた。

「あなたは？」

「裏の畑にネットを。生まれてくる子のためにも、稼ぎを減らすわけにはいかないからな」

保は別の畑に向かった。里沙は家に戻ろうと思いつつも足を止め、ネットを張ったばかりのキャベツ畑を見つめた。


緊張感の増す本部に、立花が現れた。

「一度、ＳＤＭのオペレーションをしっかりこの目で見ておいた方がいいかと。今後の評価のためにも」

園部が無言で頷いた。

「まもなく雹が降るリミットを迎えます」

「ただ沢渡統括責任者が言っていたダブルチェックは完了していません」

梨紗子と三崎の報告を聞き、園部は考え込んでいた。

指揮車輌内の晴原はレーダー画面と向き合っていた。

「来る」晴原が言った直後に、上空が急に暗くなり、雷鳴が轟《とどろ》いた。一気に巨大な雹が高速で降り出し、地面を叩く音が車両内にも激しく響いた。

屋外にいた優吾たち消防班も、屋根のある駐車場に避難した。だがソフトボール大の雹はトタン屋根を突き破り、近くに停まっていた車のフロントガラスを破壊した。優吾たちはその勢いに屋根を見上げた。屋根には雹が直撃する音が響いていた。

目の前に広がる畑にも雹が落ちているが、幸い避難が間に合ったようで、人の姿はなかった。

畑にいた保は納屋に飛び込んで、どうにか雹から逃れた。衝撃音が続いたが、数分後に音が止んだ。おそるおそる外に出ると、雹は止んでいた。

「うわあ……」

保は畑を見渡し、声を上げた。畑一面が大きな雹の塊で覆われている。ほかの農家の人たちも外に出て来たが、保と同じように驚きと落胆の声を上げていた。

降雹は五分弱だったが、あたりは雹の塊だらけで、納屋や車が被害を受けていた。

「至急被害状況を確認する。医療班も各エリアごとに人員を割いてください」

　優吾が無線で告げると、公民館で待機していた医療班の早霧から『了解』と、返ってきた。

「雹の降ったエリアに俺も向かう」晴原はメンバーに告げ、立ち上がった。

「晴原さんはここにいるべきでしょ」沢渡は即座に反対した。

「気象予測がＳＤＭの要。なのに実質指揮官のあなたが指揮車輌から離れるんですね？」

「現場に行かないとわからないことがあります。この規模の降雹は日本では稀。次にどんな災害を引き起こすのか、わずかな兆候も見逃したくない」

「目先のことばかり囚われていると、全体を見失う」

　二人の言い合いを見ていたひかるが「どっちも正論」と、つぶやいた。

「移動中も解析を続ける。指揮車輌を引き離す。丸山、運転を頼む。雲田は市の危機管理課で対応を手伝え」

　二台が連結している指揮車輌を引き離し、自ら搭乗する一台に現場へ向かうよう指示した。

「人の意見に耳を貸さない、功罪《こうざい》ありますよねえ」

　沢渡はため息をつき、メモを取った。

　ひかる運転の指揮車輌が降雹ポイントに到着した。車から降りた晴原は畑を見渡し、雹の塊が畑を覆う状況を見ていた。

「現状、大きな被害は出ていません。軽傷者が数名」

優吾が駆け寄ってきて、報告した。

「積乱雲はもう通り過ぎた。ただ違和感がある」

晴原は手元のポータブル測定器の値を見た。

「雹とともに雨が降り、地表が湿り気の多い状態になっている。上空には強い寒気が入って地上が異常なほど冷えている」

「何か起きるってことですか」

優吾が尋ねたとき、無線が入った。

『こちら医療班、汐見。降雹による重傷者が一名！』

早霧は地元消防警察の隊員たちとともに、降雹ポイントにいた。

『矢崎里沙さん、三十歳。妊婦です』早霧の声のうしろから里沙が呻く声、そして保が『しっかりしろ、里沙』と声をかけている様子が聞こえてきた。

『直前まで収穫しようとして、腹部に雹が当たった模様。激痛を訴え、出血も見られます。すぐに救急車の要請を願います』

「待て。現場に到着できても、病院まで搬送できないかもしれない」

晴原の視線を、優吾とひかるも追った。畑の向こうは白くぼやけていた。鉄塔が建っているのだが、うっすらとしか見えない。

「これって、いったい……」ひかるが絶句し、優吾は「霧」とつぶやいた。

「ただの霧じゃない。ヘイル・フォッグ」晴原は言った。

「ヘイル……フォッグ……?」優吾が繰り返す。

「巨大な雹が降り、その雹が溶けることで気温が急激に低下。空中の水蒸気が飽和することで、異常な霧が発生することがある。このエリア一帯、濃い霧に包まれる」

このままでは、外で救助活動をしている早霧たちも視界がきかなくなってしまう。

「急いでエリアを特定する。要救助者は俺たちが病院まで搬送する」

晴原が言うと、ひかるはすぐに運転席に戻った。

「防災無線にて、走行車輌は道路脇に停車し、追突事故を避けるように伝えてください！」

優吾は危機管理課にいる彩に指示を出した。すぐに『了解』と、彩の声が返って来た。


「無線の内容は私がまとめます」

彩は市役所の職員たちに伝えた。

「古峯町でも、濃霧が発生しているそうです」職員の一人が言った。

「防災無線でカバーできていないエリアですね。でもどうしてわかったんですか」

「畑中からの報告です。ＳＤＭの晴原さんが叱責していた奴です。ああ見えて、今どき珍しいいい奴なんです。この町で育ったからこそ、この町のために役に立ちたいって」

つまり、畑中は濃霧が発生している地域にいるということだ。彩は嫌な予感を覚えた。

畑中は古峯町の畑の中の道に立ち、誘導棒を手に町民たちを避難誘導していた。

「霧が濃くなってるんで気をつけてください。向こう大通りなんで注意してください」

砂煙の中にいるような状態で、ほとんど視界がきかなくなっていた。

足元には先ほど降った雹の塊が転がっていた。畑中が避難していく町民たちを見送っていると、背後からいきなり車のライトに照らされた。振り返った畑中は、目を見開いた。


濃い霧の中、ひかるの運転する車輛が、早霧のいる場所に到着した。優吾と医療班のメンバーが里沙を救護担架に乗せ、車内に運び込んだ。

里沙は「痛い痛い」と腹部を押さえて呻いていた。

「里沙、しっかりしろ！」保は懸命に励まし続ける。

「濃霧エリアを特定。かなりの広範囲だ」

晴原の見つめていたモニターに濃霧エリア情報が表示される。

『標高が低く、低地に流れてきた雹の影響でここまでの濃霧が』

切り離したもう一方の指揮車輛内の山形が言った。

『これはちょっと呑気に構えている場合じゃないね。本部、周囲の電光掲示板に速度調整と濃霧警戒の表示を』沢渡が指示を出した。

『晴原気象統括責任者、霧が晴れるのはいつかわかりますか』

　沢渡の問いに、「二時間前後」と晴原が答えた。

『最寄りの病院はそこから八・五キロ先』沢渡は周辺の地理を把握している。

「要救助者の状態は？」優吾は早霧に尋ねた。

「腹部触診で子宮が硬度を増したのを確認。常位胎盤早期剝離《じょういたいばんそうきはくり》の可能性が高い。現在妊娠二十九週。すぐ病院に運ばないと母子ともに危ない」

「前方さえまともに見えないのに、どう病院まで運ぶか」優吾は晴原を見た。

「俺が読み解く」晴原は立ち上がり、窓の外の濃い霧を見据えながら、「地上の湿度、大気の安定度、風を測定。そして研究用の雲レーダーを使用する。さらに超高解像度シミュレーションで、霧が薄いエリアを特定する」と言って、すぐにノートパソコンで解析を進めた。

「まずは四百メートル直進後、右だ」

「思いっきり安全運転で行くよ」ひかるは運転席に移動し、エンジンをかけた。車はサイレンを鳴らしながら、低速度で進んで行った。だがすぐに停まった。

「十メートル先も見えない」ひかるが音を上げた。

「いったん停止しろ」晴原は解析を続けた。

そのとき無線が入った。

『こちら気象班雲田。今市役所の方に連絡が。古峯町にて、人身事故発生。被害者は危機管理課の畑中大輔さん。ＳＤＭの情報を最初に受け取った方です』

晴原は解析を続けながらピクリと反応した。

『濃霧の中、車輌誘導しようとして、事故が起きた。通報者によると、意識朦朧《もうろう》として激しい出血をしている模様です』

「一人でどうしてそこまでして」優吾は絶句した。

『空気。晴原さんが生み出した空気。正義感が強い人間ほど感化されやすい』沢渡が言った。

「事故現場は濃霧で救急車も向かえない」優吾は悔しそうに唇を噛んだ。

「ここからピックアップして、二人同時に病院に搬送する」晴原はそう主張したが、里沙の状況が良くないことを早霧が告げてきた。

『でも、畑中さんも急がないと持たないんじゃないですか』

彩の言葉に、車輌内は静まり返った。

『この局面に至っても、まだ沈黙するんですね。今、はっきりとわかりました。ＳＤＭで一番問題なのは、現場に決断を委ねるトップ。園部大臣、あなたですよ』

沢渡が園部に向かってはっきりと告げ、次は晴原を見て言った。

『晴原さん、まずはそちらの要救助者を病院に。話はそれからです。選べないものを選ぼうとしてはいけない』

無線が飛び交う中で、里沙は切羽詰まった声を上げ続けている。

「晴原さん、私も同感。両方助けようとして、両方助けられなくなるかも」

ハンドルを握っていたひかるが意見を言った。晴原は目を閉じた。

『自分の力を過信してはいけない。病院に』

沢渡は晴原に決断を迫った。

「……病院に向かう。次の十字路を左だ」

晴原が苦悶の表情で口を開くと、ひかるが車を発進させた。

「園部大臣、ＳＤＭは従来の縦割りを排除して、現場に決断させる組織――それは本当に正しいんでしょうか」

沢渡は、園部に問いかけた。

「私は何度も経験してきた。災害現場で救助に当たっていると、他にも助けを求めている人がいると。選べないことを選ぼうとして、心が壊れていった者。無理な救助の末、命を落とした仲間を数多く見てきた。現場に命の判断を委ねてはいけない」

『それでも、ＳＤＭは現場に判断を委ねます。私は決断しないことを決断しているんです。私が決断すれば現場はそれで動く。しかしその決断によって、命を救う可能性に限界が生まれる。現場には、常にギリギリまであらゆる可能性を探ってもらいたい。それをやれる精鋭の中の精鋭がそこにいます』

　園部はさらに続けた。

『沢渡さん、あなたがいるからこそ、晴原は今の選択をしたんじゃないでしょうか』

「どういう意味です？」

『今こちらの解析を行いながら、畑中さんの事故現場まで向かう霧の解析も行っています』

　晴原が答えた。

「同時に二つの解析を？」沢渡は驚きの声を上げた。

『やっぱり先生は絶対に諦めない』彩がつぶやいた。

『ただしこちらがメイン。そちらの解析の制度は低くなる。それでも任せられるのは沢渡さんしかいない』晴原が言った。

「そんなあやふやな情報を託されても困るんですよ」沢渡は戸惑っていた。

『あなたの力はその程度ですか』

　突然、立花の声が飛び込んできた。園部がいるＳＤＭ本部に、立花もいるようだ。

『あなたは誰よりも多くの災害現場を経験して来た。そして苦しんで来た。既存の組織ではないＳＤＭだからこそ、あなたにできることはあるんじゃないですか？　ねえ、聞こえてます？

ごちゃごちゃ言ってる暇があればさっさと動きなさいよ！』

立花の強い口調が響いた。

「……かみさんまで乗っかるとはな」

沢渡が自嘲気味につぶやく。

『言ったはず。あなたはまだ老け込む歳じゃない。私は、ＳＤＭ警察班統括責任者として適任だと思って推薦したんです』

『沢渡さん、このチームならやれる。力を貸してください。あなたの全力をＳＤＭに』

晴原も沢渡に呼びかける。

「ホント、ＳＤＭは現実味に欠ける未熟な組織ですよ。ただ嫌いにはなれないんだよなあ……もう一名の要救助者は、私が病院まで搬送する」

沢渡は脱いでいたＳＤＭのジャンパーをもう一度羽織った。

『微力ですけど、私も同行します！』彩が声を上げた。


感情を露《あら》わにした立花に、園部が驚いていた。

「立花先生、あなたは本当に腹の底が見えない」

「あなたの腹の底は垣間見えましたよ。決断しないことを決断、ですか。青臭いですね」

「青臭いんですよ、私は」園部はフッと息を吐いた。

濃霧の中、救急車輌は低速で進んでいた。沢渡がハンドルを握り、助手席では彩がタブレットでルートを確認している。

「八百メートル先、右折です！」

彩が告げ、沢渡は車を進めて行った。

「その先は解析がまだの箇所」

「役に立つかどうか、霧は標高が高いと薄くなります。あと市街地でも薄くなりやすいです」

彩の言葉に、沢渡は車を停めた。

「ならいっそ、平岡新道を通って市民会館側から向かった方が早い。この地域の交通情報は現場に来る前に頭に叩き込んできた。平岡新道は、防霧ネットが配置されている。霧粒を捉えると同時に、霧の流れを変えて、走行の安全性を確保できる。さらに発光ダイオードを用いた案内標識が完備していて行き先を視認しやすい」

さまざまな情報に鑑みて沢渡は判断を下した。

「ルートを変更します。晴原統括責任者、霧の予測を！」

沢渡は再びアクセルを踏んだ。

晴原は、もう一台の車輌で解析を続けていた。車内にアラームがけたたましく鳴った。

「血圧が低下してる！」

　早霧は叫んだ。里沙が危険な状態だ。

「里沙！」保が悲痛な声を上げ、早霧は精神的にかなり追い込まれていた。

「汐見早霧」優吾が早霧の名前を呼んだ。「あなたは戦える人だと自分は信じています」

「またド直球なことを」早霧は優吾の励ましの言葉に冷静さを取り戻し、医療バッグを探り、輸液バッグを手に取った。

「点滴負荷で循環維持することはできるかもしれない」早霧は声を上げた。

「あともう少しで病院に着きます。がんばりましょうね」と、里沙に声をかけ、すばやく処置を始めた。

「沢渡統括責任者、アップデートした予測を送ります！」

　晴原は沢渡に呼びかけた。


「事故現場です！」救急車輌の助手席で、彩は沢渡に言った。沢渡が目を凝らすと、ハザードランプと、誘導灯の灯が見えてきた。

「ここです！」

　事故車のドライバーが必死で誘導灯を振っている。車を停め、沢渡たちは倒れている畑中のもとにたどり着いた。

「畑中さん、聞こえますか？　脈、診ますね」刈谷が声をかけた。

「頭の傷、診ますね。お腹まわり触りますよ」

「あああっ」畑中は苦し気に呻いた。

「脾《ひ》臓《ぞう》破裂の疑いがある。急いで搬送しないと！」

医療班がストレッチャーに畑中を乗せて車に運び込んだ。

「本部、このままじゃ要救助者が持たないかもしれない」

沢渡は本部に呼びかけた。

「防犯カメラ及び交通カメラ、それにカーナビの位置情報も同時にリアルタイム収集し、晴原統括責任者の解析と連動できないですか」

『もしその情報と併せられれば、交通状況も踏まえた高精度な解析ができる』晴原も同意する。

「許可には面倒な手続きが必要。ですが、今すぐお願いしたい。そこには大臣が二人もいる」

沢渡は、ＳＤＭ本部にいる園部と立花に訴えた。

『総務省経由で、自治体に許可を求めることはできます。ただし、前例がない。事後、是非を問う声が上がるでしょうね。責任を取ってくださるなら、やりますが』立花の提案に、

『抜かりないですね。わかりました。お願いします』園部はゴーサインを出した。

妊婦の里沙を乗せた車輌は病院に到着した。待機していた看護師たちが里沙をストレッチャ

ーに移した。

「常位胎盤早期剥離の可能性が高い患者さんです。出血が継続していて、血圧六十台です」

早霧は里沙の症状を説明しながら、ストレッチャーと並走した。早霧たちが院内に入っていくのを見送り、晴原は車内に戻った。

「防犯カメラと交通カメラ、カーナビの位置情報と連動。最適ルートを読み解く」

何台ものモニターを順番に見た。そして目を閉じた。様々なデータと、目に焼き付けた降雹や霧の光景が頭の中を飛び交っていく。晴原は結論を出し、目を開けた。

「今から随時ルートを送る。こちらから衝突の恐れを警告しない限り、時速四十キロで進んでかまいません。慌てず急いでください」

『了解！』沢渡が応えた。

晴原は随時気象データを送り続けていた。やがて手を止め、立ち上がった。窓の外には濃霧が広がっている。だが、霧の中に、うっすらと光が浮かんで来た。沢渡が運転する車のランプだ。ついにもう一台の指揮車輌が到着し、畑中も病院に運び込まれた。


深夜の救命救急センターの廊下で、ＳＤＭのメンバーと保はやきもきしながら待っていた。

手術室の扉が開き、早霧と、この病院の医師が出てきた。

「母子ともに無事です。お子さんは女の子ですよ」早霧は保にほほ笑みかけた。

「よかった」保は両ひざに手をつき、喜びを噛みしめていた。

「畑中さんは？」沢渡が尋ねる。

「腹腔《ふくこう》内出血で、カテーテル治療が必要ですが、命に別状はありません」

担当医の説明を聞いて、「よしっ」沢渡は喜びのあまり壁を拳で叩いた。

安堵の空気が漂うなか、彩が「先生、大事な話があります」と、晴原の前に立って言った。

「ずっとモヤモヤしてたその先の言葉がわかりました。先生、口が悪すぎです。沢渡さんが言うように、先生が生み出す空気はもしかして危険な側面があるかもしれない。でも確実に人を動かす力もある。だからこそ、一刻を争うときは、不安を煽ったり、萎縮させてしまうのは違うと思います」

今回の畑中も、一歩間違えたら命を落とす危険があった。

「非常時こそ、もっと相手の気持ちに寄り添った言葉を選ぶべきです。そういう空気を作り出すことを心がけるべきです。言ってること間違っていますか」

「いや……」完全に彩の勢いに押され、晴原はボソッと「今後、留意する」と、つぶやいた。

「声小さっ」早霧がすかさず突っ込んだ。

「響いている証拠ですよ」優吾もからかうように言った。

「何か眩《まぶ》しいな。チームができ上がっていくの、まざまざと見せつけられてる感じで」

沢渡は若いメンバーたちを見て目を細めている。

「沢渡さん、これからも力を貸してください」

晴原が言うと、ベンチに座っていた沢渡は立ち上がり、そして晴原の目の前に立った。

「これからも全力で否定させてもらいますよ。それがＳＤＭにおける私の役目みたいですから」

「ええ、それを超えてチームが強くなりますから」

「やっぱ苦手だな、ヒーローが生み出す空気は」

沢渡は特有の飄々《ひょうひょう》とした口調で告げて、一人その場を離れていった。


ＳＤＭ本部の会議室には園部と立花が残った。

「長年、立花大臣の地元秘書だった河合早紀さん、五年前、彼女も関東南部豪雨で一時避難した公民館で命を落としていたんですね」

園部は、五年前の新聞記事と、彼女のプロフィールが載った資料を出した。

「ずっと一緒に戦ってきた戦友であり、かけがえのない友人です」

立花はゆっくりと口を開いた。

「この日、彼女は私の代わりにイベントに出席し、豪雨に巻き込まれた。私は現場にいた夫に伝えた――」

＊

五年前――。

「お願い、救助に向かって！」

　立花は震える声で、沢渡に電話をかけた。

『……上の判断は地元警察の避難誘導に協力しろと。救助はレスキュー隊に任せろとの命令だ』

「それで間に合うの？　今……ねえ、今、救助に向かってくれれば」

『ここを離れるわけにはいかない』

　沢渡の無情な答えが返ってきた。

　翌日、立花は遺体安置所に向かったが、河合早紀の遺体に娘がすがりついているのを見て、中に入ることができなかった。外で泣いていると、

「大丈夫か？」沢渡が肩に触れようとしたが、立花は拒絶した。

「どうして、助けに向かってくれなかったの？　どうして……」

「上からの指示は……」

「よく見て。あなたが救助に向かってくれたら、助かった命があった」

　河合早紀の遺体にすがって泣き続ける高校生の娘、灯の遺体のそばでうなだれる晴原、そのほかにもたくさんの家族たちが遺体のそばで泣いていた。

＊

「彼は間違っていない。でも、自責の念を抱えた。わかっていながら、私は責めずにいられなかった。それで私たち夫婦の間に、しこりとして残った」

「前におっしゃった、ＳＤＭに対してあなたが抱く感情……」

園部は、立花が以前に「希望、戸惑い、憤怒」と言ったことを思い出した。

「希望は、五年前のあの経験から、既存の組織を否定するＳＤＭに実際は心から大きな希望を抱いた。と同時に沢渡さんがＳＤＭにおいて一歩踏み出せば、彼の本当の力を発揮できるんじゃないかとも考えた」

「なのに、戸惑い、憤怒……。園部灯さんの行動の真意がわからない限り、それが消えることはありません」

立花は涙が浮かんだ目で立花に告げた。

翌日、立花が総務省の廊下を歩いていると、沢渡が近づいて来た。

「さっき出してきたよ、離婚届」

昨日、立花が手渡した茶封筒の中に入っていた離婚届を役所に提出してきたと言う。

「このまま別居を続けてもらちが明かない。前に進むためにひと区切りつけたはず……なのに、この言葉にできない寂しさは何？って思った」

沢渡は封筒を差し出した。立花は訝《いぶか》しげな表情で受け取り、中身を見た。婚姻届だ。

「前とは違う空気感で、やっていけるんじゃないかな。そう思わない？　藍ちゃん」

沢渡は立花の肩を叩いた。立花の秘書や、廊下を通っていく職員が、きりりとスーツを着こなした立花と、よれよれのジャンパー姿の沢渡をチラチラ見ている。

「人前で、下の名前を呼ばない……」

「おっと、昔からの安定のやり取り、戻ってきた、戻ってきた。脈ありとみたね」

茶目っ気たっぷりの口調に、立花も呆れて笑ってしまった。だが反対に沢渡の顔から笑みが消えた。沢渡は真剣な顔で立花を見る。

「それともう一つ大事な話が。五年前の件、一つわかったことがある」


晴原は、五年前の関東南部豪雨の慰霊碑がある場所に向かっていた。歩きながら、前日、仕事終わりに沢渡と交わした会話を思い出していた。

「五年前、避難先の公民館にいたのは、計十四名。うち九名が亡くなり、五名が助かった。生存者の身元は明かされていません、が、鍵を握る人物はわかったんですよ」沢渡は言った。

「遺族の多くは、毎年の命日だけじゃなく月命日にも、合同慰霊碑に献花をしている。それを避けるように前日に参拝している人物がいるの、ご存じですか。『選べないものを選ぼうとしてはいけない』――今回のミッションで、私の発言に真っ先に反応した人物ですよ」

沢渡に言われ、晴原は記憶をたどった。沢渡とその会話をしたときには、たしか……。

慰霊碑の近くまで来た晴原は、足を止めた。まさに今日が、月命日の前日だ。そこには、花を供えている人物がいた。晴原が近づいていく気配に、その人物が振り返った。晴原と目が合い、驚きの表情を浮かべたのはひかるで——。

6

晴原は、戸惑うひかるの横を通り抜け、川べりの慰霊碑に花を手向《たむ》けた。月命日の前日だからだろう、そこにはひかるが手向けた花束しかなかった。晴原も持参した花束を置き、目を閉じて静かに祈った。そして、背中を向けたまま、問いかけた。

「灯の最後の行動――その真意を知っているのか」

晴原は振り返ったが、ひかるは目を逸らし、固く口をつぐんでいる。

「……話せない事情がある」

「え」ひかるが晴原を見た。

「それでもＳＤＭに対し、ある想いを持って協力してくれているんだろ」

「いつかこんな日が来ると思ってた……もう私はＳＤＭにはいられない」

「すべての出会いには意味がある。ＳＤＭに集まった仲間を見て改めてそう思う」

ひかるはハッとして晴原を見た。でもその瞳は悲しげだ。

「これからも力を貸してほしい」

二人の間に、しばしの沈黙が訪れた。

「同じ目。晴原さんを見ていると、彼女の強いまなざしを思い出す」

「あの日、灯に会ったのか」

晴原が問いかけたが、何度目かの沈黙が流れた。

「……ごめんなさい。今じゃない」

ひかるは苦悶の表情を浮かべ、立ち去った。

*

十五年前――。晴原は大学内の教室の机に突っ伏し、眠っていた。

「やったと会えた、晴原柑九朗くん！」

はしゃいだ声に目を開けると、満面の笑みを浮かべた灯が晴原の顔をのぞきこんでいた。

「きみさあ。浦和の天才数学少年、晴原くんでしょ」

「誰だか知らないが、その言葉、二度と俺の前で口にするな」

不機嫌な晴原にかまわず、灯は携帯の画面を見せてきた。

「昔、私たち一緒に戦ったこと覚えてない？」

『全国小学生数学オリンピック』の表彰式で、小学校時代の晴原と灯が一緒に写っていた。準優勝の表彰状を手にしてほほ笑む灯の隣にいる晴原は、優勝したというのに、ムスッとしている。

「私を破って優勝の感想の一言、こたえたな。『くだらない』だよ、『くだらない』」

「親に無理矢理出場させられてムカついてたことしか覚えてない」

「私はあのときのきみと同じ大学だって聞いて、いつか会いたいって思ってたよ」

灯は一人でしゃべっていた。だが晴原は荷物をまとめ、そそくさと教室を出て行く。

「ねえ。天才少年は相変わらず数学にしか興味がない？」

灯は、早足で歩く晴原についてきた。

「俺は天才じゃないし、もう少年でもない。今は数学に行き詰まったただの学生に過ぎない」

晴原には、夢も目標もなかった。

「じゃあ、一緒に気象学やろうよ」

灯は晴原の前に回り込んできた。

「は？　なんでそうなるんだ？」

「壁にぶつかったら、違う方面からぶち破る！　数学だって一つの答えを出すのに、いろんな方法があるでしょ」

どこまでもポジティブな灯に、晴原は圧倒されていた。

「あ、じゃあちょっと空に向かってまっすぐ手を伸ばして。で、太陽から手を……」

灯は言うが、晴原は相手にせずに歩き続けた。

「まっすぐ手を伸ばして」

灯は無理やり晴原の手を取り、太陽に掲げた。

「太陽から手のひら、一つ分のところ。ほら。あれは幻の日って書いて、幻日《げんじつ》」

幻日とは、太陽の左右にできる二つの光点のことだ。

「すべての気象現象は数学的に読み解くことができる。世界は数学でできていることを改めて実感することができる。それに気象学はね、無限の可能性を秘めているんだよ」

よく動くくりくりとした目と眩しい笑顔に、晴原は吸いこまれそうになっていた。

＊

合同慰霊碑の前で、晴原は太陽に向かって手を伸ばした。十五年前のあの日と同じように、幻日が見えた。


数日後、晴原が霞が関の整然としたビル街を歩き、ＳＤＭ本部の近くに来ると、メガネをかけリュックを背負った男の子が立っていた。このあたりで社会科見学以外の小学生を見るのは珍しい。

「ハルカンさん、ですね」

「どうも、晴原です」

晴原はシャツの胸ポケットから出したメガネをかけ、外面仕様の笑顔を作り、右手を差し出した。

「お気遣いなく。そういうの大丈夫です。晴原さんのこと、よく母から聞いています」

少年は、上野の息子だと言う。晴原は彼を連れてＳＤＭ本部の会議室に入っていった。

「上野さんのお子さん？」彩は驚き、海斗の顔をのぞきこんだ。

「上野海斗です」海斗ははきはきと答えた。

「昔、きみが生まれたときに俺は会っている」晴原は膝を曲げ、海斗と目線を合わせた。

「あ、これ買ってきたんだ。食べる？」彩がドーナツを皿に入れて差し出した。

「これは有名な高級ドーナツですね。いただきます」海斗は子どもらしく笑った。

「……俺はいい」

　晴原はそう言って会議机に座り、ノートパソコンを広げている。

「最高においしいのに。じゃあ海斗くんにもう一つ」

　彩は海斗を晴原の向かい側に座らせ、ドーナツをもう一つ出してあげた。

「お母さんに会いにわざわざ？」早霧が海斗に声をかけた。

「いえ、ＳＤＭの皆さんにです。今まで母は僕との約束をことごとく破ってきました。夏休みの旅行、誕生日のお祝い……すべてＳＤＭが理由なんです」

　海斗の言葉に、晴原たちは顔を見合わせた。

「ＳＤＭが試験運用までこぎつけることができたのは、上野さんの力が大きい」

「いつも裏方に徹して支えてくれている。縁の下の力持ちだよ」

　晴原と優吾が海斗に言う。

「だからといって約束を何度も破っていいんでしょうか。あらかじめ取り決め、将来変えないと互いに誓い合うことが約束ではないんでしょうか」

「ちょっといい？　海斗くんっていくつ？」早霧が尋ねた。

「八歳です」

「恐ろしくしっかりしてるっていうか……」

「理屈っぽいですか。きっと晴原さんが子どもの頃は、僕みたいな感じだったんじゃないかと母が言ってました」

「理屈っぽいのはほどほどに。あと、はっきり物を言うことと口が悪いのは違うからね」

　彩は晴原の隣に腰を下ろし、まじまじと顔を見た。

「俺を見ながら話すな」ムッとする晴原の向かい側で、海斗はリュックからパンフレットを取り出した。

「これ、ずっと前から、母と約束してるんですけど……」

『全国紙飛行機大会』とあり、日付は明日の土曜日。信が丘自然公園で開催されると書いてある。みんながパンフレットをのぞきこんでいたとき、上野が現れた。

「海斗？　何、どうしたの？」上野が問いかけると、海斗はパンフレットを差し出した。上野は一目見て静かに頷き、「お父さん呼ぶから、家に帰りなさい」と、海斗を立ち上がらせた。

「すいません。始めておいてください」そう言って、海斗を連れて会議室から出て行った。

「三日前、静岡で起きた地震に関する事案だ」

園部が口を開いた。モニターには三日前の静岡県沖地震に関する情報が表示されている。『静岡県で震度６強　多数の家屋が崩壊　各地で倒壊や陥没、被害甚大』という新聞各紙や、電柱が倒れ道路が陥没した現地の写真、数字データなどだ。

「地震が起きたとき、思いました。予測できなかったのかなって」彩が言った。

「地震の予測は難しい。だから二次災害を防ぐことが重要になってくる」晴原は説明した。

「現在、道路が分断され、十名が取り残されている」

園部はモニターの航空写真を指した。

「防災ヘリも検討したが、着陸できそうな場所がない」

「アレを使うんですね」晴原の言葉に、園部が頷いた。

「防災用のドローンだ」

モニターに『防災ドローンの役割　知る――災害状況の把握や記録。伝える――情報伝達や避難の呼びかけ。運ぶ――救援物資の運搬』という概要が映された。

「さまざまな分野において、検証実験が行われている。今回、ＳＤＭでは実用に踏み切る」

園部は決断を下した。

「ドローンの飛行高度は地上から百五十メートルの間。飛行機やヘリ以上に気象予測が難しい。安全なドローン飛行に気象予測は欠かせない」晴原は表情を引き締めた。

「今回、オンライン診療も行うんですね。初めての経験」早霧も意気込みを見せている。

「大丈夫。汐見さんならやれる」腕組みをしながら聞いていた優吾は、熱い目で早霧を見た。

「来週には五年に一度の『国際防災会議』がスイスのジュネーブで開かれる。今回の結果をそこで発表することになる。少数精鋭で対応に当たってくれ」

「長年、ドローン防災の実用化を進めてきたのは上野さんだ。彼女の力が必要不可欠だ」

晴原は言った。


駐車場で、上野は迎えに来た夫、雄介の車に海斗を乗せた。

「明日だからね」と海斗が念を押す。上野は笑みを浮かべ、海斗たちを見送った。


翌日、気象研究所第六研究室で、晴原たちは支援物資を箱に詰めていた。

「予定通り搬送が終われば、ギリギリ紙飛行機大会、間に合うんじゃないですか」

「計算が甘い。決勝まで勝ち残ってギリギリだ」

晴原は即座に、彩に異論を唱えた。

「それ、海斗も計算したって」上野は笑った。

「でもなんで紙飛行機なんですか？」早霧が聞いた。

「前に、風を読めば、遠くに飛ばせること教えたの。それを踏まえた折り方や投げ方のコツも」

「気象のプロに教わったことだ。母親のすごさを多くの人に証明したい気持ちがあるのかもしれない」晴原が言うと、上野は小さくため息をついた。

「……今までわがまま言わない子だったんだけど」

上野は今朝、雄介と海斗を自宅近くのバス停に送った。そのとき海斗は「僕は決勝まで行くことを約束する。それでもし来なかったら、もう二度と約束しない。お母さんとは」と、口をとがらせた。雄介が海斗をなだめたが「これ以上嫌いになりたくないから。お母さんのこと」と、言ったのだという。

「すみません。今まで上野さんに頼りすぎた」

晴原は申し訳ない気持ちになっていたが、上野は首を横に振った。

「ううん。灯と約束したから。その約束が私の夢にもなった」

「上野さんと灯さんの関係って？」彩が尋ねた。

「大学時代の後輩。それに同じ気象研究所で働いてたからね。防災ドローンの実現化も、灯の提案でスタートした」

「ずっと聞きたかったことあるんです」彩は晴原と上野を順番に見た。「園部灯さんはどうしてＳＤＭの構想に至ったんですか」

「あ、それ私も知りたい。晴原さんたちみんな彼女の想い共有してるでしょ。前に園部くんが言ってたけど、灯さんって雲田さんに似てるって……」早霧が言いかけたが、

「似てない」晴原は即座に否定した。

「なんで怒るんですか」彩もムッとする。

「私は似てるとこあると思うよ。最初に雲田さんを面接したとき感じた。明るい。でも普通の明るさじゃない。明るさの裏に痛みがある。それをどう活かせばいいか模索している感じ。灯もそうだったでしょ」

上野の言葉に、晴原はまた大学時代を思い出した。

*

灯は学食に来ていた上野を、晴原に紹介した。上野は晴原と灯より五歳上の大学院生だった。

「きみが晴原くん」上野は晴原と、隣にいる藤村を見た。

「藤村です。俺、晴原と地元が一緒なんです。昔から知る身からしたら驚きですよ。晴原の心をよく開かせたよな」藤村は灯を見て言った。灯はにっこり笑った。

「俺の世界に強引に入り込んで来た」

晴原は話しながら、自身の心の内を分析して、「ただ不思議と嫌じゃない。初めての感覚だ。その理由を言語化できていない」

「こういうとこ、いいでしょ」

「なるほど、こういうとこね」

灯と上野は頷き合っている。

「どういうとこだ？」晴原にはピンと来ない。

「さらっと灯さんが特別だって言ってるんだよ」藤村が晴原に説明した。

「あ、俺、マスコミ志望なんですけど、こいつそういう道もあるのかって急に言い出して。数学にしか興味なかったのに、ホント変わりましたよ」

「かんちゃん、何より笑顔が増えた。私はそれが嬉しい」

「それは灯もじゃない？　明るさが戻ってきた」

上野の言葉の意味がわからず、晴原と藤村は眉根を寄せた。

「晴原くんにまだ話してないんでしょ」上野は灯に指摘されて、灯は小さく頷いた。


その後、晴原と灯は二人で屋上に行った。

「私のお母さん、半年前、癌《がん》で亡くなったんだ」

灯はそう言って、晴原に携帯で写真を見せた。病室で灯と母親が一緒にいる笑顔の写真だ。

「余命宣告されてさ。そしたら無茶苦茶元気になったの。死を前にして、生きることに貪欲になったっていうか。お母さん言ってた。私は恵まれている。死の準備期間があるって」

「死の準備期間？」

「人はいつか死ぬ。でも理不尽で不条理な死もある。たとえば自然災害で、ある日突然命を落とす。大切な人に別れさえ言えない。災害のたびに行き場のない憤りに涙を流している人がいる」

灯は晴原を見つめた。

「抗えないのかな、気象学で。気象学で誰かの命を守りたい」

灯は決意の表情で言った。


八年前――。当時十九歳だった優吾が、灯に自宅に呼ばれた。灯はリビングで、父親の園部に自分の思いを告げていた
「気象学で人を救う。そんなたわごと、いつまで言ってるんだ」

園部はまともにとりあわない。

「そうだね、お父さんの地盤引き継いで政治家になる……そう言ってほしいんでしょ。そのつもりはない。今日、優吾を呼んだのは、娘がダメなら甥っ子にって選択肢もなくすため」

「俺も夢があるんです。中二のとき、自分を救ってくれたレスキュー隊員みたいになりたい」

優吾も自分の夢を語った。

「力のない者に、人を救うことなどできない。ただし、政治家になればその力が手に入る」

「政治に興味を持ったこともあったよ。でもお父さん、いつも難しい顔してる。政治には答えがないのかなって。私は、気象学には答えがあるのかなって」

灯は強い口調で言い、園部と睨み合った。

そして、「よくわかった。好きにしなさい」ようやく園部が口を開いた。

「わかってくれてよかった……」灯が言いかけたとき、

「あ、お父さん、再婚する。以前から周囲に勧められていた女性がいるんだ。跡を継いでくれそうな息子さんもいる」と突然、園部は告げた。

灯は仏壇の母親の遺影を見つめた。園部はそんな灯の額を、まるで小さい子どもにするように、何度か指で小突いた。

「夢物語に戯れたいならそれもいいだろう。これ以上話すことはない」

そして、リビングを出て行った。

「お父さんに認めてもらえたらさ、本物だよね。いつかその日が来るまで、全力で走り続ける」

灯は自分に言い聞かせるように、言った。

＊

「ＳＤＭは重要な局面を迎えている」

優吾はＳＤＭ本部の机の上に、今週発売の週刊誌を広げた。

『特命担当大臣　園部肇一が握りつぶした真相！　気象庁勤務の娘により関東南部豪雨で９人が死亡〝身勝手な正義〟ＳＤＭ現在、試験運用中の特別災害対策本部は亡き娘の考案？』

と、タイトルが書かれ、目線を隠した灯の写真も載っていた。優吾はさらに、タブレットを出した。『大人数を殺した人の作ったチームに人助けできるわけない。偽善の組織だ。無くなれ』

『園部灯は人殺し！』など、ＳＤＭの設立に対するネットユーザーの厳しいコメントが並んでいる。

優吾が話すのを、園部、そしてこの場に呼ばれたひかるが黙って聞いていた。

「試験運用で十分な結果を出している。さらに今、防災ドローンの実用化にも踏み切った。唯一の懸念は今のネット社会、僅かな火種が様々な憶測を生み、それが一人歩きしていく。灯さんの誹謗中傷が出回り始めている。それに影響されて遺族も当時のことを問題視し始めた」

優吾はそう言うと、今度は別の資料を出した。

「沢渡さんがすでにきみのことを調べ上げている」

優吾はひかるの前に、その資料を置いた。

「かつて保育士だったんだな。五年前、灯さんが亡くなったエリアの保育園できみは働いていた。何か関係が」

ひかるは椅子から立ち上がり、優吾の前に退職願を置いた。そして、出て行こうとした。

「晴原さんは、こんなこと望んでないだろ」

強い口調で優吾が言うと、ひかるは足を止めたが、表情は強張り、手は小刻みに震えている。いつものさばさばした調子のひかるの姿は、どこにもない。ひかるは窓辺に佇んでいた園部に頭を下げ、出て行った。優吾は目の前の退職願を見つめ、大きなため息をついた。

「五年前、彼女に何があったのか真実を知る必要がある。ＳＤＭの正式運用に向けて大きな壁になりかねない」園部は言った。

「SDMを叔父さんが守ろうとしていること、灯さんが生きていたら、驚いていただろうな」

「私が力を尽くすのは、何よりこの国にSDMが必要だと判断したからだ」

園部は誰もいないモニタールームを見つめた。

「……灯さん、その言葉聞きたかったはずです」

優吾は、あの日、園部家のリビングで灯が言っていたことを思い出していた。


晴原は、ドローンを出発させるポイントに到着した。それから上野と手分けをして、指揮車輌から仮設テントに運んだ支援物資のチェックを始めた。

「被災者のご家族が」彩が被災者の家族たちを連れて来た。久保《くぼ》田《た》隆史《たかし》と妻の知子《ともこ》、中学生の娘の夏美《なつみ》だ。

「すいません。手紙入れてもらうことってできますか。一人暮らししている母がいるんです。毎年帰省するって約束しておきながら、いつも破ってばっかりで」

「この子が手紙書いたんです」知子が夏美に前に出るよう促した。

「届けてもらえますか」夏美が封筒を差し出した。

「わかりました」

そう言って晴原が受け取ると、周りにいた別の家族の子どもたちも「私もおばあちゃんに手紙書きたい！」などと言い始めた。

「ほかのみなさんも、もしよかったら。励みになると思いますよ」

上野が声をかけたそのとき、スマホが着信した。雄介からだ。

「……海斗、決勝に残ったって」上野は添付された紙飛行機大会の動画を再生した。

「風上に向けて斜め上に投げている。お母さんに教えてもらったことを実践しているんですね」

晴原が動画を見て言うと、上野はほほ笑み、そして気持ちを切り替えるようにすぐにまた支援物資の確認に戻った。


近隣の病院の診察室で、早霧はパソコンにカメラを取り付けていた。

「こちら医療班汐見。オンライン診療を開始し、必要な医療物資を見極めます」

被災地の男性がパソコン画面に映り、傍らのタブレットに電子カルテが表示されている。

「医師の汐見です。糖尿病で通院されていますが、どこか具合の悪いところはありますか？」

『今のところは大丈夫です。ただ薬がなくなりそうで』

「わかりました、すぐ届けますね。血糖値チェックは忘れないでください」

早霧は診療を進めていった。


上野は指揮車輌内でパソコンに向かっていた。画面には『ドローン実況』とあり、ドローンに搭載した気象センサーで風や気温の値が都度映し出された。その横のモニターには地図が表示されている。

「風速十メートル毎秒を超える環境。しかも高低差のある山間部でバッテリーの減りが激しく、三十分程度の飛行が限度。気象の変化に応じたドローンの操縦が必要になる」

「操縦は任せてください」晴原が応じた。

「それでは、三キロ先に五往復、ドローン搬送を始める」

上野の合図で、晴原はパソコンの離陸ボタンをクリックした。物資を積んだドローンが離陸し飛んでいく様子を、久保田たち被災者家族は、近くの待機場所で祈るような表情で見守っていた。

「前方、強い向かい風」上野は言った。

「風の影響を受けない高度まで下げる必要が」彩が晴原に伝えた。

「五十メートル降下」上野が指示を出すと、晴原はドローンを降下させる。モニターにはドローンの高度と、ドローン搭載のカメラが映し出す映像が映っている。

「目的地まで、あと一キロ」上野は告げた。

被災者たちが、寸断された道路の向こうでドローンの到着を待っていた。やがて、上空にドローンの姿が見えてきた。

「来た！」「おおー、こっちこっち！」被災者たちから喜びの声が上がった。

晴原が着陸ボタンを押し、ドローンが着陸して荷物がリリースされる。被災者の一人が代表して箱を開けた。薬などが入っている箱の一番上には、家族からの手紙があった。

「ああ、初恵《はつえ》さん、手紙だよ」

久保田初恵は孫の夏美からの手紙を受け取り、『おばあちゃん、頑張って』という一文に顔が綻んだが、足が痛み、顔をしかめた。

「初恵さん、足が痛いなら、診てもらいなよ」手紙を渡してくれた中年男性が心配そうに言う。

「大丈夫、大丈夫。転んだだけだよ」初恵は笑顔を返した。


次のドローンが飛び立った。

「風向きが変わる。左に進路を変更」

上野が指示を出し、晴原がパソコン上で操作をした。

「その先樹林帯がある。高度百五十メートルに上昇」

「了解」晴原が高度を上げた。

『こちら医療班汐見。必要な医療物資の選定、完了しました』

オンライン診療を行っていた早霧から指揮車輌に報告が入った。

「最後に、医療物資の搬送に移行する」上野が言い、医療物資の箱を搭載したドローンが離陸した。上野は、モニターに映し出されているドローンからの映像をチェックしていた。

「大気の状態が不安定。予想以上に雨雲が発達している」

「気温が急低下。突風が吹く可能性」タブレットを操作していた彩は、飛行は困難だと伝えた。

「東側はすでに積乱雲が成熟している。西側では、雲の発達は今のところなし」

「西側に進路を変更」晴原はドローンを西側に迂回させた。


ドローンは無事に被災者たちに届いた。


「医療物資搬送、完了」

上野がホッと息をついたところに、また携帯が震えた。雄介からのメッセージだ。『決勝は13時スタート』とある。

「間に合うんじゃないですか？　海斗くん、約束を守った。今度はお母さんの番ですよ」

彩が言ったが、上野は首を横に振る。

「でもオペレーションに問題がなかったか検証しないと。『国際防災会議』で報告する予定だし」

「やっておきますよ、雲田が」

「（そこは『俺が』でしょ）」彩が中国語で反論するのを見て、上野は笑った。

「じゃあ、お言葉に甘えて行ってくる」

上野は、無線マイクを外して指揮車輌から出て行った。

早霧が診療の後片付けをしていると、看護師がスマホを手に駆け込んできた。

「先生、今、被災者の方から連絡が。もう一人、緊急で診てほしい人がいるそうです。久保田初恵さん、地震の際、転倒して左足に切り傷を負った。それが今になって急に激しい痛みが襲ってきたとのこと」

「わかりました。モニターの前にその方を」

早霧は改めてパソコンに向き合った。被災者の中年男性が、ぐったりしている初恵を連れてきた。初恵は歩けないようだ。

「医師の汐見です。足が痛むんですね」

『ただ、転んだだけなんですけどね』

「診せてもらえますか」

初恵はズボンをめくって見せた。皮膚が紫色になっていて、水泡《すいほう》がある。

『あれ、ただの切り傷だったのに』

「久保田さん、何か持病をお持ちですか？」

『はい。今年の健康診断で、肝硬変って言われました』

初恵の息はどんどん荒くなっていった。汗をかいている。

「体温と心拍数を測定してください」

初恵は苦しそうだ。男性が手を貸し、測定を手伝った。

『三八度五分あります……心拍数は、一〇八です』

「発汗、心拍数の増加に発熱……。横になって少しお待ちください」

早霧は、いったん初恵たちとの通信の音声を切り、無線に告げた。

「こちら医療班汐見。緊急の要救助者がいます。久保田初恵さん、七十歳。災害の現場で起こりやすい感染症の一つ、ウェルシュ菌によるガス壊疽《えそ》の可能性が高い。おそらく、菌が傷口から侵入して感染。糖尿病や、肝硬変を患っていたり、免疫力が低下してる人ほど、発症するリスクが高くなる。次第に筋肉が壊死して、全身に中毒症を起こす。そして進行すると、昏睡《こんすい》状態に陥り、死に至る。今ならまだ間に合う。至急、抗菌薬を飲ませる必要があります。急いで、ドローンで再搬送を！」

早霧は冷静さを保ってはいたが、事態はかなり深刻だ。

『この天気、風が強く乱れている状況ではバッテリーの残量も大幅に下がってしまう。もう残されたバッテリーは僅かです』彩が告げた。

「いやでも、悪天候が続くなら、今しかないと思う」

早霧はパソコンの画面を見た。初恵は横たわり、男性が必死で背中をさすっていた。

早霧と彩のやりとりを聞いていた晴原は、キーボードにデータを打ち込み始めた。先ほど、屋外で体感した風と温度も考え合わせたうえで、素早く結論を導き出す。

「バッテリーの残量、気象を完璧に読んで、最短ルートで行けば搬送できる」

寸断された道路の向こうの初恵に届ける医療物資を準備し、ドローンの再搬送が開始された。

晴原は離陸ボタンを押した。モニターには、ドローンが飛んで行く様子が映し出される。晴原は解析と操縦を、同時に行っていた。

「前方、風速八メートル毎秒」彩がすぐ横で、補佐していた。

「高度を百メートルまで下げる」

「最下層は積乱雲の影響で乱流が強くなっています」

「バッテリーの消耗を抑えるため、最低限の迂回を行う！」

晴原が告げた直後に、ドローンの表示マークが停止した。

「ドローン、停止」彩はモニターを凝視し、絶句した。

『何が起きたの？』早霧が尋ねてきた。

「電波が切れた……」晴原は予想外の出来事に、言葉を失った。

「電波が届かなくなると、その場で九十秒ホバリングして、自動的に出発地点に戻ってしまう」

彩も青ざめている。

「そうなったら、もう向かうバッテリーは残っていない。電波が届くところにこちらから移動する！」

晴原はコントローラーを手にして、外に飛び出した。

「雲田、気象状況任せた！」

走りながらマイクに向かって言い、激しい風が吹きつける中、ドローンを探して走った。

『ホバリング時間、残り二十秒切ります』彩の声が聞こえてきた。

「了解！」

トンネルを抜け、山道をひたすら走っていると、ついに上空でホバリングしているドローンが見えてきた。コントローラーを確認すると、電波が届いている。

「電波が届いた。飛行再開！　バッテリー残量、僅かだ。気象状況は？」

風がビュービューと音を立てている中、晴原はコントローラーを手に応答を待った。


指揮車輌の中、彩は焦っていた。

「風速十メートル。風下《かざしも》山岳《さんがく》波《は》に注意を」

そこに、紙飛行機大会の会場に向かったはずの上野が入ってきた。

『上野さん？』晴原も驚いている。

上野は彩をどかし、椅子に座ってキーボードを叩き始めた。

「気になってずっと無線を聞いていた。任務はまだ終わっていない」

「……正直、私に解析は荷が重かったです」彩は上野の後ろでつぶやいた。

「だから戻って来た。悔しい思いがあるなら、早く一人前に」

上野は手を休めずに言った。

「期待して待ってるからね」

振り返って、彩を勇気づけた。

「晴原くん、標高が高い第三区、雲がかかると視界不良に。八十メートルまで高度を下げて、直進」

『了解』

晴原は上野の指示に従い、ドローンを再び飛び立たせた。

「風速十二メートル毎秒。その先送電線がある。高度を上げて回避。この先風速十メートル毎秒が持続。直進を！」上野は指示を出し続けていた。

バッテリーの残量は三パーセントだ。

『計算通りなら、到着できる！』

晴原は自分に気合いを入れるように言った。


早霧は祈っていた。モニター越しに初恵が苦しむ様子が伝わってきて、もどかしい。

『ドローン到着』晴原の声がした。画面を見ていると「初恵さん、薬来たよ！」と、男性が薬を持って駆け込んで来た。そして、薬の袋を早霧に見せた。

「抗菌薬です。消炎鎮痛剤と一緒に飲んでください」

早霧が伝えると、男性は初恵の上半身を起こし二種類の薬を飲ませた。ペットボトルの水で飲みこんだ初恵の表情は、少しずつやわらいでいった。

「一緒に届いた過酸化水素水の消毒液を使ってください。ウェルシュ菌は酸素に弱いんです。これでひとまず安心です」

早霧は画面を見て、初恵が回復している様子を確認し、安堵した。

晴原が仮設テントのそばに戻ってくると、上野と彩がいた。二人の視線の先には、初恵に電話をかけている久保田一家がいた。

「おばあちゃん、すぐ会いに行くから。今度こそ約束だよ」と、夏美が初恵に言っているのを見守りながら、晴原は上野に声をかけた。

「ドローン防災の実用化、上野さんのおかげでここまで来た」

「灯との約束、果たせたかな」

「灯がＳＤＭの構想をノートに書き始めた日、いつか知っていますか。二〇一六年二月一〇日」

晴原から聞いた上野が、目を大きく見開いている。

「なんの日ですか」彩が尋ねた。

「海斗が生まれた日」

＊

八年前のあの日――。

晴原は灯と共に上野が入院している産院を訪れた。

「灯、抱いてあげて」

上野は灯に生まれたばかりの海斗を渡した。

「こんにちは」

笑顔で海斗を見つめていた灯の目から、涙が溢れ出した。

「なんでだろう、涙が止まらない……」

灯は海斗をいとおしげに見つめた。

「これが命。命って、連鎖だと思う。愛する人の命を、その命を大切に思う人たちの命を、一つでも多く守っていきたい。それに、私もお母さんになりたい」

灯は晴原を見た。晴原は無言でほほ笑んだ。

「何、結婚、決めてるの？」

上野は晴原と灯を見た。

「三十歳過ぎたあたりで結婚。一般的に第一子出産は平均、三〇・七歳ぐらい。私もそれを目指す。産休中は在宅でできる範囲で研究を進める」

「俺も育休を取る。ゆくゆくは保育園だけじゃなく、地域の子育て支援サポートも視野に入れておく」

二人はプランを口にした。

「さすが数学者の二人。人生のプランニング完璧ってわけだ」

上野は二人を見つめて笑った。

帰りに灯は病院の売店でノートを買い、ロビーの椅子に座って開いたノートを前に何かを考えていた。

『二〇一六年二月一〇日』

灯はまず日付を書き込んだ。

『自然は時に光が射すような奇跡を起こす。しかし時に残酷な爪痕を残し、人の命を奪う。繰り返されてきた悲劇は忘れない。これから起こる悲劇に抗いたい。明日の命を守り抜くために』

灯は一気にペンを走らせた。

『Ｓｐｅｃｉａｌ　Ｄｉｓａｓｔｅｒ　Ｍａｎａｇｅｍｅｎｔ　Ｈｅａｄｑｕａｒｔｅｒｓ』と書き、『Ｓ』と『Ｄ』と『Ｍ』に丸をつけ、強いまなざしでその文字を見ていた。

＊

「灯が夢見たのは、大切な人の命を守り、不条理に誰も泣かない世界」晴原は言った。

「灯さんの話を聞けば聞くほど好きになる。会ってみたかったな、灯さんに」そう話す彩に、

『それは私も』診療所にいる早霧も言った。

「灯は、ＳＤＭと共に生きている」遠い目をしていた晴原は、ハッと気づいて声を上げた。「紙

飛行機大会、連絡とか来ました？」

「完全に嫌われちゃったな」上野は首を横に振った。

「今からでも行きましょうよ」彩が提案した。

「きっと海斗くんも待っています」晴原が言って、三人は会場に向かった。


紙飛行機大会の会場に到着したときには、すでに大会は終わり、スタッフがステージを片づけていた。海斗は、青い紙飛行機を手に待っていてくれた。

「海斗……ごめんね」上野が海斗に声をかけた。

「再現するから、見てて」

海斗は足を踏ん張って立つと、風を読んだ。そして腕を大きく振り、体全体を使って紙飛行機を飛ばした。紙飛行機は風上に向けて斜め上に舞い上がり、飛んでいく。

「飛行距離四十一メートル。滞空時間は十二秒。優勝したよ！」

いつもクールな海斗が、子どもらしい笑顔で言った。

「海斗……」

「破った約束の数だけ、誰かのために頑張ってる。晴原さんに教えてもらったから」

実は晴原は、仮設テントで支援物資の確認をしているときに一瞬席をはずし、大会前の海斗と電話で話をしていたのだ。

「お母さんはまた約束を破るかもしれない」

「え」海斗は驚きと失望のまじった声を上げた。

「自然災害は常に予測できない。何が起こるかわからない。だから約束を破った数だけ、誰かのために頑張ってる。命を救うために全力で戦っているんだ」

晴原は、ずっと黙ったままの海斗に尋ねた。「そんなお母さんのこと、嫌いになれるか？」


「嫌いになんてなれない」海斗は、目の前に立つ上野に言った。

「嫌いになんてなれないイコール？」晴原は海斗を促した。

「……お母さんのこと、好き。格好いい」

にっこりと笑う海斗の前に跪《ひざまず》き、上野はぎゅっと強く抱きしめた。

「……痛いよ。ね、晴原さん、どっちが遠くまで飛ばせるか競争しよう」

海斗は照れながら、上野の腕からすり抜けた。

「行くよ、せーの！」

彩も加わり、三人はそれぞれお手製の飛行機を飛ばした。


その頃、ひかるはＳＤＭ本部の地下駐車場で自動車整備用品や工具を整理していた。そこに、優吾が現れて、ひかるに訊いた。

「政治の世界はわからないけど、本部長のことだ。たとえ真実が闇のままでも、次の手を考えていると思う。ただ俺は知りたい。本部長も、娘が何故死んだのか知りたいはずだ」

優吾は厳しい表情を少し緩ませ、続けた。

「それに晴原さん。あの人、いまだに食べられないんだ、ドーナツ」

「ドーナツ？」

ひかるは首をかしげた。

＊

二年前――。

優吾は関東南部豪雨犠牲者の三回忌に出席した。晴原も、藤村と一緒に来ていた。優吾は少し離れたところで、二人が話すのを聞いていた。

「おまえ、まだドーナツ食べられないのか」藤村が晴原に尋ねた。

「ずっと答えを探している。なぜ、灯は避難先で多くの人に留まるように指示しながら、自分だけ離れたのか。ときどき妙に不安になる。俺が信じてやらないといけないのに……」

「大切だと思っているからこそ疑ったりする。それでいいんだよ。いつか答えがわかる日が来る」

藤村は、晴原を元気づけるように、肩に手を置いて言った。優吾はそんな晴原を、じっと見つめていた。

*

「あの日、いつも通りの朝を迎えたら、灯さんと二人でドーナツを食べる予定だったんだ」

優吾は、ひかるに話を続けていた。

「心の痛みを見せない。でもあの人の中では、まだ時間が止まったままなんだ」

ひかるは、顔を歪ませた。堪えようとしたが、涙が溢れて止まらない。優吾が駐車場から出て行こうと歩き出したとき、ひかるのスマホが震えた。上野からのメッセージだ。開いてみて、ひかるは硬直した。

「……約束していた」

ひかるが声を上げると、優吾が足を止めた。

「五年前の真実は、ＳＤＭの正式運用まで誰にも話さないって。でも、その人が真実を話すって、晴原さんに」

上野からのメッセージには『これから晴原くんに五年前のことを話す』とあった。


海斗と彩は、着地した紙飛行機を拾うために走って行った。走る二人を見つめている晴原のそばに、上野が近づいて来た。

「晴原くん」呼ばれて振り返ると、上野は「私なのよ」と、言った。

「私が奪った、あなたのかけがえのない人の命を。灯の命を」

晴原は言葉を失い、上野を見ていた。遠くに雷の音がし、やがてぽつりぽつりと雨が降り始めたが、二人はその場から一歩も動かず、無言で見つめ合っていた。

7

天気雨が降ってきた。

「ちょっと降ってきたな」

雄介が、海斗を連れて晴原と上野がいる場所に戻ってきた。

「……どうかしたんですか？」

一緒に戻ってきた彩は、晴原と上野の間に流れる空気を察したのか怪訝そうな表情を浮かべている。

「海斗を連れて帰って」

上野は雄介に言った。あまりに深刻なその様子に、雄介は何も聞かず、頷いた。でも海斗は不安げな顔をしている。

「晴原くんに大事な話があるの。大丈夫、すぐに帰る」

上野はしゃがみこみ、海斗と目線を合わせて言いきかせた。

「これからは休みの日、いつも一緒にいられるようになるから」

「本当？」

問いかける海斗に、上野は笑みを浮かべながら頷いた。

「雨も降ってきたし、先に帰ってよう」

雄介が海斗の肩を抱き、帰っていった。上野は海斗たちに手を振り、指揮車輌の中に移動した。そして、晴原に話し始めた。

「五年前、避難先の公民館に私は灯と一緒にいたのよ」

＊

五年前――。

豪雨の中、上野と灯は避難先となった上曽手公民館で合流した。十数名が避難していて、その中には立花の地元秘書、河合早紀の姿もあった。

「ここも危ないんじゃないか」「別の場所に行った方がいいかもしれない」

避難者たちは窓を叩きつける雨を見ながら、囁き合っていた。

「ちょっと待ってて」

灯は上野と離れて、避難者たちの前に進み出た。

「私は気象庁気象研究所の研究官です。今から外に出る方が危険です。ここにいてください」

灯の言葉を聞いた避難者たちは顔を見合わせていたが、不安の色は消えていなかった。

「それと、私が言うことを守ってください。この建物の浸水が想定されているのは一階までです。ただ今回の豪雨における垂直避難はそれでは足りません。必ず二階に、場合によっては屋上に上がってください」

そんなにも水が上がってくるのかと、避難者たちは怯えた表情を浮かべた。

「焦らないでください。そして諦めないでください。諦めそうになったとき、大切な人を心に思い浮かべてください。勇気をもらえるはずです。その人といつも通りの朝を迎えるんです」

灯は一人ひとりの目を見て、真剣に訴えた。

*

「あのとき、あの場にいる人を、灯は助けようと必死だった」

上野は言った。この音声は無線を通してメンバーたちにも届いているはずだ。

「灯の指示通り上に向かった人は、私を含めて助かった。ただ灯がその場を離れた後、錯綜した情報がテレビやネットに出回った。疑心暗鬼になって、指示に従うのを躊躇した人もいた。建物内に一気に水が入ってきたときは遅かった」

「生き残った方々が、今まで口を閉ざしてきたのは？」彩は疑問を口にした。

「屋上に向かう扉。誰かが迫り来る水に恐れて鍵を閉めた……」

上野の言葉に、彩は息を呑んだ。晴原は表情は変えずにいたが、衝撃を受けていた。

「扉を叩く音が響いたような気した。でも、私を含めて誰もが怖くて確かめることができなかった。灯は悪くない。最後の最後まで誰よりも強く優しく、目の前の命に全力で向き合ってた」

『肝心なことを教えてください。灯さんはなぜその場を離れたのか』

無線越しに、優吾の声が聞こえてきた。

五年前のあの日の光景が、上野の頭の中に蘇ってきた。

＊

「じゃあ、行ってくる」

灯は、公民館から出て行こうとしていた。上野は灯の腕をつかんだ。ここを出たら危険だ。でもその言葉は言えなかった。言えない理由があって、葛藤していた。

「大丈夫。必ず戻って来る」

灯は真剣な顔で言い、一瞬だけ笑みを浮かべた。上野はその手を離した——。

＊

「あのとき、灯は……」

上野は言葉に詰まった。声を押し出そうとしても、喉の奥から出てこない。机についていた手が震えてきた。その手に、晴原が手を重ねた。

「それ以上は今でなくてもいいです」

晴原は手を離し、続けた。「記憶の中の灯に会えたような気がしました。必ずも、絶対も、ありえない。でも諦めなかったとき、いつか道が開ける。一筋の光が生まれる。灯はそう信じて生きてきた。園部灯は最後まで園部灯だった。知れてよかった」

「私を許しちゃいけない。当時、灯の最後の行動を週刊誌が記事にしようとした。あれは私が知り合いを通し、握り潰してもらった。灯の死に注目が集まるのを避けたかった。真実を知られたくなかった。手を離せば灯が危険な目に遭うとわかっていて、私はその手を離した。打算……自分自身のためなのよ」

上野は晴原の顔を正面から見据えた。「ＳＤＭが正式運用になったら、すべてを話そうと決めていた。でももう、ＳＤＭは大丈夫。私は離れる」

上野の告白に、沈黙が落ちた。だが静寂を破るようにアラート音が響いた。


本部の会議室にいた優吾たちはアラート音を聞き、メインのモニタールームに向かった。

「海上保安庁から緊急事案の入電あり。紀伊半島沖にて、気象観測船と漁船が複数発生した海上竜巻に巻き込まれて接触事故。漁船は沈没。乗組員は気象観測船に乗り移りました。気象観測船も損傷。竜巻を避けながら救助する必要があるため、海上保安庁が協力して欲しいとのこと」三崎が告げた。モニターには気象観測船、海上竜巻の写真などが表示されていた。

「なおこの事案に付随し、気象庁からＳＤＭに重要な報告があるそうです。繋ぎます」梨紗子が無線を切り替えた。

『こちら気象庁です。気象観測船は多量の水蒸気を観測。送られてきた一部のデータを転送します』気象庁担当者が告げた。

晴原は気象庁の担当者から転送されて来たデータを確認し、すぐにデータの解析を始めた。

「海上竜巻は積乱雲の下で発生する。多量の水蒸気を捉えたからこそ巻き込まれた」

背後にいた彩が、タブレットでデータを見ながらつぶやいた。

「気象観測船の情報から、その水蒸気は十時間以内に東海地方に流入する」

晴原はキーボードを叩く手を止めずに言った。

「つまり、それって……」

「大気安定度、各高度の風の要素からして、線状降水帯が発生する可能性が高い。五年前と同等の集中豪雨が起こる。予測していないエリアで大きな被害が出る」

自然の脅威にただただ立ち尽くした、五年前のあの日の感覚が蘇ってきた。晴原は気を引き締め、解析を続けた。

「一分ごとの水蒸気観測のログさえあれば、エリアを絞り込める。ただそれは気象観測船にしかない。至急、救助しデータの解析をしなければいけない」

『現在、本部長はスイスで開催される『国際防災会議』に向かったところです』

本部にいる優吾の声が告げた。

「俺たち現場で判断して動くしかない」晴原は覚悟を新たにした。

『いつでも動けるように、今から自分たちも災害予想地域に向かいます』

「俺たちはこのまま海難事故の対応にあたる。上野さん、力を貸してください」

晴原は立ち上がり、少し離れた場所に立っていた上野に言った。上野が小さく頷くのを確認して、晴原は言った。

「この大規模災害を、必ず俺たちで必ず食い止める」

指揮車輌のモニターには、気象観測船のいるエリアで海上竜巻が発生している様子が映し出されていた。

『こちら海上保安庁警備救難部です。現在、気象観測船の位置は、北緯三十二度三十六分、東経百三十六度四十一分。乗組員が計四十名』

海上保安庁の担当官が告げた。

「船長と直接話します。会話内容は海上保安庁と共有する」

晴原が言うと、担当官が『繋ぎます』と、無線を繋いだ。

『船長の保科です』

船長・保科《ほしな》正樹《まさき》と繋がった。風や波の音と船内の混乱の様子も聞こえてくる。

「こちらＳＤＭ気象班、晴原です」

晴原の後、情報を共有するため、彩と上野も名乗った。

「海上竜巻範囲外、比較的風や波が強くない海域にて巡視艇は待機予定。誘導します」

『お願いします。現状、海上竜巻は回避。ただ波の向きが真横だと船は転覆してしまうリスクが高い。真後ろも危ない』

ゴーッという激しい風の音と荒れ狂う波の音が、先ほどよりも大きく聞こえてくる。

「つまり風や波の向きが読めれば、安全に誘導できるということですね」

『そんなことできるんですか』

「巡視艇の気象レーダーで竜巻を避けながら、高解像度の気象モデルを読み解きます」

「波浪モデルで風と波は私たちが」上野がフォローした。


私服姿のひかるは本部の建物の地下駐車場に移動していた。

「人使い荒いよな、今から出動しろって」ＳＤＭのジャンパーを羽織った山形が現れた。

「早くしろよ。ドライバーだろ」山形はひかるにジャンパーを渡した。だがひかるは受け取らずに戸惑っていた。

「ああ、嫌だ嫌だ。そのウジウジな感じ。考えても答えが出ないことは考えないことに限る」

「何も知らないくせに」

「今を知っているだけで十分だろ」

山形の言葉に、ひかるはハッとした。

「サバサバして口は悪いけど男気がある、それが丸山ひかるだろ。失望させるなよ」

「なんで山形が失望するんだよ」

二人は数秒間見つめ合った。

「えっ、まさか私に……」

「えっ、いやいやいやないないないない。そういうんじゃない。ないない。ないから！」

「動揺するなよ。逆に怪しいだろ！　言っておくけど、私の方も絶対ない。不意に核心めいたこと言うのとか、イラッとするし。山形のくせに」

　ひかるが言うのを聞いて、山形はフッと笑った。

「何？」

「そういう感じの方がウジウジより全然いいよ」

　山形はひかるにもう一度ジャンパーを差し出した。

「ＳＤＭのドライバーは、おまえしかいないんだよ」


　晴原たちは目を凝らし、レーダーを見ていた。

「進行方向、十分後に竜巻に発生しそうな雲があります」

　上空の風から竜巻が発生しそうな場所を読み解き、気象観測船を誘導していく。

「現在、海上風は南南東、風速二十メートル毎秒」

「波の向きは南、波高四メートル」

　上野と彩は沿岸波浪モデルの予測を使って、波の高さや向きを伝えていた。

『東に十度、舵を切る』

保科は言ったが『船長、火災が』『観測室エリアです』『システムが動きません』などと船員たちの慌てる声が聞こえてきた。船内は騒然となっている様子だ。

「船長、状況を」晴原は呼びかけた。

『観測室で火災。非常用システムが破損してスプリンクラーが作動しない。しかも漁船と接触して船底に亀裂が発生していた箇所から浸水が。このままじゃ沈む……クソ』

風が吹きつける音、打ち寄せる波の音、そして『防火扉を閉めろ！』『ダメです！』『火元から離れろ！』など、船員たちの怒号と悲鳴が聞こえてきた。

「船長、艦内放送にしてください。お願いします」晴原は強く頼んだ。

『切り替えました』

「ＳＤＭ気象班晴原です。私の声に集中してください」

晴原が船内に呼びかけたが『早く逃げろ』など、混乱と喧噪の声がするだけだ。

「みなさん、大切な人を心に思い浮かべてください」

それでも、晴原は船員一人ひとりに届くよう必死で呼びかけた。

「挫けそうになったとき、その大切な人のために諦めないでください。強い人なんていない。強くあろうとする――。かつて私にとって大切な人から教わりました。諦めない心を持った者にしか、道は開けない。我々ＳＤＭは皆さんを救うことを絶対に諦めない。だから最後の最後まで戦いましょう」

晴原が言い終えると、保科が船員たちに指示を出す声が聞こえてきた。

『救命艇用意！　すぐに離脱できる準備を』

『了解！』船員たちの声がする。

『晴原さん、俺の心に浮かんだのは、息子だ』保科が言った。

「おいくつですか？」

『来週二十歳に。妻が早くに亡くなって男手一つで育ててきた。約束しているんだ。二十歳になった日、一緒に酒を飲もうと』

「そのお酒、きっとおいしいですよ」

『ええ。晴原さんにも一杯、奢りますよ』

「必ずですよ」

『ああ、必ず』

何気ない会話をして保科を落ち着かせながら、晴原は手を動かして解析を続けていた。

「SDM気象班から海上保安庁に。海上竜巻の危険度の低い区域をさらに絞り込んで特定。巡視艇、四キロメートル南に進んでください。そしてサーチライトの点灯を！」

『伝えます』担当官から声が返ってきた。

「保科船長、今、風を真後ろから受ける形になっています。風向きは変わらない。最大スピードでただひたすら前に。巡視艇の光が見えてくるはずです」

『針路は変えず、全速前進！』保科が指示を出す声が聞こえたが、すぐに『真っ暗で光が見えない』と、声がした。

「信じて前に」晴原は思わず立ち上がり、保科を励ました。

『了解！　前方で灯を確……』そこで急に、会話が途絶えた。

「保科船長！　応答をお願いします！」晴原が呼びかけたが、応答はない。晴原は「雲田！」と、彩を振り返った。彩はノートパソコンのキーボードを打ち、何度も繋ごうとしていた。

「ダメです。繋がりません」

「電源部が破損したのかもしれない」上野が顔をしかめた。

「五分」晴原は言った。「諦めず、前に進み続けたら、五分で巡視艇まで辿り着けるはずだ」

そして晴原は黙った。彩と上野も自分の腕時計を見ていた。十九時四十一分に無線が切れ、時計は四十六分になった。

「五分経過しました」彩が言ったが、応答はない。晴原たちの表情が曇る。——そこに、無線が繋がる音がした。

『こちら海上保安庁、気象観測船が沈没。ただし沈没前に離脱した乗組員全員、保護』

担当官からの情報に、晴原たちはホッと息を吐いた。

『船長と繋ぎます』担当官が言った。

『晴原さん、水蒸気データは無事です！　覚悟しておいてください。一杯どころじゃない。朝まで奢りますから』

危機を乗り越えた保科の声が聞こえてきた。

「楽しみにしています」

晴原が応えると、保科も大きな息を吐いた。

『大事な観測データ、至急送ります』

竜巻のエリアを絞るために必要な一分毎の水蒸気観測のログだ。

「了解」晴原は頷き「すぐに線状降水帯エリアを絞り込む」と、無線で優吾たちに告げた。

優吾たちを乗せた指揮車輌は、東海地方に向けて、夜の高速道路を走っていた。運転はひかる、早霧と山形が同乗していた。晴原たちの乗っているもう一台の車輌には刈谷ら医療班とドライバーが乗り込み、やはり東海地方を目指していた。もうかなり目的地に近づいていた。

「深夜にかけて集中豪雨が起これば、避難が遅れる」優吾は晴原に伝えた。

『解析の結果、岐阜県笠山市に線状降水帯が発生する割合が極めて高い。リードタイムをどれだけ稼げるか、時間との勝負だ』

晴原の言葉に、優吾を始め、早霧も、山形も、そしてひかるも、覚悟の表情を浮かべた。

本部のモニターには線状降水帯が発生する直前の天気図が映し出されていた。

「至急至急、岐阜県笠山市役所に緊急事案の通達あり。一時間後、倉沢町、由根町にて線状降水帯が発生することをSDM気象班が特定。タイムラインをもとに行動を開始してください」

「拠点を変えた指揮車輌にSDMメンバーが合流」

三崎と梨紗子は絶え間なく情報を受発信していた。園部が不在なので、指示も仰げず混乱していたところ、扉が開き、立花が中央の本部長席に立った。

「以後、本部の指揮は私が執ります」


指揮車輌二台は笠山市役所の駐車場で合流した。屋根付きの駐車場でトランスフォーム中だったが、晴原は立ったままノートパソコンで解析を続けていた。

『災害対策基本法にのっとって、本部長代理は国務大臣の誰かが担当します。園部大臣から、その指名を受けました。現場は状況報告を』

立花の声が聞こえてきた。

「現時点において最大限留意すべき点を説明します」

晴原は、二台を連結させた指揮車輌に乗り込んだ。SDMのジャンパーを着たひかるは解析している上野と顔を合わせると気まずそうにしていたが、その様子に気づいた彩が「総力戦です」と鼓舞するように言い、空気を変えた。

「集中豪雨が起こるのは二つの町の山間部。河川の氾濫に関しては水位の上昇が目に見えるので読みやすい。むしろ、最も留意すべきは、土砂災害」

晴原は現時点での解析結果を伝えた。

指揮車輌のモニターにはハザードマップが出た。本部にも同じものが出ているはずだ。マップはレッドゾーン（土砂災害特別警戒区域）とイエローゾーン（土砂災害警戒区域）で色分けされている。

「ハザードマップでわかる警戒区域の対応には、地元消防警察、市の危機管理課で対応に当たってもらいます」優吾が言った。

『あなたたちは？』

「危険区域以外の対応に全力で当たります」

晴原の言葉の意味を、立花は一瞬考えているようだった。

「その箇所も危険なんです」晴原は主張した。ハザードマップには基準があるが、わずかに基準に達しない地域も実際は危ないのに、危険だと指定されない場合がある。

『危険区域以外が危険？』

「たとえばハザードマップは傾斜三十度以上が警戒基準。でも二十九度の崖だって、地域の特性によっては、かなり危ないのに漏れてしまうんです」

山形がハザードマップを見ながら、立花に向けて解説した。そして上野も続いた。

「ボーダーエリアで、過去に何度も災害が。今回も同様のことが起こるというのが、晴原統括責任者の考えなんです」

「ボーダーエリアで、避難が必要なのは、以下の二十か所」

晴原はモニターの笠山市、大川町、太江町、寺山町の地図に、二十か所の緑色のマークを点滅させた。

『自治体が避難指示を発令しにくいエリアということですね。予測が外れたらSDMは非難の矢面に立ちますよ』

「それは恐れていません。命を救うためです」

晴原がきっぱり言うと、優吾が熱い口調で続いた。

「現場の決定に本部が従う――それがSDM。お願いします。各方面に働きかけてください」

『これが、沢渡統括責任者が言っていたSDMの空気ね。わかりました。全力で対処に当たる。あと今回を持ってSDMの正式運用の是非を決めさせてもらいます』

「こういうときにプレッシャーかけてこないでほしいよな」

山形はマイクに拾われないよう、小声で言った。だが立花にはしっかり聞こえていたようだ。

『あなたたちはその方が力を発揮できるという判断です』

山形は「大臣、地獄耳だよ」と、肩をすくめた。

『至急、市長と協議にあたります。県庁にも連絡を』立花は指示を出した。

優吾と早霧は出動の用意をしていた。

「消防班は監視警戒活動を開始する」

「医療班も現場救護態勢に」

ひかるは二人に風呂敷に包んだ弁当箱を差し出した。

「はい、長期戦、腹ごしらえに。いなり寿司、入ってるから」

「なんでいなり寿司なんだよ」山形がつぶやいた。

「疲労回復の効果があるの知らないの？」

「丸山、俺も頼む」

晴原が言うと、ひかるは皿に盛った大量のいなり寿司を持ってきた。

「助かる」晴原はさっそくパクついた。その様子に、ひかるは少し表情を緩ませた。

「じゃあ、俺も現場に持っていくよ。ちょっとあれこれ調べてみたいことあるから」

山形は、ひかるに聞こえるように言った。

「あれこれ？」彩が首をかしげた。

「そう、あれこれ」山形は晴原と目を合わせ、互いに頷き合っている。そして、

「ドライバー頼む」と、ひかるに声をかけ、出て行った。

「じゃあ我々は現地へ出向きます」準備を終えた優吾と早霧が立ち上がった。

「念のためにこれを持っていけ」

晴原は優吾に赤いアタッシェケースを渡した。

深夜になっても、山間部の雨は勢いを増すばかりだ。本部では無線が飛び交っていた。

『二つの町での集中豪雨、すでに二時間で地上雨量二百ミリを超えています』

『土砂災害が七十二か所。うち土石流が四十六か所、がけ崩れが三十六か所。家屋崩壊が九十四棟』

『ただし現在のところ、大きな人的被害――死者は出ていません』

梨紗子と三崎が休む間もなく情報を伝えているのを、立花はじっと見ていた。

「こちら気象班晴原、最新の水蒸気観測とシミュレーションからして、集中豪雨はトータル四時間前後。これから後半戦に入っていく」

晴原はいなり寿司を食べながらエリアのデータを凝視していた。その表情を、上野が気にしてチラチラと見ていた。

『最後まで防ぎ切れるかどうかね』立花が応答した。

『こちら消防班園部、倉沢町で崖くずれが同時多発的に起きた模様。避難が遅れた住人がいるようです』

優吾からの情報が入り、晴原たちも本部のメンバーも、顔色が変わった。

『医療班とともに現場に向かっています』

消防車輌で現場に向かっている優吾から連絡が入った。『いずれも晴原統括責任者が指定したボーダーエリアです』

『避難していなかったらと思うと……ゾッとするわね』立花が言葉を漏らした。

晴原は車輌内でモニターをじっと見ていた。

「晴原くん、何が気がかりなことがあるのよね」上野が声をかけた。

「ボーダラインでもないノーマークのエリアです」

「ノーマークのエリア？」彩が尋ねた。

「長雨と今回の集中豪雨によって、地盤の緩みは過去最大に進行。あらゆる角度から地域の特性を把握しないと、何が起きてもおかしくない」

「だから山形さんが調査に」彩が納得したように言い、晴原は頷いた。

山形は激しい雨の中、雨合羽を着て調査をしていた。

「早くしろよ」

カメラに傘をさしかけながら補佐をしているひかるが声をかけたが、山形は「オッケーオッケー」と頷きながら、レーザースキャナーを使って山の斜面を観測し、撮影していた。

「絶対濡らさないで」山形はひかるに指示をし、写真を撮り続けた。

「とくに気がかりなのは、このエリア」晴原はモニター上に地図を表示させた。

「念のために避難誘導するのは……」彩は晴原に声をかけた。

「ここに関しては、絶対的な根拠が必要だ」

「介護施設がある。今、避難した方が危険な可能性も多分にある」

　上野はそこに老人ホームの地図記号がついた『ヘルプケアホーム笠山』という施設を見つけ、考え込んだ。

「きっと灯も悩んだ。あの場から離れるべきか、留まって上に行かせるべきか。人の命がかかっている。諦めるな。その言葉を掛ける側にも責任がある」

　晴原は、自分に言い聞かせるように言った。

「最速で答えを導き出します」


　優吾は隊員たちの先頭に立ち、倒れかけている家に入っていった。最後尾に早霧と看護師の渡辺《わたなべ》茜《あかね》も続いた。

「倒れてきた家屋で身動きとれない要救助者が。挟まれてもう一時間以上経っている可能性がある」

　優吾は無線で報告を入れた。土砂が入り込んだ建物内に、若い女性が取り残されていた。畳の上に仰向けの体勢で横たわっていた。落ちてきた梁《はり》に両脚を挟まれた状態だ。

「わかりますか？　お名前言えますか？」早霧は膝をつき、女性に声をかけた。

「泉沢です……助けて」泉沢《いずみさわ》歩美《あゆみ》という二十歳の女性は、途切れ途切れの声で、訴えた。

「お願い、助けて……」歩美は泣きそうな顔で早霧に訴えた。

「大丈夫ですよ、診させてもらいますね」

早霧は渡辺から鋏を受け取り、歩美のズボンを切り始めた。

「脚以外に辛いところありますか？」優吾が声をかけると、歩美は首を横に振った。

「動かせますか？　感覚はありますか？」早霧は脚に触れながら尋ねた。

「……ないです」

『こちら気象班晴原。向かい側の斜面でも、崖くずれが起こる可能性が非常に高い』

『まずは要救護者を外に！』彩が言う。

「ここで処置をしないといけない。すぐにラインを取って」

早霧は渡辺に指示を出した。

「泉沢さん、このままだと命の危険があります」優吾は歩美に、すぐに処置が必要だと説明した。そして手を握り「大丈夫、絶対助けます」と、約束した。

「要救助者はクラッシュシンドロームの可能性が高い」

早霧は準備をしながら、無線で伝えた。「圧迫されて局所的に停滞しているカリウムが解除の瞬間、全身に流れてショックを起こす。筋膜を切開。大量輸液をして運び出さないといけない」

『でもいつ土砂崩れが起きてもおかしくないです』彩の声が入った。

「諦めない。汐見さんは処置に集中してください。自分が守ります」

優吾はしっかりと早霧の目を見て言った。

「晴原さんに託されているものを」

優吾は隊員にアタッシェケースを持ってこさせた。

「レーザースキャナーを使って土砂の傾斜角度をリアルタイムで測定可能なんですよね」

優吾は無線マイクで尋ねながら、ケースを開けた。中に入っていたのは測定機器だ。

『現在の傾斜角は二十八度。あと〇・五度動いたら限界点だ。ただ雨が降っていてどうしても誤差が大きくなる。余裕をもって動け』

晴原の言葉を聞き、優吾は隊員に「外の斜面の測定を」と指示を出した。そして晴原に『退避するタイミングを教えてください』と、伝えた。

データを打ち込みながらモニターを見つめている晴原の背後に、上野が近づいてきた。

「私が対応する。晴原くんはやるべきことがあるでしょ」

上野に言われ、晴原はモニターに表示されている地図を見た。先ほどからずっと、介護施設が気になっている。

「諦めたくない。それは私も同じだから」

「お願いします」晴原は申し出を受けいれ、彩も上野に「フォローします」と言った。

優吾ら消防隊員たちは土砂が入り込んだ建物内で、歩美の上に倒れてきている梁や柱などを除去していた。

「メス」早霧は渡辺からメスを受け取り、落ち着かない状況の中、歩美の圧迫箇所の筋膜を切開しようとしていた。だが、視界もきかず衛生環境も悪い中、なかなか踏み切れない。

「目を閉じて深呼吸して、空を見上げる」優吾は声をかけた。

「え？」

「やってみてください」

優吾は頷いてみせた。早霧は言われた通り深呼吸をして、上を見た。夜明けが近づいている。

「汐見早霧、あなたならやれる」優吾は熱い口調で言った。

「出た、いつものやつ」

「ええ、いつものです」

勇気をもらった早霧の顔に、ほんの一瞬、笑みが浮かんだ。だがすぐに表情を引き締めて歩美の脚にメスを入れた。

「あともう少しがんばりましょう」優吾は歩美のことも励ましていた。

「ペアン」早霧は切断した血管を挟んで止血するための鉗子を受け取り、進めていく。

『斜面の〇・一度の傾き。もうすぐリミット』上野の声が聞こえてきた。

「筋膜を切開して、ドレナージ開始」

『限界点を超えた！』上野の声が告げたが、早霧は必死で処置を続けた。だがそのとき、外で屋根が落ちる音が聞こえてきた。

「ガーゼ」早霧はガーゼを受け取り「あと少し」と、集中した。

「あともう少しですよ、がんばりましょうね」優吾は歩美に声をかけ続けた。

「ドレナージ完了。消毒して創部保護」早霧が手を止めた。

「要救助者の搬送準備！」優吾は隊員たちに声をかけた。

「処置終了」

　優吾の指示で、隊員たちは梁の持ち上げにとりかかる。

「よし！」「搬出準備完了」「持ち上げ開始、一、二、三！」隊員たちは歩美を引きずり出した。

「心電図異常なし」早霧は数値を見て言った。

「直ちに脱出開始！」優吾が言い、隊員たちが歩美を運び出した。優吾と早霧も退避しようとしたとき、家が軋《きし》んだ音がした。天井が落ちてくる。優吾は咄嗟に早霧を突き飛ばした。

「うぅ……」優吾の足が落ちてきた木材に挟まれた。優吾は呻きながらも「先に行って！」と、早霧に声をかけた。

『傾斜角がさらに増加！　至急脱出を！』上野が叫んでいる。

「肩につかまって！　大丈夫？　立てる？」

早霧が優吾に肩を貸して歩き出そうとしたとき、ゴゴゴゴゴ……と、土砂崩れの音が聞こえてきた。

「まずい！」優吾は叫んだ。


大きな音がし、無線が切れた。

「応答してください！」

彩が声をかけたが応答はない。

「お願い、応答を！」

祈るように声をかけ続けると、

「こちら汐見……二人とも無事です！」

早霧から応答があり、晴原たちは大きく息をついた。


だいぶおさまってきた雨の中、早霧は優吾に肩を貸して土砂の中から外に出た。夜は明け、あたりは明るくなってきている。早霧は消防車輌まで優吾を運び、後部座席のドアを開けて腰かけさせた。そして自分はしゃがみこみ、怪我を負った右足を診た。

「汐見早霧、やっぱりあなたはすごい人です」

「それ、言い続けて。妙に勇気もらえるから……」

　早霧は言い、優吾を見上げた。「あと、ありがと、助けてくれて」

　優吾は無言で早霧を見ていた。早霧はそのまま、空を見上げた。

「雨が……雨が止んだ」

　あれだけ降っていた雨が、ついに止んだ。

「停滞していた雨域はもうない」

　上野が言い、彩が少し表情を緩ませたとき、晴原のパソコンにメール着信の表示が出た。山形からだ。晴原は解析の手を止め、メールに添付された画像を開いた。山の斜面のため池や、木々の写真だ。

「まだ終わっていない。ここからが正念場だ。ノーマークのエリアにも危険が迫っている。山形、報告を」晴原は促した。

『まず地形的に付近の山の上流にはため池がある。次に斜面に保安林指定されてアカマツが植えられているはずなのに、松くい虫で枯れて対応が手つかずのまま。そしてマグマが冷えて固まった花崗岩の風化した地盤』

　晴原は山形の報告を聞きながら、モニターに表示された地図を見つめていた。

「それらの条件と土壌雨量指数を踏まえた結果、極めて危険な土石流が起こる可能性が高い。警戒すべきは、土石流の中に混じる巨大な石、コアストーン――」

大雨により花崗岩エリアで、土石流が起こった。流れ始めは大小の砂や岩が均等に混ざっていたのが、次第に大きなサイズの石が先頭に集まっている状況だ。

「現在の条件下で土石流が起こると、コアストーンは浮力によって、先頭に来る。それによって通常なら安全な位置の下流部まで被害を及ぼす。その下流部にあるのが介護施設……」

晴原は、住宅地に流れ着いた人の高さを大きく超える巨大な岩の写真を表示した。

「至急避難が必要」彩は焦りの声を上げた。

『現在、地元消防警察ともにいまだおのおの対応に当たっています。緊急で人員を割くことは不可能です。しかも周辺区域は道路が寸断されている箇所もある』

優吾の言葉に、指揮車輌の中も本部も静まり返った。

『でも、諦めない』

無線から聞こえてきたのは沢渡の声だ。

『暑苦しいのがＳＤＭのウリだからねえ』

沢渡は介護施設に到着したところだ。付近には同様の災害活動用高床バン型車が数台停まり、警察官たちが準備をしていた。

『本部長代理から、万が一に備えていつでも動けるように指示を受けたんですよ。切り札を残しておいたんでしょ、藍ちゃん』

『人前で下の名前を呼ばない。それに今のわざとですよね』

立花たちのやりとりを無線で聞いていたメンバーたちは、笑みを漏らした。

『これだけの大災害。ただ今のところ死者は出ていない。この奇跡を最後まで貫いてください』

立花の声かけに、無線を聞いていた全員が「了解！」と、声を上げた。


「（このチーム、最強）」彩は感動し、思わず中国語でつぶやいた。そして、上野に向き直った。

「誰かが諦めそうになっても、ほかの誰かが諦めない。だから零《こぼ》れていく命を救うことができる。上野さんがＳＤＭを離れるの、反対です」

「ＳＤＭには上野さんが必要です」晴原も立ち上がり、上野を見た。

「心の底からそう言える？」上野は晴原に問いかけた。「この五年、ずっと晴原くんは苦しんできた。それがわかっていて見て見ぬふりをしてきた」

上野と晴原は互いの心の奥を確かめるように、見つめ合っていた。

「上野さんも苦しんできた。そうですよね？　もう自分を許してあげてください。話せない事情があった。それを胸の奥底に押し込んで、ただひたすら、灯が夢見たＳＤＭのために尽くしてくれた。上野さんはかけがえのない仲間です。それは何があっても変わらない。灯が俺の立場であっても、きっとそう言うと思います」

晴原の言葉を聞いた上野はうつむき、目を閉じた。

「現場で土石流が起こるタイミングを見極める必要がある。俺は現場に向かいます」

「私も行きます」

晴原と彩は、涙を堪えている上野を残し、指揮車輌から出て行った。

上野は涙を拭って立ち上がった。ずっと私服姿だったが、ハンガーにかかっていたＳＤＭのジャンパーを羽織った。そしてすぐに晴原たちの後を追った。


晴原たちは介護施設に駆け付けた。警察官たちが要救助者たちを大型バスに載せ、避難搬送している。

「乗り遅れた人がいないか、念のため確認！」

沢渡は数人の警察官を連れて施設内に入っていった。晴原はその様子を見ながら、屋外でノートパソコンを広げ、解析を続けていた。

「周辺の川の流れが濁って、流木が流れている」上野は晴原に報告した。

「これだけの雨だったのに、川の水のかさが減り始めている」

「土石流が起こる兆候ってことですか」彩が晴原に尋ねた。

「間違いない」晴原は頷き、無線で「沢渡さん、避難を急いでください」と告げた。

『本井川一キロメートル上流で小規模な土石流が発生！』

山形から無線が入った。その途端にゴゴゴゴ、と山全体がうなるような地鳴りが起こった。

『さらに上流部で次の土石流が発生する兆候が！』

「いずれ第二波が来る」晴原はつぶやいた。

『残りあと数名です！』沢渡の声が返ってきた。


本部のメンバーたちも、固唾を飲んで現場の状況を見守っていた。

「避難は順調に進んでいます。もうすぐ完了予定」三崎が言った。

「この大災害、ＳＤＭが対応していなければ、どれだけの命が失われたのか。やはりＳＤＭはこの国の希望になる」立花は言った。


『最後の要救助者だ』

沢渡は最後の施設入居者を大型バスに乗せ、送り出した。晴原たちが安堵の息をついたとき、再び地鳴りが起こった。木々が避ける音や大きな岩が流れる不気味な音が聞こえてくる。

『上流部で大規模な土石流が発生！』

山形が叫んだ。

「すでに本井川周辺の避難は完了しています」彩は無線マイクに向かって報告した。

晴原はモニターの地図を見た。本井川と介護施設の位置を確認する。晴原は上野たちから少し離れた人けのない場所に立ち、頭の中にデータを浮かべた。あたりを見回すと、台風一過のように晴れ渡っている。

「ここに来る」晴原は確信した。

「え!?」晴原の様子を見に来た彩が、目を見開いた。後ろには上野がいる。

「ここに土砂が来る！　今すぐ南に逃げてください。土砂の方向に対し、直角に避難を！　俺はバスを停める！」

晴原は彩たちに告げ、走り出した。坂道を猛ダッシュで下り、進みかけていた大型バスの前に出ていった。

「停まって！　停まってください！」

両手を広げて制止する晴原に驚き、運転手がブレーキをかけた。

「下がってください。後ろに！」

晴原はバックするバスを誘導しながら、下がってきた坂を上がった。

「まさか？」指揮車輌の中でモニターを見つめていた山形は青ざめた。

「いったい何が？」ひかるが尋ねた。

「第一波が作った堆積土砂で、第二波が進路を変えて晴原さんたちがいる場所に！」

「急いで！　早く！」

晴原はバスを誘導し、バックさせていた。迫ってくる轟音との戦いだ。

次の瞬間、晴原は誰かにドンと突き飛ばされ、山道に転がった。顔を上げると、今さっきまで晴原がいた場所に上野が残されていた。そこに、巨大な岩が勢いよく転がってきた。迫りくる黒い土砂と、その場でじっとしている上野の表情が、晴原にはスローモーションで見えた。

『生きて――』

上野の口が、動いた。そして、上野は濁流と巨大な岩に呑み込まれた――。

8

目が覚めると、指揮車輌の天井が見えた。ゆっくりと目線を動かすと、彩と山形、ひかるが心配そうに晴原の顔をのぞきこんでいた。

「土石流は？」

窓の外は明るくなっていたが、今がいったいいつなのか、よくわからない。

「避難者は先生の指示のおかげで全員無事です」

彩が答えるのを聞き、とりあえず安堵した。

「先生は土石流に流されそうになったのを沢渡さんが救い出し……」

彩の説明を聞きながら、晴原は自分が泥だらけなことに気づいた。車輌内には今も、無線が飛び交っている。晴原は突然、強い恐怖を感じた。

「上野さんは？」

晴原の問いかけに、彩も、山形も、ひかるもぎくりとし、黙り込んだ。

晴原は仮設テントに入って行った。そして目の前の光景に言葉を失った。そこには、泥だらけの上野が横たわっていた。周囲には早霧ら医療班のメンバーと、足を負傷してパイプ椅子に座っている優吾がいた。救出に奔走していた沢渡は、泥だらけで立ち尽くしていた。

「上野さん」

晴原は上野の手を取った。だがその手はすでに冷たい。晴原は早霧を見た。

「午前十一時七分……死亡を確認しました」

早霧の言葉に、晴原は頭が真っ白になった。彩は必至に堪えていた涙を流し、ひかるは手で口を覆い、泣き崩れた。そこにいた全員が力なくうなだれ、ただ、ひかるの嗚咽《おえつ》だけが響いていた。

晴原は、上野の遺体の前から動けずにいた。ほかのメンバーも同様で、仮設テントの中は時が止まったかのようだ。

『道路が寸断されていて、ご遺体の搬送の目処が立っていません』

無線から、本部の三崎の声が流れてきた。沈黙が破られたことを機に、ひかるが口を開いた。

「今、話すことじゃないかもしれない。でも今、話さないといけない。上野さんが話せなかったこと……。晴原さんを死なせるわけにはいかなかった。園部灯さんが命を懸けて、大切な命を守ってくれたから」

*

五年前――。上野は、避難所となっていた公民館で灯と合流した。

「上野さん！　足どうしたんですか」灯は、足を引きずる上野に問いかけた。

「避難のパニックに巻き込まれて階段から……」

説明しかけたところで、上野の携帯に夫の雄介からメールが入った。『通行止めで保育園まで行けない』

「まだ海斗が保育園に」上野は青ざめた。「あの辺りは川沿い。氾濫したらアッという間に……。行かないと」

「その足じゃ無理です」

「でも海斗が！」振りきって外に出ようとした上野を、灯が制して言った。

「私が行きます」

灯はもう一度避難者たちを説得してから、上野に向き直った。

「じゃあ、行ってくる」

灯はしっかりと上野の目を見て言った。上野はもう一度、灯の腕をつかんだ。

「大丈夫。必ず戻ってくる」

灯は笑顔で約束した。上野は葛藤していた。でも、誰かが行かなくては、海斗は……。上野は最終的に、灯の腕から手を離した。


ひかるは上野から聞かされていた五年前の事情を、メンバーたちに話していた。

「もし我が子が助かるなら……心の中で、命を天秤《てんびん》にかけたそうです。海斗くんがいる保育園で、私は当時、保育士として働いていた。海斗くんともう一人の園児のお迎えが来なくて……三歳の子を、豪雨の中連れ出して避難するかどうか迷った。そこに、灯さんが来た」

保育園に、ずぶ濡れの灯が入ってきた。

「気象庁の者です。すでに河川が氾濫し始めています。警察も消防も間に合わない。今すぐ避難を！」

灯が海斗を抱きかかえたので、ひかるはもう一人の園児を抱きかかえた。

「私が指示する方向に、立ち止まらずに走ってください！」

灯とひかるは雨の中、外に出た。

「氾濫した川に呑み込まれそうになったとき、灯さんとはぐれてしまった……。灯さんのおかげで、私と園児は助かった。翌朝、海斗くんが保護されたって聞いた」

雨が止んだ次の朝、ひかるは病院に足を運んだ。海斗はＩＣＵにいた。病院の廊下には上野がいて、コートの切れ端を手に、うなだれていた。

「上野さん、それ……」ひかるは声をかけた。

「海斗の体が流されないよう、背の高い木に固定するのに使われていたって」

ひかるは、一瞬、その言葉の意味が理解できなかった。

「これは灯が着ていたコート……」

上野は水色のコートの切れ端を握りしめ、泣きくずれた。声を上げて泣く上野のそばで、ひかるは言葉も発せず、動くこともできずにいた。

＊

晴原たちは、五年前のひかると同様に、無言で身動きもできずにいた。ひかるは、辛い気持ちを堪えながらも、伝えなくてはいけない言葉を喉の奥から押し出した。

「海斗くん、自分を助けるために死んでいった人の記憶がかすかにあったそうです。思い出すとパニックに。だから上野さんは真実を隠した。上野さんは贖罪《しょくざい》の思いから、ＳＤＭに尽くしてきた。そして何があっても、たとえ自分の命を懸けてでも、晴原さんを救いたかったんだと思います」

ひかるの話を聞いていた晴原は、もう二度と目を開けない上野を見つめた。

長い沈黙の後、仮設テントに雄介と海斗が到着した。

「お母さん、お母さん、お母さん、お母さん……」

海斗は上野を揺さぶり、しゃくりあげて泣いた。雄介が海斗を抱きしめ、二人で泣いていた。

メンバーたちの誰もが、海斗の痛々しさに、かける言葉もなかった。晴原はただ苦悶の表情を浮かべていた。

数日後、上野の葬儀が執り行われた。晴原は葬儀場の外に、ぼんやりと立っていた。

「もう上野くんはいない。いまだに信じられない」

緊急帰国した園部が、晴原に声をかけに来た。

「今回のこと、第三者による調査が行われる。ＳＤＭは現場主導で動く。危険と隣り合わせだ。現実に犠牲が出たことで、非難の声が上がっている。当面、ＳＤＭは活動停止だ」

喪服姿の園部と晴原は立ち尽くしていた。


三か月後——。

「今日のお天気コーナーは特別ゲストをお迎えしています」

ＪＢＣテレビのアナウンサーが笑顔で中継先に声をかけた。

「あのハルカンこと晴原柑九朗さんの助手で、つい先日、気象予報士の試験に見事合格した、雲田彩さんです、雲田さん、お願いします」

中継先でスタンバイしていた彩は、カメラに向かって爽やかな笑顔を振りまいた。

「皆さん、初めまして、雲田彩です。突然ですが、皆さん、春夏秋冬の天気を決める気圧配置をご存じですか？」

春、夏、秋、冬の天気図が彩のトークのバックに映った。彩は笑顔で解説を続けた。

「日本は四季によって気圧配置が変わるんです。春と秋は低気圧と高気圧が交互に西からやってきます……」


中継を終えた彩は、ＪＢＣテレビのサブモニター室に戻った。

「晴原譲りの外面の感じ、いいよー！」藤村が、彩を褒めてくれた。

「それにしても合格率五パーセントの難関、一発でよく受かったよね」

「以前、上野さんに言われたことがあるんです」

海斗の紙飛行機大会があった日、彩が半人前だったせいで上野は指揮車輌に戻ってきた。そのときに「悔しい思いがあるなら、早く一人前に。期待して待ってるからね」と、上野が励ました。だから頑張った。

「……心の傷」藤村は、つぶやいた。「勉強に没頭することで癒やしたってわけだ。で、あいつはどうしてる？」


気象庁気象研究所の第六研究室を、優吾と早霧が訪ねた。

「用件は手短に」晴原はパソコンに向かったまま言った。

「雲田さんからときどき聞いてるけど、ご飯食べれてる？」早霧が問いかけた。

「あいつから聞いてるなら、知っているだろう」

晴原は巨大なおにぎりを出した。「このソフトボールみたいなおにぎりを頼んでもないのに毎日作ってくる。沢渡さんからは野菜と果物が。丸山からはぬか漬けが定期的に。みんな、俺の実家か」

「あと、ちゃんと眠れてる？」

「まるで診断みたいだな」

「診断だよ。前にあなたが私を診断したように、私はあなたの『心』を診ている」

「俺なら大丈夫だ」

「ならどうして、調査チームに回答を保留にしているんですか。ＳＤＭの是非について」

黙っていた優吾が口を開いた。

「大災害はまたいつ起きるかわからない。ＳＤＭだからこそ、救える命がある」

「零れ落ちた命もあった」晴原は優吾の言葉を遮った。

「まさか、再始動に反対なんですか」

「やってきたことが間違っていなかったか。検証するにはいい機会だろう」

「今さらそんなこと。晴原さん、しっかりしてください」

「言っただろ、忙しいんだ。帰ってくれ」

晴原に雑な対応をされ、優吾は言い返そうとするが、早霧が止めた。パソコンに向かう晴原の背中は、すべてを拒絶していた。

「雲田さんが言うには、晴原さんがやっている研究、今すぐやらなくていいことだそうで」

　優吾が早霧に言った。

「灯さんが亡くなったときはどうだった？」

「取り憑かれたように動いた、ＳＤＭ実現に向けて」

「あの人らしくない。立ち止まってる場合じゃない」

「そのド直球な考え方、時に相手を苦しめる」早霧はきっぱりと言った。

「晴原さんは強い。だから心が悲鳴をあげているのに表に出さない。心の苦しみは身体の苦しみより、苦しいケースがあるのに……」

「もっともらしいことを」苦々しい思いで早霧の話を聞いていた優吾が反論する。

「上野さんのためにも、今はＳＤＭ正式運用だけを考えて動くべきなんです！」

「だからそのマッチョな考え方じゃ、ダメだって言ってるの！」

　二人は歩きながら言い合いになったが、優吾はハッと我に返った。

「なんで自分たちが揉めてるんですか」

「そうだね……。せめて心の中の苦しみを吐き出してくれたらいいんだけど」

「あの人にとって、それが一番難しいことかもしれない」

　議員会館の会議室には、御子柴幹事長をはじめ有力議員たち数名が集まっていた。

『内閣改造』が行われる。総理が内々に漏らしていますよね」

立花の発言に、会議室内はざわついた。

「与党内のライバルを閣内に取り込んで、反対行動を封じるのが主要目的だ」

御子柴が言った。

「あの新島元樹《にいじまもとき》ですね。組閣によって顔ぶれが大幅に変わる可能性もあります。私を含めてですが」

四十代半ばの新島は、新時代のリーダーと呼ばれている。

「いずれにせよ、ＳＤＭを正式運用に向けて稼働すべきか、決めておいた方がよろしいかと」

立花は園部を意識しながら言った。だが園部は黙っていた。

「ＳＤＭについて、君の評価は？」

御子柴が立花に尋ねた。

「この国の希望――。考案者である園部大臣のお嬢さん、園部灯さんに関する懸念事項も払拭されました」

立花は園部を見て、言葉を続けた。

「五年前、彼女は多くの人の命を救うために命懸けで戦った。私の中にあった『戸惑い、憤怒』、それは『賞賛、敬意』に変わりました。ただしＳＤＭ再開の目処は立っていません。調査において、気象班、晴原統括責任者が回答を控えている。それともう一名、園部大臣です」

「現場の総意がないと、私は答えを出せません」

「晴原統括責任者が『否』と唱えたら同意なさるんですか」

「同意します」

園部は即答した。会議室内は再びざわついた。

「活動再開かどうか、内閣改造発表までを期限とする。近日中に返答を」

御子柴は園部に言い渡した。


夜、彩は気象研究所第六研究室のモニターで明日の天気のデータを確認していた。ふと気になる点を見つけ、パソコンに向かっている晴原に声をかけた。

「明日なんですが、関東地方の不安定について、水蒸気で気になる……」

「自分で判断しろ。仮にも気象予報士だろ」

晴原の答えが不満で、彩はその背中をじっと見ていた。

「……なんだ？」

「上野さんが亡くなってから、先生、一度も気象予測やってませんよね。予測すること、避けていませんか」

彩が言うと、晴原は微かに動揺し、目を泳がせた。目つきに一瞬、怯えが走る。

「……必要に迫られていない」

「灯さんのときも、上野さんのときも、先生ほど正確に予測した人はいなかった。先生のせいじゃありません」

彩の言葉を最後まで聞かずに、晴原は席を立った。

「災害は常に予測できない。神様じゃないんだ。だからベストを尽くすことしかできない。いちいち恐れを抱いてなんていられない。わかりきったことだ。下手に気を回すな。俺なら大丈夫だ」

晴原は彩の方を見ずに、そのまま研究室を出て行った。

屋上に出ると、空は群青色に染まっていた。

『お母さん、お母さん、お母さん、お母さん……』

あの日から耳にこびりついている海斗の悲痛な叫びが、頭に蘇ってきた。

晴原は唇を噛みしめ、苦悶の表情を浮かべた。

翌朝、彩はJBCテレビの気象センターでパソコン画面を凝視していた。表示されているのは気象庁が出している局地モデルだ。二キロ四方範囲で、十八時間先まで予測できるのだが、どうも気になる点がある。

「先週よりコア視聴率上がりましたね！」

アシスタントプロデューサーの三条《さんじょう》奈央《なお》が、藤村に声をかけていた。

「いやーこれで部長の機嫌もよくなるよ」

「え、気にするのそこですか？」

三条は苦笑いだ。

彩がタブレットを持って藤村のもとに近づいて行った。

「ああ、今日の放送もよかったよ。ハルカン的な呼び名が欲しいよな」

藤村が言うと、そばにいた三条が「アヤカン」と言った。

「百点満点で三十点」藤村は即、却下した。そのタイミングで彩は「聞いてほしいことが」と、藤村に切り出した。

「夕方、屋外に人が多い時間帯に埼玉で危険な雷が起こるかもしれません」

「雷？」

「普通の積乱雲より寿命が長いマルチセルによる雷活動。そのメカニズムは『熱雷《ねつらい》』」

「熱雷？」と首をかしげている藤村に彩はタブレットの画面を見せた。

「熱雷は、晴れた日の午後に強い日射によって、地面付近の湿った空気が熱せられ、大気の状態が不安定になり、激しい勢いで空気が上昇し雷雲が発達。どのくらい湿った空気がどこに流入するかで、危険な雷が起きるエリアが変わります。一時間に三千回以上も発雷した例もあるんです」

彩が一気に説明するのを、藤村は黙って聞いていた。

「詳しく解析します。夕方の情報番組で時間を割いてもらうことはできませんか。気象庁の防災気象情報には雷注意報はあるけど、雷警報はないんです。でも今回は警報級以上の雷の可能性が」

「却下」

「え……」

「理由は二つ。一つ、ここだけの話、近々内閣改造が発表される。あの新時代のリーダー、新島元樹を番組に呼んでるんだよ。内閣改造について突っ込んで聞く予定だ。ウチがどこよりも早く扱う特ダネ。上層部の期待も大きい。万が一にもこのネタ、飛ばしたら、俺の首が飛ぶよ」

　話を聞いていた三条は呆れたように藤村の顔を見つめた。

「なんだよ」

「藤村さん、日和《ひよ》ってますね」

「おう、日和ってるよ。日和って何が悪い？　ていうか、どっちの味方なんだよ」

　藤村が尋ねると、三条は彩を見た。彩は口を開いた。

「二つ目の理由は何ですか？」

「確実なのか」

　藤村は急に真剣な顔になって尋ねた。

「予測が確実じゃないと、仮に放送尺に余裕があってもテレビで流せない」

彩はＪＢＣテレビの気象センターで解析を続けていた。夕方、埼玉で雷の危険が迫る僅かな兆候が見られる。時計を見ると、もうすぐ十二時だ。彩は携帯を取り出し、晴原の履歴を呼び出した。画面を押そうとしたが、昨夜、怯えた表情を浮かべた晴原を思い出し、押すことができなかった。

本来の職場である国土交通省・国土地理院に戻っていた山形は、突然震えたスマホの画面を見て、すぐに出た。

「はい、山形……」

『出るの、早っ』自分でかけておいて、彩は驚いている。

「ＳＤＭ再始動、決定か」

『いえ、その連絡じゃないですけど。ていうか、念願の地図作りに没頭中なんですよね。そんなに再始動してほしいんですか』

「いや、もううんざりだよ。でもなんだろう、この心が渇いている感じ。自分でもうまく説明できないんだよ」

山形は少し黙って、また口を開いた。

「俺は上野さんにリクルートされた。あの人、どうして俺だったんだろうな」

『チームに欠かせない、たぶん、能力以上にキャラ的に』

「なんだよ、キャラかよ」

山形と彩は電話口で笑い合った。そして彩が真剣な口調で切り出した。

『山形さんに手伝ってほしいことがあるんです、雷から人の命を守るミッション。雷と地形には密接な関係がありますよね』

「地形を絡めれば、なんでもやると思ってるだろ。やるけどさ、あー、あいつにも声かけてみようかな。折り返すよ」

山形は一度、電話を切り『丸山ひかる』の番号を呼び出した。

『なんだよ』

すぐに出たひかるに、山形は吹き出した。

「おまえも出るの早っ。さては今か今かと連絡を待っていたクチだな」


第六研究室のパソコンの前にいた晴原は、ふと顔を上げて時計を見た。昼時なので、彩が置いていったデカいおにぎりを食べようかと手を伸ばしかけたが、食欲がない。手を引っ込めたとき、内線電話が鳴った。

「はい」

『上野さんからお電話です』総務課の担当者の声に、晴原はビクッとなった。『上野雄介さん、上野さんの旦那さんが晴原さんに繋いでほしいと』そして、雄介に代わった。

『突然、お電話してすみません。海斗が……海斗がいなくなったんです！　実は海斗、学校に行けてないんです』

雄介の悲痛な声に、晴原は全身の血液がさあっと引いていく感覚になった。

『日中、私の母が見ているんですが、自宅でどうやら妻が残していた、あのコートの一部、園部灯さんのものを見つけたようなんです。なぜかそれを持って、いなくなったんです』

雄介との電話を切り、晴原は研究室を飛び出して行った。


晴原は霞が関周辺の通りを、海斗を探しながら走った。

『携帯に連絡しても出ない。ＧＰＳを見ると、霞が関のあたりに』と、雄介が言っていたからだ。ＳＤＭ本部が入っているビルまで走って来ると、建物の前に海斗がいた。手にはコートの切れ端を握り締めている。近づいて行くと、海斗はまるで晴原が現れることがわかっていたかのように、口を開いた。

「ＳＤＭの皆さんにお聞きしたいことがあるんです」

晴原は海斗を連れてＳＤＭ本部の会議室に入って行った。モニタールームは電源が落とされたままだ。会議室には、やがて優吾と早霧もやって来た。晴原が連絡したのだ。

「お忙しい中、申し訳ございません」海斗は頭を下げた。

「相変わらずしっかりしてるね」早霧はくだけた調子で声をかけた。

「雲田さんは無線で繋がってるから」優吾は無線マイクで「雲田さん」と呼びかけた。

『あ、はい。ちょっと気になること調べながらになりますが、ちゃんと聞いています』

その声を聞き、晴原は彩が何をやっているのか察したが、踏み出せずにいた。

「思い出したことがあるんです。大雨の中、僕を助けようと必死だった女性の顔」

海斗はコートの切れ端を見つめ、勇気をもらったように顔を上げて話し始めた。

「その方が園部灯さんという人でしょうか。母の代わりに僕を助けるため、命を落とした」

そしてまたコートの切れ端に視線を落とした。

「そのことを母はずっと気にかけ、今度は晴原さんを命懸けで守ろうとした……間違いないでしょうか」海斗の問いかけに、沈黙が落ちた。

「海斗くんは答えを探そうとしているんだね。どうして、お母さんが亡くならなきゃいけなかったのか」口を開いたのは、早霧だ。

「僕のこと考えなかったんでしょうか。晴原さんを守ろうとしたとき」

海斗の気持ちは、痛いほどわかる。そう考えて当然だ。

「海斗くんが生まれたとき、灯はきみを抱かせてもらったんだ」晴原は言った。

八年前、灯は生まれたばかりの海斗を上野から受け取り、抱っこした。

「なんでだろう、涙が止まらない……これが命」灯は腕の中の海斗を見つめた。

「命って、連鎖だと思う。愛する人の命を、その命を大切に思う人たちの命を、一つでも多く守っていきたい」

晴原は、そのときに灯が口にした言葉を、そのまま海斗に伝えた。

「きっと上野さんも同じ気持ちだったと思う。ただ目の前の命を救うことだけを考えていた」

晴原がそう言うのを、海斗はじっと考えていた。

「皆さんからして母はどんな人でしたか」

そして、みんなの顔を順番に見た。

「ＳＤＭのお姉さん」

まず、早霧が言うと、次に優吾が口を開いた。

「うん。ＳＤＭのお母さん」

「今、乗っかったよね」早霧はツッコんだ。

『尊敬してた上司。私は上野さんが、先生を守った姿を目の当たりにした。一生忘れないと思う』彩が言った。

「かけがえのない仲間」最後に晴原が言った。

「母を誇りに思っていいんでしょうか」

「当然だ。俺たち全員、誇りに思っている」

　優吾は熱い目で海斗を見た。

「母のように僕も強くならないと。でも……」

　海斗はうつむいた。晴原は海斗の小さな背中を見つめた。

「重い荷物を背負わせてしまった。耐えられない苦しみの中で、必死にもがいている。心でわかっていても身体が動かないんだろう。いい大人なのに……俺も同じだ」

「晴原さんも苦しい？」

　海斗が驚いたように顔を上げた。

「苦しい……苦しいよ……」

　晴原ははじめて、人前で心の中の苦しみを吐き出した。

「灯を失ったときとは、違う苦しみ。苦しくてどうすればいいのかわからない」

「大丈夫じゃないとき、どうすればいいか母が言っていたことがあります。仕事で遅くなるとき、動画のメッセージを送ってくれていました」

　海斗はスマホを取り出して、「これを何度も見返しています」と再生した。上野の声が流れた。

『お父さんから聞いたよ。クラスで浮いて、どうしたらいいかわからないって。苦しいよね。無理して合わせるか自分らしくいるべきか。でも苦しみは財産。苦しみの中で出す答えは、人を強くする。だから海斗、もっと苦しんでいい。でもその苦しみに耐えられないときは、自分にとって大切な人に頼る。頼りまくる！　そして強く生きてほしい。生き抜いてほしい』

晴原は、動画に見入っていた。自分を突き飛ばしたときの上野が『生きて――』と口の中でつぶやいた光景が、スローモーションで蘇ってきた。晴原は込み上げてくる涙を必死で堪えた。

「晴原さんには頼れる人、いますか？」

海斗に聞かれ、晴原は優吾と早霧を見た。そして無線の先にいる彩や仲間たちのことを思って、深く頷いた。そして、言った。

「海斗くんが頼る人の中に、俺を入れてもらってもいいか。上野さんは、海斗くんの成長を誰よりも見たかったはずだ。その代わりをつとめたい。それに俺と海斗くんは、命を助けてもらった者同士。その命をどう使うかが試されている」

晴原は力強く海斗の手を握った。海斗もぎゅっと握り返してきた。

「上野さんの言う通りだ。苦しんで強くなっていくしかない」

二人はお互いの目を見て、頷き合った。

ＪＢＣテレビにいる彩は、晴原たちのやりとりを聞きながらも、解析の手がおろそかにならないように細心の注意を払っていた。先ほど、メールアプリに山形からの報告が届いた。そこには『地形的にも湿った海風が入りやすい地域で熱雷が起こる可能性アリ。ただし確実かと言われると、50％程度』とあったので、ずっと気になっている。

「先生、力を貸してほしいことがあります」

彩は晴原に呼びかけた。

「天気予報はなんのためにありますか？」

『……天気予報は命を救うためにある』

数秒の間が空いた後、晴原の声が返ってきた。

『でも予測だけでは救えない。だからＳＤＭが必要なんだ』

そこで、もう一回、間が空いた。

『雲田、昨日言ってたことだろ、話してみろ』

「はい！　今日午後の熱雷ついて。水蒸気流入の不確実性が高く、積乱雲の発生位置が絞り込めません」

『データを確認する。いま解析している局地モデルの予測結果をまわせ』

彩はデータを共有するために作業スペースに向かった。

「送りました！」

『予測シナリオの妥当性を解析する』

『熱雷が発生した場合、大規模な停電の恐れも……』

『発生予想地域の病院の自家発電設備についても確認が必要ね』

無線からは晴原と優吾と早霧の声が聞こえてきた。

優吾は議員会館にいる園部に電話をかけ。晴原が動き出したことを報告した。

『晴原の答えは、ＳＤＭが必要……間違いないか』

「間違いありません」

優吾は答えた。晴原は今、解析を始めて手が離せない。だから、代わりに園部に伝えてほしいと優吾に頼んだのだ。彩とリモートで話し合っている晴原が座っているのは、上野の席だ。

『山形さんが詳細な海風の流《りゅう》入《にゅう》経《けい》路《ろ》を分析してくれます』

山形は地形的観測ポイントに出向き、調査を進めていた。ひかるも手伝っているという。

「さらに精度を高めるために、人手が必要だ。沢渡さんにも声をかける」

晴原の言葉が、携帯電話越しに園部にも届いていた。

『命を救うことで、晴原自身救われていくはずだ。現場の総意をもって、ＳＤＭは継続すべきだと私も進言する。上野くんの死を決して無駄にはしない』

園部の力強い声を聞き、優吾は晴原に視線を送った。


「えっ、晴原が動き出した——？」

彩から報告を受けた藤村は戸惑いの表情を浮かべた。

「動き出したんです！」

「嬉しそうだな」

「嬉しくないんですか」

彩は、藤村にタブレットを見せ、説明した。

「臨時の高層気象観測を始めます。埼玉県のいくつかのポイントで上空の水蒸気の兆候をリアルタイムで計測するんです」

「盛り上がってるときにナンだけど、ラインナップ的に本当にどれも外せないんだよ」

「結果が出たら、報告します！　よろしくお願いします」

彩は頭を下げ、藤村のデスクの前から去った。

「いやいやいや、特ダネだけは絶対飛ばさないからな！」

背後から藤村の声が聞こえたが、彩は振り返らなかった。


晴原は、沢渡が運転する車で大宮に到着した。

「こちら晴原、沢渡さんと合流してＡ地点に到着」

『こちら園部、Ｂ地点の熊谷に現着』こちらは優吾と早霧のペアだ。

『こちら山形、Ｃ地点、川越に着いたよ』山形はひかるのバイクで到着した。

「各ポイントで観測を開始してくれ」

晴原は沢渡と協力し、観測準備を整えていた。車の中で、Ｂ地点とＣ地点から集まったデータの解析を行っていると、携帯が震えた。画面は『藤村四季』だ。晴原はキーボードを叩きながら、電話をスピーカーホンにして話し始めた。

「もう少しで結果が出る」

『いくらおまえでも、確実な予測なんてできないだろ。テレビは多くの人を動かす力がある。危険を煽《あお》り、予測が間違ったとき、何が起きるか分からない』

「四季……俺は怖いんだ」

晴原は正直な気持ちを吐露した。

『え……』

「災害は常に予測できない。だからベストを尽くすことしかできない。わかりきったことだ。頭ではわかっているのに、誰かがまた傷つくかもしれないと思うと、怖くて仕方ない。それでも救える命があるなら……答えは一つしかないだろ？」

晴原は解析を終えた。

「雲田が言った通り、埼玉で局地的に熱雷が起こる可能性が極めて高い。さらに精度を上げる」

そして晴原は続けて言った。

「環八雲だ」

『かんぱちぐも？』

『相模湾と東京湾からの湿った海風同士がぶつかって、環状八号線沿いにできる雲の列です』

藤村の横にいる彩が説明した。

「環八雲があるということは、すでにそこで水蒸気流入がはじまっているということだ。そのポイントでの水蒸気を調べれば、熱雷の発生する地点を詳しく絞りこめる」

『ただ急がないと、間に合わない』彩の言葉を受け、

「最短ルートは頭に入ってる」沢渡が言い、晴原と頷き合った。車はすぐに走り出した。


ＪＢＣテレビのサブモニター室で、藤村は困り果てていた。

「……流すってなるとそれなりに時間割くことになるだろ」

「注意喚起を繰り返し、熱雷が起こり始めたら、それも伝える必要があります」彩が言う。

「いやいやいや！」

「自治体にも連絡して、防災無線との連動も！」

「藤村さん、新島議員が到着しました」

三条が呼びに来た。話を中断して席を立とうとしている藤村を、彩はじっと見つめた。

「そんな目で見るな。何があっても飛ばせない。俺の首が飛ぶんだよ！」


夕刻が迫り、次第に道路が混み始めてきていた。

「やっぱりこの時間、混むね」

沢渡は、前方を見渡しながら言った。

「ここまで来れば、走った方が早いです」

晴原はマイクロ波放射計を持って助手席から降り立ち、通りを走り出した。走って走って走って、晴原は水蒸気流入ポイントに到着した。

「こちら環八雲の水蒸気流入ポイントに到着した。これからマイクロ波放射計による水蒸気観測を行う。各地点、状況を教えてくれ」

肩で息をしながら、各地点に呼びかけ、自分もすぐに観測を開始した。すぐに優吾、早霧、山形、沢渡からデータが送られて来た。

晴原は各地点の気象情報を報告してもらい、情報を集めた。

『気象衛星でも対流性の雲が内陸で発生していることを確認しました』彩が言う。

「了解。最新の情報をデータ同化してシミュレーションを行う」

晴原は素早く計算した。ここに来るまでに見た空の色、雲の形、肌で感じる温度と湿度、五感をフルに活用し、晴原は答えを導き出そうとしていた。

「……みんな、ありがとう」晴原はつぶやいた。

その頃、JBCテレビ・サブモニター室のモニターには、夕方の情報番組が流れていた。

「そろそろ、新島議員をお呼びする時間です」

三条が藤村に伝えたとき、携帯が震えた。画面を見ると『晴原柑九朗』だ。

「ああ、もう」

隣に彩がいることもあり、藤村はスピーカーホンにした。

『多量の水蒸気を伴う海風が関東内陸に流入。エリアを絞りこめた。埼玉の古塚市を中心に危険な熱雷が起こる――』

「なんで最悪のタイミングで被《かぶ》るんだよ」

　藤村は大きなため息をついた。

『熱雷について俺が中継で話す』

「勝手に流すこと決めるな！」

『もちろん決めるのはおまえだ。苦しんで答えを出せ』

　そこに、報道局長たち上層部が現れた。

「……局長」藤村は消え入るような声で言った。

「将来の総理候補だ。丁重にご挨拶しないといけないだろ」

局長に促されたが、藤村は動けずにいた。

「何をやってる？　早くお迎えに行くぞ」

局長たちが出て行った。藤村は迷った挙句、局長たちの後に続いた。

埼玉の繁華街の大型街頭ビジョンでは、ＪＢＣの情報番組が流れていた。

『ここで緊急のニュースです。埼玉で危険な雷が迫っているようです。気象研究所、晴原研究官が伝えてくれます』街を行き交う人が足を止めて見入っている。

晴原は、危険を呼びかけた。多くの人に届くように。

『埼玉の古塚市を中心に危険な熱雷が起こります。屋外にいる方はすぐに建物か車の中に避難してください。樹の下などでの雨宿りは極めて危険なので、絶対に避けてください』


「誠に申し訳ございません！」

ＪＢＣテレビの控室で、藤村は新島に深々と頭を下げていた。

「なんでいきなり予定を変えるんだ！」「今からでも議員のインタビューを流せ！」「たかが天気のこと、テロップでいいだろ！」

周りに立っている局長たち上層部はカンカンだ。

「たかが天気……ですか」

藤村はその一言に反応した。

「そのたかが天気のために全身全霊を懸けている奴らがいるんです！　そいつらが必死でつかんだことは今最も流すべきネタなんですよ。これは人の命に関わる問題だ！」

勢いよく言った後で、藤村はハッと黙った。

「……って、晴原柑九朗が言うと思うんですよね。いや、ホント外面はいいけど、強引な奴で」

ハハハハハと、慌てて豪快に笑ってごまかしたが、誰も笑っていない。

「重ね重ね誠に申し訳ございませんでした！」藤村は再び新島に頭を下げた。

「晴原柑九朗、ＳＤＭ気象班統括責任者ですね。ＳＤＭは活動中止中のはずですが」

「晴原たちが独自で調べて……」

「なるほど」新島は藤村を見つめた。

「命を守ることが最優先。懸命な判断だと思います。国民の命を守る、そのために私も政治家になりましたから。心より賛同致します」新島は鷹揚に頷いてみせた。

彩がサブモニター室でオンエアを見ていると、藤村が安堵の表情を浮かべて戻って来た。

「いやいやいや、新島議員、人格者だよ！　総理になってほしいよ。あーよかったー、泣きそう。ていうか泣く」

「ありがとうございました」彩は礼を言った。

「なんだよ、いい顔してんな、こいつ。帰って来たよ、晴原柑九朗」

藤村はモニターの晴原を見て嬉しそうに言い、彩も「はい」と頷いた。

と、そのとき「熱雷が起こり始めたようです！」三条が叫んだ。

お天気カメラの映像には、熱雷が起こっている様子が映し出されている。

「晴原、予測通り埼玉で熱雷だ」藤村は晴原に告げた。

『熱雷が起こり始めました。繰り返します。ただちに建物や車の中に避難してください。周囲に避難できる場所がない場合は、電柱や木などから四メートル以上離れてください』

数日後、霞が関のＳＤＭ本部にはメンバーたちが集っていた。三崎と梨紗子も駆けつけていた。

「藤村さんの番組に感謝の声が殺到しているそうです。飛ばされるどころか局長賞かもって。そのお礼に皆さんにこれを」

彩は藤村から預かった高級ドーナツの詰め合わせを差し出した。晴原がドーナツを食べられなくなった事情を知っている優吾とひかるが見つめる中、晴原は手を伸ばした。ドーナツを見つめて一つ息をつき、口にした。

「……うまい」

「晴原さんの復活、信じてましたよ」

優吾が熱い口調で言った。

「いや、だいぶ疑ってたよね」

早霧がすかさずバラした。

「そういうことは言わなくていいです」

みんなが笑ったところに、メインのモニタールームの電源が入った。どんどん機器が起動し始める。

「おっと、来た来た！」沢渡が声を上げた。

「きっと上野さんも喜んでいると思います」彩は言った
「SDM再始動だ」晴原は、上野が座っていた席を見つめて言った。

「景気づけに円陣でも組んどく？」山形がみんなの顔を見た。

「一人でやれ！　ていうかはしゃぐな！」

　ひかるが山形にツッコんで、またみんなで笑っていると、晴原の携帯に藤村からのメッセージが表示された。

『うちのニュース見ろ！　とんでもないことが起こってる！』

　晴原はモニターにJBCテレビのニュースを流した。

『緊急記者会見』というテロップが出ていた。都内近郊の新都ガス坂和工場で起きたガス爆発事故についてのニュースだ。工場のある町の自治会長の北里《きたざと》健二《けんじ》と住人たちが会見場にいた。

『先月、我々の町の工場で起きたガス爆発事故、皆さんご存じの通り、現特命担当防災大臣・園部肇一氏が中心となって進めている国家防災プロジェクトの工場です』

　北里が代表して、話し出した。

『避難所での『災害関連死』を防ぐ安心安全なエネルギーガスだと我々は園部大臣から直接説

明を受けた。しかしガス爆発し、多くの住人が傷ついた』
北里は必死で感情を抑えているが、口調に怒りがにじんでいる。
『事故の調査結果を我々は待っていました。結果は工場には問題ない。別の、何かしらの理由だと。ではそれはなんなんでしょうか。これは人災。国を訴えます』
晴原たちはあまりに突然のことに、呆然としていた。

園部は議員会館の入り口で記者たちに囲まれていた。

「大臣、住人たちは隠ぺいだと訴えてますよ！」「天災を守るための施設が人災、どう責任を取るおつもりですか！」

記者たちがＩＣレコーダーをつきつけてくるが、園部は口を噤《つぐ》んでいた。

その様子を、新島が少し離れた場所で見ていた。そして不敵な笑みを浮かべ、立ち去った。


北里と周辺住民が園部を糾弾する会見は続いていた。先ほどまで盛り上がっていたＳＤＭ本部の空気は、すっかり消え去っていた。

「工場に原因があるなら、責任が問われるのは必至だ」

優吾の言葉に、メンバーたちが硬い表情を浮かべたとき、近くに置いてあった暗原のノートパソコンのアラートが鳴った。独自に組み込んでいたプログラムが反応している。晴原はすぐに確認し、息を呑んだ。

「先生？」様子をうかがってくる彩に、晴原はノートパソコンの画面を見せた。

「発生直後なのに、急発達しています！　もう台風の目が……」

それは、非常に発達した台風の特徴だ。モニタールームのメンバーたちはさらに険しい表情を浮かべた。


——観測史上最強クラスの台風、東日本直撃まであと十日——

9

——観測史上最強クラスの台風、東日本直撃まであと八日——

霞が関では会議が開かれていた。園部、立花、御子柴たち与党議員たちが集まる中、若手の新島らも出席していた。

「新都ガス坂和工場、それは園部大臣の私腹を肥やすために作られた。この怪文書は永田町のブラックボックスをわかりやすく説明してくれています」

新島は、怪文書を手にしながら発言していた。

「復興支援で作られた工場。工場から政党へ献金。そして園部大臣のもとに『政策活動費』として流れた。議員は何に使ったか報告する義務はない。住人の方たちの訴え、そしてこの裏金疑惑。どう弁明なさるおつもりで……」

「訴えには真摯に向き合う」

園部は新島の言葉を途中で遮り、発言した。そして、怪文書を一瞥した。

「しかしこんなくだらないことには答えるまでもない」

「答えになってませんよ」

新島と園部は睨み合った。

「不正がないなら、何にお使いになったか、公表する。それが答えではないでしょうか」

「そうだそうだ！」と、若手議員たちから賛同の声が上がった。与党ベテラン議員たちは、揃って苦い表情を浮かべていた。

紛糾した会議の後、立花が園部のもとに歩き寄って言った。

「新島議員が仕掛けた企業献金の政策活動費はパンドラの箱。公《おおやけ》にできるわけがない。党の顔、園部大臣を追い詰め、解散総選挙に持ち込む。今の権力構造を変えるというシナリオではないでしょうか」

立花の発言に、園部は顔をしかめた。


「晴原柑九朗さん」

園部に会うために議員会館に来た晴原は、廊下で前から歩いてきた人物に呼び止められた。

「はじめまして。新島です。ハルカンクイズ、うちの娘が好きでしてね。私もよく拝見しています」新島が明るく話しかけてくる。

「園部大臣にご面会ですか？　今は時間が取れないんじゃないかな」

新島は秘書の川上を促し、紙の資料を晴原に差し出した。受け取って見てみると、坂和工場をめぐる不正を糺《ただ》す怪文書だ。

「近い将来、ＳＤＭは園部大臣に代わって私が引き継ぎたいと思っています」

新島はいわくありげな笑みを浮かべながら、晴原の手を取った。

「今後ともよろしくお願いします」一方的に告げ、新島はその場から立ち去っていった。


その夜、園部がＳＤＭ本部に顔を出した。

「本部長が率先して事故を隠避《いんぴ》、そして不正にも手を染めているんですか」優吾は怒っていた。

「ＹＥＳ or ＮＯ、答えはシンプルでかまいません」晴原も園部に答えを迫った。

「恥じる行為などしていない。答えはＮＯ」園部はきっぱりと口にした。「事故の隠蔽などしていないが、真実は不明のままだ」

「原因の一つは静電気によりガスが引火したんですよね」優吾は園部に確認した。

「だからこそ、注意を払っていた。工場からのガス漏れはなかった」

「でも工場でガス爆発が起きた」優吾が首をひねった。

「ミステリー、ですね」彩も不思議そうにしている。

「とにかく緊急事案について話してくれ」

園部に言われ、晴原はモニターに台風の予測進路の画像を表示した。

「二日前、南鳥島《みなみとりしま》近海で台風が発生——その予測進路です」

台風の予測進路は、日本に迫っていた。このままだと、神奈川、東京、埼玉、千葉、茨城の一都四県を直撃する恐れがある。

「現時点で七十パーセントの確率でこの進路を辿《たど》ります。問題はその勢力」

晴原はそこまで自分で説明し「雲田」と、彩を促した。モニターには『海面気温が高い』『大気が湿っていて不安定』『上空と地表付近の風が同じ方を向いている』などの情報が表示されている。

「現在の中心気圧は九二五ヘクトパスカル。通常台風は日本に近づくにつれ、勢力を落とします。ただ今回は衰えません。さらに勢力を増します」彩は言い、晴原が引き継いだ。

「観測史上最強クラスの台風。犠牲者五千人以上を出したあの伊勢湾台風を超える。気象庁の階級で最も強い『猛烈な台風』よりもさらに強い『スーパー台風』になります」

　伊勢湾台風とは一九五九年に紀伊半島から東海地方を中心に、ほぼ全国にわたって甚大な被害をもたらした台風だ。

「それが関東に直撃するのか!?」園部は驚愕し声を上げ、チーム全体に衝撃が走った。

「関東は人が多いという致命的な問題を抱えています」優吾も厳しい表情を浮かべている。

「シミュレーションによると関東全域で、避難者は二百六十万人。道路はすぐに渋滞。公共の交通機関も混乱」三崎が説明し、「避難者が駅のホームに溢れ返る。さらに上陸前、ほぼ全線で運行見合わせ」梨紗子が付け加えた。

「多数の怪我人が出て医療機関も対応しきれなくなる」早霧が顔を曇らせた。

「さらに台風だけじゃなく、離れた場所でも『大雨』、『高波』、『竜巻』などの被害が起こります」晴原はそう言って、園部の言葉を待った。

「全力でこの事案の対処に当たってくれ」

園部の言葉に晴原たち一同は「はい」と声を合わせた。

「一都四県の指揮はＳＤＭが執る」晴原は改めて、口にした。


――観測史上最強クラスの台風、東日本直撃まであと六日――


都内のある施設の大会議室に、神奈川、東京、埼玉、千葉、茨城、一都四県の危機管理課、防災危機管理部の責任者たち十五名が集まっていた。ＳＤＭが配布した台風の資料を手にしている出席者たちは、動揺の色を隠せずにいた。

「日本がこれまで経験したことのない規模の台風が直撃する見込みです。『広域安全避難』を選択していただきたい」

晴原の言葉に、出席者がざわついた。

「危険区域は二日半前、六十時間前から避難を開始する」

晴原に続いて彩が説明をした。

「まず神奈川に上陸するのが来週の月曜。そこから東京、埼玉、茨城に進んでいくと見られています」

「都市部への人の流入を止めます。会社を前もって止める。そして要支援者から避難を開始」

沢渡が交通規制などの計画を述べた。

「医療態勢は関東全域に全国の医師を派遣要請しておきます」

早霧が医療態勢の話をし、次に優吾が避難の計画を説明した

「高層階に暮らす人は、避難せず留まってもらいます。計二百六十万人を超える避難に……」

「あまりに現実味に欠ける避難計画です」

東京都の責任者・倉田英子《くらたえいこ》が、優吾の説明を最後まで聞かず、発言した。

「前代未聞だ」「上陸二日半前からなんて、住民の同意を得られない」など他県の責任者たちも抗議の声を上げた。

「現実に未曽有の脅威は迫っています」晴原は毅然と言った。

「しかし不確実」英子はそれでも納得しない。

「確実になってからでは遅いんです」

「予測が外れたとき、そのことを住民が受け止めきれますか？　費用と労力がかかるんです。それだけじゃない。莫大な損失が生まれます。何より抵抗があるのが、園部大臣が本部長であるＳＤＭが指揮を執ることです。こういう記事も出ていますし。世論が納得しますか？」

英子はタブレットの画面を晴原に向けた。怪文書の内容をマスコミが大きく取り上げている。

「不平不満、あるのは承知しています。それでも従来のやり方では対応できないんです!!」

「持ち帰り検討します。ただ、従来のやり方でお願いすることになると思いますが」

英子はそう言い放って席を立ち、ほかの出席者たちもそれに倣《なら》った。


その日の夕方、園部は新都ガス坂和工場のある町へ出向いた。

「わざわざ大臣自らいらっしゃるとは……まさか訴えを取り下げてくれとでも？」

町の自治会会長の北里が皮肉っぽく言った。

「ええ、それをお願いしに来ました」

園部の言葉に、北里も、集まっていた住人たちも、驚きの表情を浮かべた。

「いきなりの訴え、誰かに助言されましたか？」

見透かすような園部に、住人たちは黙り込んでしまった。

ようやく北里が口を開いた。

「大臣、あなたは救われた命を守りたいとおっしゃった。でも、このエネルギーガスが避難所で使われるかと思うと恐いんですよ」

住民たちからは工場撤退！　の声が上がる。

「答えを出すのはまだ早い……」

園部がそう話し始めたとき、園部に向かって泥が投げつけられた。

「まさる、何やってんだ!?」

北里が驚いて声を上げた。泥を投げた若い男性は、北里の息子、まさるだ。

「帰れよ！　工場は私腹を肥やすために作られたんだろ！」

まさるが大声を上げ、さらに泥を投げつけようとするので、園部の秘書たちが前に出た。あたりが騒然となったところに、晴原と彩が現れ、泥だらけの園部の姿を見て驚きの表情を浮かべた。

「調査を続行させてください」園部は住人たちに深々と頭を下げた。


園部を乗せた指揮車輌は工場の近くに移動した。

「なぜ、ここに？」園部はメンバーたちを見た。

「急がば回れ、です。疑惑を払拭しないと、前に進めません」

だから来たのだと、山形が言った。

「真実を明らかにするお手伝いができればと」

ひかるはそう言いながら、園部の上着の泥を落としている。

「しかし今は台風に備えることを優先すべきだろう」と言う園部に「なぜ、選択肢が一つになるんです？」晴原は尋ねた。

「爆発事故の調査をやり、台風の解析を進める」

「沢渡さんは、台風に備え警察周りの調整を。汐見さんも、医師会に働きかけるそうです」

彩とひかるが園部に伝え、「つまり、やれること全部やります」と彩が付け加えた。

園部がフッと笑って、晴原に確認した。「ＳＤＭが調査に当たる、気象が絡んでいると読んでいるのか」

「放射冷却が起こっていた可能性があります。爆発事故の少し前に気温が下がり、気圧が上がっている。これは冷気流の兆候です。つまり工場外からガスが漏れて来た可能性が。さらに詳しく調べます」


優吾と早霧は、前医療班統括責任者の志賀が勤務する病院を訪れていた。

「まさか、ＳＤＭのために協力しろと？」

志賀は早霧からの要請に、露骨にイヤな顔をした。

「何人目です？　医師会の有力者は他にもいるでしょう。調整役、何人に断られたんですか」

「四人です」早霧は言った。

「いや、厚かましいにも程がありますね。まさに厚顔《こうがん》無恥《むち》」

志賀の態度が我慢できない優吾は早霧に向かって「帰りましょう」と促し、「仮にも医療班統括責任者だったとは到底思えない」と志賀を睨みつけた。

「ハハハハハ、『老害』呼ばわりされ、出動初日で実質クビですから」

「心底クビになってよかった。だからこんな人に頼っても意味ないって言ったでしょ」

志賀と優吾が言い合うのを聞きながら、早霧が小さくつぶやいた。

「災害関連死」

志賀がドキリとしたような表情になる。

「避難所で多くの人が亡くなっている。広域災害における医療の弱点が今回も浮き彫りになる。誰よりもわかっていらっしゃるんじゃないですか」

「あのとき、私は園部大臣に言いましたよ」志賀は言った。

火災現場に出動した際、志賀は早霧に医療行為をさせるかどうかを巡って現場で揉めた。園部から説得されたにもかかわらず受け入れず、最後は園部に「後悔しますよ」と吐き捨て、ＳＤＭのジャンパーを脱ぎ捨てたのだ。

「いずれにせよ、園部大臣がＳＤＭの顔である以上、誰も積極的に協力には応じないと思いますよ。失礼」

志賀は、この日も捨て台詞《ぜりふ》を残して去って行った。


――観測史上最強クラスの台風、東日本直撃まであと五日――

園部は議員会館の食堂に入って行き、アジフライ定食を食べている新島の向かい側に座った。「ここのアジフライ定食、なぜ、ウマいと思う？」と、唐突に声をかけたが、新島は黙っている。

「アジに小麦粉と溶き卵をつけるとき、粉チーズを入れる。これ、私のアイデアなんだ。同じ料理でも、小さな工夫によって大きく味が変わる。実は料理が趣味……」

「ご用件は？」

新島は、園部がそれ以上話そうとするのを遮って尋ねた。

「すべては私が描いた絵図《えず》かどうか、ですね」

今度は、園部が黙った。

「答えるまでもありませんよ」

「答えになっていないな」

「ではお答えを。女性議員や若手を投入し、内閣改造だとうたう。ただのパフォーマンス。そんな党の顔は園部大臣、あなた。あなたはＳＤＭの存在によりさらにその力を増した。それが汚されたら一気にムードが変わる。この国の人間は、とかくムードに流されやすいですからね」

新島はさらに畳み込むように言った。

「実のところ、私はあなたに憧れて政治家になった。だから他でもない私が引導《いんどう》を渡そうと思っています。椅子、あけてもらいますよ」

新島は一方的に言い、席を立った。

晴原と彩は指揮車輌で台風の解析をしていた。

「シナリオ分析を頼む」晴原は彩に台風のシミュレーション結果を送った。

「了解です。大雨、暴風、高潮の各シナリオで検討します」

「ばらつきを踏まえて複数のシナリオを出してくれ」

「わかりました。複合災害も考慮して、確率分布でも解析してみます」

二人は必死だった。


――観測史上最強クラスの台風、東日本直撃まであと四日――


晴原と彩は、指揮車輌で一都四県の危機管理責任者とリモート会議をしていた。

「台風の進路、絞り込めてきました。以下が二次被害を想定した避難推奨区域です」

晴原は言い、チラッと彩に目を向けた。彩は無言で台風の実測値をじっと見ている。

『情報を早めに提供してくださったことは感謝致します。しかし避難勧告、指示は従来のやり方で進めます』英子は頑なに主張した。他県の責任者たちも同意していた。

「また明日、状況をご報告します」晴原が言ってリモート会議は終了したが、彩の目線は一点に注がれたままだ。

「先生、この数値が気になるんですが」彩はモニターの数値を指した。「すでに台風が急速に発達している状況なのに、今の気象庁のモデルだと周囲の水蒸気が足りないような。猛烈な勢力を維持して上陸するんじゃないでしょうか」

晴原はしばらく考え込んでいた。

そして、晴原は微かな声で「よく気づいた」と彩を褒めて、「この点も留意して解析を行う」と普通の声で言った。

「はい！」

彩が満足気に頷いていると、指揮車輌に山形とひかるが入ってきた。

「一つ妙なこと、わかったよ。事故が起きた午前六時半前……」

山形は、ひかると一緒に新都ガス坂和工場の近くで調査をしていた。そこで出くわした新聞配達の少年に、何か変わったことがなかったかと尋ねたところ、「工場の近くを通りかかったとき、ガスのような臭いがしたんです」と、言ったのだという。

「ガスの臭い？」彩は首をかしげた。

「ガスは本来無臭で、臭いがつけられるのは、事故防止のために生活で供給されるガス」

「都市ガスは空気より軽く、プロパンなら重いし、冷気流によって流されてきたなら、工場から漏れたガスではないはずだ」と、ひかると山形が説明した。

「台風の解析もある。ガスが漏れてきたエリアを絞り込んで特定する」

晴原の頭の中に、今すべきことの一つが浮かんできた。

夕方、優吾は一人で志賀に面会するために、病院に来ていた。

「しつこいですね。今日は一人で？　答えはお断りの一択……」

「あなたが最初だった」優吾は切り出した。「医師の調整を頼みたい、汐見さんから最初にあなたの名前が出た」

数日前のこと。「災害医療について、志賀先生が言ってたこと覚えていない？」と、優吾は早霧に尋ねられた。「災害医療を望む者は決して多くない。専門を捨て繋ぐ医療に徹するから。しかも危険と隣り合わせ。長年、災害医療に携るなんてすごいことだと思う」

最初の顔合わせの際、志賀は晴原にそう言った。それは、優吾もよく覚えていた。

「私、スーパードクターってもてはやされていたとき、どこかで心地よかったんだよね。今も未練がある。でも同時にその未練を打ち消してくれるやりがいが災害医療にはある。名もなき医療従事者としての誇り、それをすべて志賀先生が捨てたとは思えない」

早霧が志賀に対して抱いている感情を、優吾は志賀に伝えておきたかった。

「買いかぶりすぎですね」志賀は無表情のままだ。

「買いかぶりすぎにも程がある。だから自分が他の医師に当たるべきだと止めた。権力に目が眩《くら》んだ医師に頼るだけ時間の無駄だって」

「君は本当に失礼極まりない」

「あなたの心の底にある想いをわかっている後輩がいる。もし汐見さんの言う通りなら、伝えておくべきだと思ったんです」

優吾は志賀をまっすぐに見て言った。だが、志賀はフンと鼻で笑った。

「そもそもＳＤＭに未来はあるんですか。大臣の会見のこと、耳にしましたよ。辞任会見だと」

志賀の言葉に、優吾は耳を疑った。


園部は、会見場の舞台袖に座っていた。

「会見の用意が整いました」

秘書が声をかけに来たので、立ち上がった。「大臣、本当によろしいんですか」

心配そうに尋ねてくる秘書に園部はしっかりと頷き、会見場に出て行った。その途端に、眩しいほどのフラッシュが焚かれた。

「ここ連日、私に関することで世間をお騒がせして申し訳ございません。私の責任についてお話しさせていただきたいと思います」

園部は記者たちを見渡した。

「現状、坂和工場の事故原因は未だ不明です。来るべき未曽有の危機に、一都四県からＳＤＭが指揮を執ることの同意も得られていません。現場を守るために私がいる。しかし私の存在が足を引っ張っている。今の私にできることは何か」

園部は続けて言った。「……一つだけあります。政策活動費の詳細」

会場にいた記者たちがざわついた。

晴原と彩と山形とひかるは指揮車輌の中で。優吾と早霧、そして本部のメンバーはメインのモニタールームで。御子柴ら党の上層部は議員会館の会議室で。それぞれが園部の会見に注目していた。

「まさか……」

御子柴は青ざめた。

「パンドラの箱、開けた……」

議員会館の一室で、スマホで記者会見を見ていた新島は、茫然《ぼうぜん》としていた。

「すべて、国民の前に開示します。不明な点があれば言ってください」

園部の記者会見の会場は騒然としていた。

「大臣が公開するなら、他の議員も開示して当然」「公開しない議員は、不正があると国民が思いますよ」「党の了解を得ているのでしょうか!?」「独断なら離脱せざるを得ないのでは!?」

記者たちから矢継ぎ早に質問が飛んで来る。

「皆さん、落ち着いてください。激震が走っているのは永田町界隈で、国民の方たちは何を騒いでいるんだと思っていますよ」

園部が笑みを浮かべながら言うと、記者たちはようやく静まり返った。

「使ったお金を報告する。あたりまえのことではないでしょうか。そしてそのあたりまえに私は躊躇した。でも、私は決めていることがあります。迷ったときは、難しい方を選ぶ。そして全身全霊をかけて、選んだ道を突き進む」


晴原は指揮車輌の中で園部の決意を聞き、フッと笑った。

「雲田、事故前の気温変化を周辺のアメダスで確認してくれ」

「了解です。冷気層の発達を調べます」

「山形、工場付近の詳細な地形データを」

「そういうと思って用意してる。今から送るよ」

「いいねー、これぞ連携プレイ」ひかるはみんなのためにコーヒーを淹れていた。

「各地点のデータをグラフで整理しました」彩はタブレットのデータを晴原に見せた。

「観測点によってデータに地形的特徴が出てて面白いね」

のぞきこんだ山形が言うと、コーヒーを置きに来たひかるが「あんただけ楽しんでんじゃないよ」と、ツッコんだ。

『これが私の責任の取り方です』

園部がそう言うのを聞いて、新島は会見の映像を消した。

「意外でしたか？」

声をかけられ、振り返ると立花が近づいて来る。

「私は予想通りですよ。あなたの狙いも半分は達成できたのではないですか。名ばかりの政治家は淘汰されたのだから。あなたが想像している以上に青臭いですよ、園部大臣は」

『観測史上最強クラスの台風が東日本に直撃。国民全員が一致団結しないと、立ち向かえない。皆さんのご理解とご協力をお願いしたい』

園部の会見はまだ続いていたが、指揮車輌内では、晴原も、彩も、山形も、自分のすべきことに没頭していた。

「爆発時刻から数時間遡って後方流跡線解析《こうほうりゅうせきせんかいせき》を行い、ガスの漏れた場所を絞り込む」

晴原がパソコンを操作し、解析の結果をモニターに表示した。

「当時、観測でもこの一帯で放射冷却が起こっていたことを確認しています」彩が言い、「地形的に冷気流の通り道はここと、ここ。ただ斜面勾配が違っていて、早く到達するのはこのエリアだね」山形が地図を表示させた。

「すべての条件を満たす場所……」

晴原はタブレットを手に立ち上がって車から出た。彩、山形、ひかるが後に続く。

晴原は坂を上り、公民館の前にたどり着いた。街の中では標高の高い場所だ。晴原はタブレットで位置を確認して、確信した。

「ここだ！　ガスが漏れたのは、この建物からだ」


――観測史上最強クラスの台風、東日本直撃まであと三日――


翌朝、晴原たちは住人説明会を開催し、北里たちに公民館に集まってもらった。

「この公民館からガス漏れ？」会場はどよめいている。

「事故が起こる二時間前、ここでガスが漏れて、放射冷却による冷気流に乗り、低地の工場に流れた。ガスが溜まったところに静電気によって引火。そして爆発が起きた」

晴原が工場の事故について解説した。

「馬鹿な。ついこの間まで、改装工事をやっていたんですよ。誰も使用していない」

「原因はそれです」

北里らその場にいる全員が驚愕した。

「工事業者が元栓を工具で回してしまったんだと思います。ガスの使用記録に残っていました」彩が言った。

「納期の遅れに責任を感じ、早くから作業を行っていた者がいます。それは……」

晴原はまさるを見た。

「俺じゃない。俺のせいじゃ……」

「工場からはガス漏れしてないと聞いたとき、自分に原因があると気づいた」

まさるは苦悶の表情だ。

「園部大臣をお手本にすればどうですか」

「え……」

「迷ったときは、難しい方を選ぶ、たぶん、それが正解への近道なんだと思います」

晴原のその言葉に背中を押されたように、まさるはようやく立ち上がった。そして、皆に向かって頭を下げた。

「この方たちが言う通り、俺の責任です。でも怖くて……申し訳ございませんでした！」

「まさか息子が……申し訳ございません!!　本当に本当に申し訳ございません」

北里も慌てて立ち上がり、息子と一緒に頭を下げた。

「園部大臣と繋がっています」

彩のノートパソコンのモニターには、議員会館にいる園部が映っていた。

『皆さん、そちらにお伺いできなくて申し訳ありません。今後もなお一層、管理を強化します。

その上で、工場継続を検討していただけないでしょうか』

園部の問いかけに、住人たちは大きく頷いた。

「すでに答えは出ています。大臣、これまでのことどうかご容赦ください」

北里が改めて頭を下げると、園部は穏やかな笑みを浮かべた。

「あとは頼みます。一都四県と最終協議を」

晴原がモニター越しに園部に言った。


都内のとある大会議室に園部と秘書たちが入ると、一都四県の危機管理課の面々が揃っていた。ＳＤＭからは優吾と早霧が出席していた。

「大臣が公表された政策活動費、驚かされました」

英子は、園部が中央の席に着くとすぐに口を開いた。

「大半を防災プロジェクトに回している。私たちの気持ちを動かすために計算していたのではないですか」

「皆さんと同じ思いだとわかってくださればとは願っていました」

「我々はＳＤＭに全指揮系統を委ねます」

英子をはじめ、その場にいた出席者たちが結論を出した。

優吾が園部に、会場の隅を見るように促した。そこには志賀が居心地悪そうに座っていた。

「志賀先生が医師の調整に動いてくれます」

早霧は立ち上がり、志賀に頭を下げた。

「老害なんて噂が広まると今後のキャリアに影響しかねない。汚名返上させてもらいますよ」

大真面目な顔で志賀は言った。園部は会場全員に向かって告げた。

「ＳＤＭ主導で、未曽有の危機に立ち向かう」


晴原たちは指揮車輌の中で、会議の様子を無線越しに聞いていた。山形とひかるはハイタッチしようとしたが、ひかるはやはり寸前でかわす。いつものお約束だ。ＳＤＭが元通りになった空気を感じながら、晴原は気持ちをさらに引きしめ、台風の解析データに向き直った。

「台風周辺の水蒸気量についての雲田の考えは？　最初に雲田が僅かな異変に気づいたことだ」

晴原は、彩に尋ねた。

「師匠が弟子に意見を求める。感慨深いよね」

「チームの中で、雲田さんが一番伸びしろ大きかったんじゃない？　答え、間違えないように」

山形とひかるは、彩の答えを期待したが、「わかりません」と、彩は即答した。

「あちゃ」ひかるはずっこけた。

だが晴原は冷静に「正解だ」と言って、彩を見た。

「わからないことをわかっていないと、対処しようがない」

「強度予測のばらつきが大きい。シナリオ分析の状況は？」晴原は彩に尋ねた。

「先生の言う通り、極端な結果がでました。シナリオもかなり偏っています」

「最新の都市モデルも準備完了。このまま都市の風の解析する？」山形が晴原に尋ねた。

「いや、台風のシミュレーションをやり直す」

「都市用の水害モデルの準備も進めておくよ」

晴原はモニターに、東京から南に五百キロメートルの地点の地図を出した。

「ヘリで現地観測を行う」


——観測史上最強クラスの台風、東日本直撃まであと二日——


晴原と彩、そして優吾は、ヘリコプターで伊豆諸島の鳥島の北周辺に向かっていた。台風は計測地点の南西方面に迫っている。

「台風上陸まで六十時間を切った」

優吾は腕時計を見て言った。晴原と彩は、ノートパソコンで解析を続けていた。

「『広域安全避難』——オペレーションスタート。指定エリアの要支援者から避難を開始」

沢渡はSDM本部で、指示を出していた。

「こちらＳＤＭ。各位、広域安全避難のタイムラインで動き始めてください」

「都市部への人の流入を停止。上陸に応じて順次会社も休業対応に入ります」

三崎と梨紗子は沢渡の言葉を受けて、各方面に指示を出している。

「医師の派遣、調整がつきそうです」早霧が本部に入って来て、沢渡に報告した。

「時間がきたら、警察が交通を管理。混雑する駅の避難誘導も進める」

沢渡は指示を出し続け、本部では慌ただしく無線が飛び交っていた。


その頃、園部は議員会館で新島と会っていた。

「短期間で驚くほど事がスムーズに動いた。一都四県のトップの間で、損失プランが検討された。経団連に後押ししてくれたのは、君なんだろう」

「すでにお聞きでしょう、私が離党すること。新党、一緒に立ち上げませんか？」

新島は園部の質問には答えず、自分の思いを口にした。

「私は党を離れるつもりはない」

二人はしばらくの間、見合っていた。やがて、新島が「次は確実に椅子を空けてもらいます」と、穏やかな笑みを浮かべた。立ち去ろうとしたが、足を止めて振り返って言った。

「その前に、未曽有の危機からこの国を守ってください」

その言葉に園部は力強く頷き、本部に向かった。

晴原はノートパソコンで台風とヘリの位置を、ストップウォッチで目的地までの到達時間を。彩はノートパソコンでモデルで予測した水蒸気量を、それぞれ確認していた。

「目標地点まであと一マイル。ドロップゾンデ、投下用意！」

優吾が投下装置にドロップゾンデを装填する。ドロップゾンデとは、上空の対流圏の気温や湿度、風速などを観測するために投下する筒状の観測機器だ。

「向きよし。射出口ロック解除」優吾が言うと、晴原がストップウォッチでカウントダウンを始め、ヘリからドロップゾンデが次々と投下された。

「先生、関東に流入する水蒸気の量があまりに多いです」

「いったい、何が起こるんです？」優吾が晴原を見た。

『ＰＲＥ《プレ》』だ。台風に伴う大雨は、台風のすぐ近くだけで起こるわけじゃない。台風周辺の水蒸気が前線に流入し、離れた場所で大雨が起きる『ＰＲＥ』、言わば『遠隔豪雨』。台風が来る前に災害が起こる」

「スーパー台風が引き起こす『遠隔豪雨』って……」彩がつぶやいた。

晴原はキーボードにさまざまなデータを打ち込み、頭の中で素早く計算した。そして、愕然となった。

ＳＤＭ本部にいたメンバーたちにも衝撃が走った。

『あと半日後には、埼玉県鷹江市、尾沼市で遠隔豪雨が発生する可能性が高い』

『避難が始まったばかりだ』

晴原と優吾の声が入って来た。

『このままだと避難し終えてない状態で、豪雨に多くの人が巻き込まれる』

晴原の声は、これまでのどのときよりも緊迫していた。

「タイムラインを前倒すように通達を！」

園部が指示を出し、三崎が慌ててマイクに向かった。

「至急至急、こちらＳＤＭから埼玉県危機管理課に緊急通達あり。タイムライン変更を要請する」

『俺たちはこのまま現場に』晴原から報告が入った。

「ＳＤＭ緊急出動！」

園部が告げ、早霧と沢渡も本部を出て活動を開始した。

「二日半前からの避難、これだけ準備しているのに」

優吾は唇を噛んだ。

「自然の脅威はいつだって、こっちの予測を超えて来る」

——観測史上最強クラスの台風、東日本直撃まであと一日——


夕方、埼玉県にて局地的な激しい集中豪雨が発生した。

「埼玉県鷹江市では遠隔豪雨とその後の台風周辺の発達した雨雲による大雨。四十八時間雨量が七百ミリを超えています！」

「避難時に転倒及び群衆事故が各地で発生。重軽傷者多数」

本部の梨紗子と三崎が無線で通達した。


避難所近くに設置した仮設救護所の中、早霧たち医療班が多数の重軽傷者の処置に当たっていた。外は激しい雨が降り続いている。

『待機班に応援要請を！』早霧は無線マイクに向かって叫んだ。次から次へと重軽傷者たちが運び込まれて来て、医師がまったく足りていないのだ。

「危険エリアの避難状況は？」園部は三崎に尋ねた。

「埼玉県鷹江市、尾沼市あわせて二割は未完了」

「晴原気象統括責任者の解析だと、そのエリアでもうすぐ河川氾濫の可能性が」

梨紗子の報告に、園部は険しい表情を浮かべ、モニターの状況を見守った。

夜間、猛り狂う風雨の中で、現場にいる沢渡たち警察班、優吾ら消防班は、住民の避難誘導をしていた。雨風は凄まじさを増し、立ってはいられないほどだ。

「焦らず、急ぐ！　慌てず、急ぐ、です！」

「落ち着いて避難を」

　沢渡と優吾の声が、激しい雨の中で響いていた。


　晴原たちは、危険エリア付近に停車した指揮車輌の中にいた。

「上野瀬川の上流は両岸と川底がコンクリートで固められているため流れが加速されて、増水のスピードが速い」山形が言った。

「高い流下能力がある上流部から一気に水が流れ、川幅が狭くなっている橋の付近から水が溢れる」

　晴原は指揮車輌を飛び出し、優吾が避難誘導している現場へと向かった。

「およそ三十分。三十分で水が迫って来る」

　優吾に伝えたすぐそばで、避難者が転倒した。

「急いで！　急いでください！」

　晴原が避難者を助け起こし、そのまま誘導を手伝おうとした、そのとき――。

風の音と雨の音、そして大地が裂けるような轟音があたりの空気をつんざいた。

「キャーー！」

「うわぁぁぁぁぁ！」

地割れが起こり、道路が陥没。避難をしていた人々が悲鳴と共に落ちていった。走っていたバイクも二台、転がり落ちていく。

「県道92号線、道路が大規模な陥没。多数の避難者が巻き込まれて落下！」

優吾は無線に向かって叫んだ。歩道から車道まで寸断されている。避難者たちは、パニックになっていた。

「お父さん！」「おばあちゃん！」

落ちていった避難者を呼ぶ悲痛な声が響き渡っている。

「すぐ救助します！　危険です。離れてください！」

優吾たち消防班はすぐに駆け寄っていった。

「山形、このあたりの地中データを至急確認――！」

晴原は山形に向かって叫んだ。

『中葉町付近で道路の下に空洞が発生した可能性が』

山形からすぐに返答があった。

「それに大雨による地下水位の上昇……道路のクラック（裂け目）に土砂が侵入したんだ」

『空洞化が進んでいたら、ほかでも陥没が』彩が緊迫した声で言う。

『警察班、空洞が存在する場合、路面に確実に現れる兆候、道路面のたわみ、ひび割れの現象に要注意！』山形は沢渡に向けて言った。

『こちら沢渡、避難者の先頭で確認し、誘導を行う！』

　沢渡は班員に指示を出した。


　優吾は「巻き込まれたのは計六名。梯子用意！　すぐ救助に当たる」と、報告をした。

『すぐ近くの河川、氾濫危険水位を超えました！』現場には、彩の声が響いていた。


　優吾と片瀬《かたせ》ら隊員たちは、転落した避難者たちを救助するために、陥落現場へ梯子で降りていった。中は泥まみれで、倒れている人たちから流れた血が雨に溶けている。優吾は避難者を見つけすぐに駆け寄ったが、次の瞬間、言葉を失った。

「こちら消防班、園部。陥没ポイント、死亡者二名を確認。即死と見られる」

　優吾は無線に向かって報告した。

「さらに一名、死亡者を確認」

　優吾の声が聞こえてきたが、晴原には解決策が見つけられない。晴原は豪雨のなか、言葉も出ず、身動きもできず、ただ立ち尽くしていた。

10

晴原は拳をギュッと握りしめ、顔を上げた。一つひとつ、やれることをやるしかない。

「至急、生存者確認を！」優吾に向かって叫んだ。

「了解！」陥没した道路の下から、声が返ってきた。

『こちら本部。道路が陥没したと通報あり！』梨紗子から、別の地域の道路が陥没したと報告がきた。

「沢渡さん、避難経路の先です！」晴原は無線に叫んだ。

少し離れた通りで避難誘導していた沢渡が『皆さん、止まって！　止まってください！』と叫んでいるのが、無線を通して聞こえてきた。

「ここをお願いします」近くにいた警官に避難誘導を頼み、晴原は指揮車輌内に戻って解析を始めた。

「地形的に浸水はまずないと言っていいのはこのエリア」山形は地図を表示させた。

「雨水の通り道になっていたら、陥没箇所にも流入します」彩が言った。

「降雨状況と斜面勾配、雨水の流れ方を加味する」

晴原は正確な水没の時間と、冠水するエリアを割り出していく。

『こちら消防班、園部。残り三名土砂に埋まっているが、生存反応あり！　至急、救助に！』

「その地点の猶予は七分！」晴原は優吾に水没までの時間を伝えた。

『了解！　浸水する前に全員引き上げる！』

優吾は隊員たちに指示を出し、懸命な救助活動が続いていた。


晴原が乗った指揮車輌は、陥没現場の近くに向かっていた。

『残り二名救助。ご遺体も引き上げ完了』優吾の報告が入ってきた。晴原は車輌から降り立ち、優吾たちと共に要救助者を車に乗せ、遺体収容袋を運んだ。

「先生、リミットです！」彩が叫んだ。

晴原と優吾たちが車輌に乗り込むのとほぼ同時に、ひかるが車を発進させた。二台はサイレンを鳴らし、暴風雨の中を駆け抜けた。


指揮車輌は避難所近くに設置した仮設救護所に到着した。

「要救助者一名、すでに心肺停止！」優吾は要救助者の男性を運び出した。

「すぐに運んで！」早霧はストレッチャーに寝かせた男性の服をハサミで切った。刈谷たちに指示を出して除細動器の準備をしてもらい、心臓に電気ショックを与えた。

晴原は指揮車輌の中で解析と、各方面への指示を続けていた。

「沢渡さん、一時避難場所で一時間待機。そのあと、以下のルートを辿って、避難所まで誘導をお願いします」

『こちら沢渡。了解』

「先生、他の避難推奨エリア、避難全て完了です」

「陥没危険エリアの緊急調査を国交省に依頼する」

彩と山形の報告に頷き、晴原は指揮車輌を降りた。彩も後に続いた。


要救助者の意識は戻らず、早霧は心臓マッサージを続けていた。

「汐見先生、すでに心肺停止から三十分すぎています」刈谷が言い、早霧は手を止めた。

「……死亡を確認しました」

早霧が告げるのを聞き、見守っていた妻と娘が「お父さん！」と、すがりついた。車輌の外からも、遺体安置所に運ばれていく遺体にすがりつく家族の悲痛な声が聞こえてきた。


『初めての一般人の死者……』『しかも四人……』

本部の梨紗子と三崎の声が聞こえてきた。泣き叫ぶ遺族たちを目の当たりにしている晴原たちも、うなだれていた。

「ＳＤＭなら、奇跡を起こすと信じていました」彩が言った。

「自然の前で、人は無力。わかりきったことだ。その脅威はまだ始まったばかりだ。理不尽にまた命を奪ってくる。だからこそＳＤＭチーム全員の力で抗う。最後まで立ち止まらず走り抜ける」

晴原の言葉に、その場にいた彩と優吾、そして早霧は頷いた。

翌日、台風は神奈川に上陸し、東京に近づいていた。晴原たちは都内のとある市役所の屋根付き駐車場に停めた指揮車輌で、被害が大きくなりそうな観測データを取得し、先を読んで動いていた。

「本部、現時点での被害状況を」

『データを送ります』三崎が言い、河川氾濫による床上浸水の件数、土石流やがけ崩れなど土砂災害の件数、家屋崩壊の棟など状況がモニターに表示された。

「今回は『風台風』だ」

「風台風……？」首をかしげるひかるに、彩が説明した。

「台風にも個性があるんです。風、雨のどちらかが強い特性を持っているんです」

「雨による被害も出ているが、今後風による甚大な被害が起きる」晴原が補足した。

「マンホールが飛散した被害も出ているみたいだね」山形は顔をしかめた。

「進路からして、危険なのはこのエリア」晴原はモニターにエリアを表示させた。

「泉大路は、高層マンションに暮らす人が多く、かなりの待機避難者がいます」

彩は、待機避難者のポイントを確認して言った。

「本部、暴風に対する注意喚起が必要だ。メディア、ＳＮＳ、防災無線で呼びかけを」晴原が要請したが、本部の梨紗子から無線が入った。まさに今、晴原たちが危険だと判断したエリアは停電し、通信障害も一部で発生しているそうだ。ただ防災無線は生きているという。

「防災無線だけじゃ、おそらく対処しきれない」晴原は考え込んでいた。

「自治体に連絡して現場には私が行きます。先生はここで台風の解析必要ですよね」彩が申し出た。

「随時解析結果を伝える」晴原は言い、彩も現場に行く支度を始めた。

「ドライバーは任せて。指揮車輌切り離すよ」ひかるも動き出した。


避難所近くに設置した仮設テントに、優吾たち消防隊員が戻ってきた。

「こちら救助対応、一通り終了」

「こっちも落ち着いた……ちょっと腕怪我してない？」

顔を上げた早霧は、優吾のユニフォームに血が付いていることに気づき、手当を始めた。

「慣れない……何度経験しても、目の前で命が零れて落ちていく瞬間。鉛を飲み込んだような感覚が消えない」

　優吾は服についた血をじっと見つめていた。

「それは私もだよ。慣れないし、慣れちゃいけない。でもある意味慣れないと前に進めない」

「そういうときどうしてますか」

「……肉、とか」早霧は少し考えて、そう言った。

「とりあえず好きなお肉をいっぱい食べて、寝る。そして明日を迎える」

「単純だな」

「いやいや、ド直球なあなたにだけは言われたくないから」

　二人は顔を見合わせた。でも、いつものようには笑えない。

「何気ない時間……それが突然奪われるんだよね。災害って本当に残酷。命は時間。本来生きるはずだった時間、それを守りたい」

　早霧の気持ちを聞き、優吾は一つ息をついた。

「自分たちも東京に拠点を変えましょう」

　優吾の言葉に、早霧はこくりと頷いた。


　園部は会見を開いていた。

「台風の進路には、多数の待機避難者がいます。風の脅威に全力で備えてください」

「埼玉で死者が四名出たことをどうお考えですか」記者から声が上がった。

「ＳＤＭの責任です」園部は答えた。

「責任をお認めになるんですか」「予期せぬ道路陥没だったと伺っていますが」と、記者たちから声が飛んできた。

「それでもＳＤＭの責任です。命を救えなかったこと、その重みをＳＤＭの全員で背負います」

　園部はきっぱりと言った。


　彩はひかるが運転する指揮車輌で現場に向かっていた。自治体の車輌も一台、後からついてきている。窓の外を見ると、植木や看板などが風に舞っていた。危険を知らせる防災無線が稼働しているが、風の音が大きく、聞こえていない。

「こちら雲田、先生の懸念通りです。防災無線が暴風雨によってかき消されています」

『今問題の肝心なときに防災無線が役に立たないやつね。都市部では防音効果が優れた建物が多いのも要因の一つ』山形が言った。

「風向は南南東。風上からの飛散物が来る。その方向もマンションに注意喚起を」晴原が彩に指示を出した。

　ひかるがマンションのエントランス近くに停車をし、彩は車から降りて自治体の職員と一緒に管理人に伝えた。

「こちらSDMです。住人の皆さんに窓に近づかないで、部屋の中央にいるように伝えてください」

『重軽傷者多数ですが、死者は四名のままです』三崎が状況を伝えた。

『たった今、泉大路にて自主避難をしている人の目撃情報が！』梨紗子の報告を聞き、

『なんでこの暴風雨の中？』山形が疑問の声を上げた。

『そのエリアはもうすぐ猛烈な風が吹く』晴原は焦っていた。

「こちら雲田。すぐ近くです。緊急保護します」彩はこれから向かうと告げ、

『実際の風の強さがシミュレーションよりも強い』晴原は解析を続けていた。

『予測していない〝何か〟が起きているってこと？』山形はまた疑問を口にした。

ひかるはサイレンを最大ボリュームにして車を走らせた。前方に、手を振っている避難者たちが見えてきた。

「こちら丸山、自主避難していると思われる避難者、二名を確認」

ひかるは車を停めた。そして彩と二人で降りていく。

「SDMです。自主避難は危険です」ひかるが声をかけた。

「でもマンションの三階にバイクが窓を突き破って飛んできたんです」

避難していたのは若い夫婦で、妻の住本琴美《すみもとことみ》が言った。「警察に通報したんですが、対応が

遅れるって……お隣の中西さんがすぐ避難しようって」

「その方は？」ひかるは尋ねた。

「中西さん！」夫の住本和真《すみもとかずま》が近づいてくる四人家族に手を振った。中西幸利《なかにしゆきとし》と妻の真由《まゆ》、息子の亘《わたる》と娘の舞《まい》の四人家族だ。

「急いで、そこの建物に入って！　急いで！　早く！」彩が叫んだ。ひかるは急いで避難者たちを誘導した。だが、舞が転倒した。

「舞！」

　亘が振り返り、助けようとした。真由も戻ろうとしたが彩が「急いで建物に！」と声をかけ、自分が舞の方に走った。ひかると中西、住本夫妻が左手の建物に駆け込んだ。真由は舞のことを気にしながら、右側の建物近くに向かった。

「車に入って！」

　彩は舞を助け起こし、亘も同時に指揮車輌の後部座席に飛び込んだ。その瞬間、暴風が吹き荒れ、周囲のものを全てなぎ倒した。彩たちの乗った指揮車輌は暴風で横転して吹き飛んだ。

　ひかるは壁に打ち付けられ足を捻挫し、すぐには動けなかった。

『何があった!?』晴原の声にハッとし、ひかるは外を見た。

「えっ、えっ……」ひかるは動揺し、声が出なかった。

『丸山、落ち着いて報告』山形が声をかけた。

「雲田さんが子ども二人を指揮車輛に緊急保護。でも車ごと風で吹っ飛ばされてビルに……ビルが崩落、そこに押し潰された指揮車輛が……」

ひかるの視線の先で、自分たちが乗ってきた指揮車輛が横転していた。そこにビルが崩落し、車体を押し潰していた。

『丸山、残りの避難者は？』晴原に聞かれ、ひかるは周囲を見た。みんなそれぞれ風に飛ばされて倒れていたが、中西が起き上がって外に出て行こうとしていた。

「危険です。外に出ないでください！」ひかるは大声で制した。

「でも息子と娘が！　それに妻もいない」中西はパニックになっている。

「ＳＤＭが対応に当たります」

「和真、和真！」琴美が叫んだ。先ほど壁に叩きつけられた和真は意識がない。出血もひどい。

「要救助者一名、雲田さんが緊急保護した子どもの母親はこの建物内にはいません。なお一名重傷者がいます！」ひかるは無線に報告した。

『状態を知りたい。衛星通信で映像を送って』東京に向かっている早霧が言った。

「今すぐ……」ひかるは混乱していた。

『防犯カメラ映像を！』園部が叫んだ。

『一台のみ生きています。映像出します』三崎がすぐに対応し、指揮車輌のモニターにも映像が映った。暴風のために映像が荒いが、崩落しかけているビルに突っ込んだ指揮車輌が映っていた。

「雲田、聞こえるか。雲田。応答を……応答してくれ」

晴原は待った。だが、応答はない。

『……助けてください』

微かに声が聞こえてきた。女の子の声だ。

「君の名前は？」晴原は尋ねた。

『中西舞です……そばにお兄ちゃんが』

『中西亘です』今度は男の子の声がした。

「大丈夫か」

『はい、あの、お父さん、お母さんは？』

「お父さんはだいじょうぶだ。お母さんは見つかってないけど、必ず見つけ出す。そっちの状況を教えてくれるか？」

『気がつくといろんなものが倒れてきて、お姉さんが僕と舞をかばって……』

「雲田は？」晴原は祈るような気持ちで問いかけた。

彩の身体は、パソコンなどの機器に挟まれていた。亘が彩に無線マイクを近づけてきた。

「人って案外頑丈に……。先生、まだ生きてます」

彩は体中が圧迫されて辛かったが、どうにか報告をした。

「先生、状況を……」

『暴風が続いて、崩落が進む可能性が高い』

「頭を守って、そこの机の下に。激しい揺れが来る、しっかり柱につかまって」

彩は亘たちに叫んだ。

「でもお姉さんが」

「早く」

亘と舞が言われた通りに頭を守り、柱につかまったときに、激しく車体が揺れた。彩の体はさらに圧迫された。あたりに自分が流した血が広がっていく。

『雲田』晴原の声が聞こえてきた。

「私は大丈夫です。この子たちを……お願いします」


ひかるは、今、自分が何をすべきか迷っていた。

『都市型暴風災害だ』

晴原の声が聞こえてきた。高層ビルが建ち並ぶ地点では、高層ビルの壁に沿って流れていた風が建物の隅で剥がれて流れ去る。さらに、近接する二つの建物から剥がれた風が重なり合い、いっそう風の威力が増す。いわゆるビル風だ。

『一つの高層ビルでも風が強まるが、二つの高層ビルでそれぞれ強まった風が重なり合い、よりいっそう、風の威力が増した。おそらく瞬間風速で七十メートル毎秒を超える風が吹いた。雲田はその場の状況から、何が起きるか察知したんだろ。雲田の指示がなければ、全員助からなかったはずだ』

『丸山、その建物はこの暴風雨でも耐えられる。何があっても動くな』

山形の声が聞こえてきた。

「信じていいのかよ。車がビルに吹っ飛んだんだぞ」

『信じろ』山形は有無を言わせぬ口調で言った。『建物中心に要救助者の誘導を』

「わかった」ひかるは山形に返事をしてから、避難者たちに向き直った。「みなさん、中心部に移動します」

「私が自主避難しようと言わなければ……」中西は力なく座り込んでいた。

「災害時に冷静な行動が取れなくなることは、誰にだって起こり得ること。起きてしまったことは変えられません。だから今できることをやる。これからのことを変えるんです。住本さんを運びます」

ひかるが言い、中西も協力して、意識のない住本を建物の中心に運んだ。

晴原と山形が解析を続けている指揮車輌に、優吾と早霧が到着した。

「住本和真さん、映像で確認するかぎり、すぐに処置しないと危ない」早霧は焦っていた。

「指揮車輌もこれ以上、耐えられない。さらに現場には生存不明者が一名いる」

優吾の言葉を聞き、晴原はキーボードを打つ手を止めた。目を閉じ、気持ちを集中させた。五感を研ぎ澄ませ、脳裏に浮かぶ様々なデータを分析し、目を開いた。

「晴原さん、助ける方法、解析できたんですか」優吾が声をかけてきた。

だが晴原の頭の中には、五年前に対面した灯の変わり果てた姿と、先日、自分を守って死んでいった上野の遺体が浮かんできて、言葉が出てこない。

「まさかとは思うけど、話すの躊躇してる？」早霧が尋ねてきた。

「晴原さん、あなたが躊躇するということは、チームの面々の命に関わる、あまりに危険な一手。違いますか？」優吾も畳みかけてきたが、晴原はまだ迷っていた。

「あなたの気象予測がＳＤＭの要。話してください」

「話して」

優吾と早霧が言い、山形も「晴原さん」と、促した。

「俺たちが今いる場所はここだ」

晴原はモニターで台風の中心から外側の位置を指した。

「ここに移動して、台風の目に入る」

晴原の言葉に、そこにいた全員の顔が硬直した。

「台風は進行方向の右側で風が強くなる。左側は相対的に弱くなるが、それでも危険だ。ただこのポイントはもうすぐ一時的に風が弱まる」

「台風の目の中は雨も風も止んでる。だからその間に被災現場まで行くってこと？」

山形が尋ねた。

「でも防犯カメラを確認するかぎり、飛散物が道路に飛んで通行ができない」優吾は言った。

「ヘリを使う」晴原はモニターの中のヘリポートを指した。

「台風の目に入り、ヘリで移動。現場で救助し終えたら、再び台風の目に沿って病院まで搬送する。ただしトロコイダル運動を読み切る必要がある」

「トロコイダル運動？」優吾が眉根を寄せた。

「台風は真っ直ぐ進むように見え、時おり螺旋《らせん》的な動きをする。台風の目の規模でも同じことが起こる。その台風の目の中にある複数の渦をシミュレーションする。それを読み切れば、被災現場で滞在可能時間が予測できる。これはあくまでも現時点でのシミュレーションだ。自然の脅威はいつだってその予測を超えて来る。連携が一つでも狂えば助からない」

晴原は言った。そして、優吾を見た。

「園部優吾、俺を止めなくていいのか」

晴原と優吾の視線が合った。

「自分は止めない。あなたは最強のチームを作った」

「晴原さん、ＳＤＭだからこそ、零れていく命を救うことができる」

優吾、そして早霧が言った。

「連携が取れない前提で話さないでよ。やれる」山形も頷いた。

『晴原さん、助けを待ってる人がいる』ひかるの声が聞こえてきた。

『先生……みんなの命を……』彩からも無線が入ったが、もう声も出すのも辛そうだ。

晴原は再び目を閉じた。ＳＤＭが仮発足してから、雪崩からの二重遭難や、強風による大火事、竜巻、濃霧など、あらゆる自然災害に、チームで立ち向かってきた。

「自然の脅威に立ち向かうことで、また誰かが傷つくかもしれない。ただいつだって、全員の力で大きな壁を乗り越えてきた。今回もこのチームで、必ず助ける」

晴原は、優吾たちの顔を、一人ひとり見た。みんなも力強く頷き返した。

「侵入ポイントに移動する。リスクを避けたい。最少人数で向かう。山形は残ってフォローを！」

「了解！」山形は頷いた。

優吾は無線で消防班に電動カッターなど救助のための道具を用意するよう指示をした。

「必ず命を繋ぐ。医療班は私が一人で同行する！」早霧は覚悟の表情で告げた。

ＳＤＭ本部の園部は携帯電話をかけていた。

「危険なオペレーションです。だからこそあいつらを支えてやってくれませんか」


――観測史上最強クラスの台風が東京に上陸――


指揮車輌は強い風の中、侵入ポイントに向かって走っていた。運転は優吾だ。晴原は助手席でノートパソコンに向かって解析を続け、風を読み、進行方向を細かく指示していた。だが車は激しく揺れ、ハンドルもとられてしまう。そこに、サイレンの音が聞こえてきた。

『こちら東京消防庁・消防指令、佐竹です』

「佐竹さん⁉」優吾は声を上げた。

『園部大臣から協力要請を受けて、待機していた』

佐竹が運転する消防車が迫ってきた。その後ろにも、数台の消防車輌が続いている。

『応援部隊は台風通過後、救助できるように配備。私は現場に同行する。前消防班統括責任者として全力サポートする』

「こんなに心強いことはありません」

『園部優吾、おまえの隊長としての姿を間近で見させてもらう。失望させるな』

「あなたの教え通り、目の前の命を救って見せます。そして必ず生きて帰る」

「佐竹さん、風の弱まるポイントを走り抜けます。ついて来てください」晴原が言った。

『了解！』佐竹の力強い声が帰ってきた。晴原の指示に従い、指揮車輌と消防車輌は暴風雨の中を走り抜けた。

「こちら晴原、間もなく台風の目に入る」晴原は無線マイクに言った。

『進行方向、地形的に風が合流して強まりやすいので注意』山形の声が返ってきた。

「ガスト！」

晴原は叫んだ。ガストとは風速が短時間に不規則に変化する現象だ。優吾は慌てて右にハンドルを切った。

「このまま直進」

晴原の指示で、優吾はスピードを上げた。次第に、荒れ狂う景色の中に光が見えてきた。雨は降っていない。風も止んでいる。神秘的な空間が広がっている。嵐と静けさが同居する神々しい自然の光景だ。

「これがもう一つの自然の顔」

いつどこで、何が起きるかわからない。自然の恵みを受け、脅威と共に生きている。晴原は実感していた。

「このままヘリポートに向かう」優吾はアクセルを踏み込んだ。

無線越しでのやりとりを聞いていた彩は、必ず助けると言った晴原の言葉を信じていた。だが潰れた指揮車輌は、暴風で大きく揺れ、舞はさっきからずっと泣いていた。亘は気丈に振る舞っているが、かなり不安そうだ。

「明日、何がしたい？」彩は必死で笑顔を作って、聞いてみた。

「いつも通りの朝を迎えたら」

「お母さんのご飯食べたい。今日、わざとお母さんのご飯食べなかった。喧嘩して、口きいてなくて。お母さんのご飯食べたい。お母さん、大丈夫ですよね」

舞に問いかけられ、彩は頷いた。

「明日、僕もいつもみたいに家族揃ってご飯が食べたい」

亘も言った。二人は十三歳と十二歳。年子の兄妹だそうだ。

「その明日、きっと来る」彩は、自分に言い聞かせるように笑った。

「お姉さんは？　お姉さんは何がしたい？」亘が尋ねてきた。

「ＳＤＭのみんなに会いたい。またみんなと一緒に、命を守るために戦いたい」

「本当に助かる？」舞が彩を見た。

「声、聞いてみて……」彩はなんとか手を動かし、無線をスピーカーにした。

『こちら晴原、予定通りへリポートに到着！』

『すぐに出発を！』

『目的地まで一分一秒、無駄にするな』

　晴原と優吾のやりとりが飛び込んできた。これからヘリコプターに乗り込むようだ。

『丸山さん、住本和真さんの状態を逐一教えて』

　早霧がひかるに声をかけ『了解』と、ひかるが応えている。ひかるたちも無事なようだ。

『こちら山形、目的地周辺、着陸できる場所を送る。候補地は四か所』

『到着直前の飛散物の状況から見極める！』優吾が応えた。

『行くぞ！』

　晴原の声がし、ヘリコプターが飛び立つ音が聞こえてきた。

「必ず助けが来る……必ず……」彩は亘と舞に力強く言った。

　晴原と優吾、早霧、そして佐竹ともう一人の隊員を乗せたヘリコプターは、台風の目の中を最大スピードで飛んでいた。晴原は解析を続け、操縦士に細かく指示を出していた。

「救助方法の確認を」優吾は、晴原と早霧を見た。

「生存不明の要救助者、中西真由さんは俺が探し出す」

「私は住本和真さんの処置をし、ヘリに収容する」

「消防班は、崩落現場で対応を。この箇所を電動カッターで切断、車輌内に侵入。子ども二名を救助後、台風が通り過ぎるまで一時避難してもらいます」

　優吾は佐竹と隊員にタブレットを見せて、説明を始めた。

「雲田さんの救出には時間がかかる。しかも状況が把握しきれていない」佐竹が言った。

「滞在可能時間を切っても救出できない場合、退避」

　優吾は冷静な判断を下した。佐竹は頷かなかった。早霧はじっと優吾を見つめていた。

「救助を断念し、全員退避」優吾はもう一度言った。その眼差しはまっすぐだ。

「了解」佐竹は頷いた。

　着陸場所は、被災現場から百メートルの地点だと晴原が操縦士に指示を出し、ヘリは目的地に近づいて行った。

『被災現場、台風の目に入りました。ヘリが着陸場所に』三崎の声が聞こえてきた。

『救助オペレーションスタート！』梨紗子が合図をする。

　ヘリコプターは無事に崩落ポイント付近に着陸した。

「リミットは、二十七分」

　晴原はタブレットを手に降り立った。優吾たちは救出に必要な器具を持って指揮車輌に向かい、早霧は医療バッグを手にひかるたちが緊急避難したビルに向かった。一刻も早くと、それぞれが走った。

『こちら山形。中西真由さんの旦那さんと子どもたちから情報を集めた。暴風被害に遭う直前、最後に彼女がいたと思われる位置を送る』
　山形から送られた情報を見て、晴原は風速と風の流れから計算した。
「すぐ近くの建物に避難しようとして、一帯を吹き抜ける暴風に巻き込まれたとしたら」
　当たりを見回していた晴原は、通りの右手方向のある建物に向かって、走り出した。

　早霧は簡易ストレッチャーを押しながら、緊急避難場所のビルに到着した。ひかると、中西、住本と琴美が待ちかまえていた。

　早霧は倒れている住本の状態を調べた。

「お願いします……助けてください」琴美が祈るように言う。早霧はこの場で、住本の命をどうにか病院まで繋ぐための処置を行った。


　優吾は崩落現場の侵入ポイントに近づいていった。崩落したビルの積み重なった瓦礫を電動カッターで切断していく。

「右頭上から、瓦礫――！」

　佐竹は危険な位置にいた隊員をとっさに突き飛ばした。

「俺たちが負傷したら、要救助者を救えない。周囲の注意を怠るな」

「了解！」

佐竹と隊員のやりとりを聞きながら、優吾は作業を進めていた。

「中西さん！　ＳＤＭです。声が聞こえたら返事、物を叩くなど合図してください！」

晴原は建物の外から声をかけた。だが応答がない。風の強さ、流れからしてここに間違いないはずだ。晴原は捜索を続けた。やがて飛散物が重なった隙間から、真由の姿が見えた。

「こちら晴原、中西真由さんを発見。ただ瓦礫に埋まっている。すぐに撤去する」

晴原は瓦礫を撤去していった。

「中西さん、しっかりしてください。お子さんが待っています。明日、家族全員でいつも通りの朝を迎えるんです」

声をかけていると、真由が呻く声が聞こえた。

「中西真由さん、意識がある」

『晴原さん、そっちに行く』

早霧の声が聞こえてきた。『住本さんをヘリにお願いします』早霧が声をかけ、ひかるが『手伝います』と応えている。早霧は晴原のいる建物に来てくれるようだった。

「今、助ける。お母さんは無事だ。まずは要救助者二名を外に出します！」

優吾は最初に舞を、次に亘を助け出し、外にいる佐竹に引き渡した。佐竹は待機していた隊員に舞たちを託し、自分は指揮車輌に入った。そして、優吾とともに、彩を押し潰している機器の撤去作業を始めた。

晴原が瓦礫を撤去し終えたところに早霧が駆けつけた。

「大丈夫。ヘリに搬送を――」

晴原と早霧が肩を貸し、真由を担ぎ上げ、歩き出した。

「お父さん！　お母さん！」

「亘、舞！」

中西一家は無事に再会を果たし、抱き合った。

「お子さんと一緒にビルの中で一時避難してください。奥さんは病院まで搬送します」

晴原は中西に言い、舞たちに「よく頑張った」と声をかけた。

「お姉さん、いつも通り朝を迎えたら、みんなとまた一緒に、命を守るために戦いたいって」

「助けてください。お姉さんを」

舞と亘が晴原に訴えた。

「俺は崩落現場で、ギリギリまで滞在時間を読み切る」

晴原は走り出し、無線に告げた。

「こちら晴原。トロコイダル運動、予測と変わってきている。リミットは、六分からあと四分に減少』

優吾は佐竹と目を合わせた。二人は小さく頷き合うと目を閉じて一瞬空を見上げ、深呼吸をした。目を開けた優吾はもう一度、佐竹を見た。

「呼吸を合わせてもう一度！」

二人は息を合わせ、機器を必死に持ち上げた。わずかな隙間が空いた。

「今だ、引きずり出せ！」

優吾が声をかけると、戻ってきた隊員が入ってきて、彩を引きずり出した。

「急いで外に！」

優吾たちもすぐに外に出て、三人で力を合わせて用意していた簡易ストレッチャーに乗せた。

「もうすぐ、吹き返しが来る！」

走ってきた晴原が、ストレッチャーを押す優吾たちと並走してヘリに向かった。

「ヘリまで搬送後、佐竹さんたちはこの場で避難者たちのそばにいてください」

「了解」

「山形、トロコイダル運動の予測が変わった。搬送予定だった病院が台風の目の外に」

晴原は山形に声をかけた。

「台風の目が通る範囲内で、病院に近いランデブーポイントの候補を洗ってくれ」

『ただ道路が寸断されているかどうかまで確認が……』山形の焦った声が返ってきた。

『ようやく私の出番』

そこに、沢渡の声が入った。『山形くん、あやふやな情報でいい。辿り着く道は一つじゃない。現場の状況を鑑みて、最速で搬送できる病院を探り当てる』

『了解。至急絞り込みます』

ヘリのそばでは早霧が真由の応急処置をしていた。晴原たちは彩のストレッチャーを押して来て、ヘリに収容した。晴原が風の強まりを察知したとき、大きなトタン板が飛散してきた。晴原は咄嗟に身を挺し、真由をかばった。

「急げ。吹き返しの兆候だ。リミットあと四十秒！」

急いで真由をヘリに収容し、同時に離陸した。上昇後、急速離脱するヘリの中で、晴原は必死で解析を続けていた。優吾はタブレットで防犯カメラ映像を見ていたが、画像が荒い。崩落現場でさらに建物が崩壊した様子が映ったかと思うと、カメラに飛んできた何かが当たり、破損したのか、映像は消えてしまった。

晴原はその様子を見て、解析の手を止めた。そして、頭の中で素早く計算した。これまでに見てきた光景、肌で感じた温度と湿度、風の勢い……。台風が接近してから今日まで体験したすべてを踏まえ、結論を導き出した。

「台風の目はこのあと一時的に減速、螺旋運動をして進む！　ヘリが着陸できて、病院まで近い場所を頼む！」

『そのエリアだと、地理的に候補は三か所。沢渡さん、行けそうな場所を！』

山形は沢渡にデータを送った。沢渡はすぐに、ある病院を割り出した。

『近くの病院のルートまで、飛散物が少ない』

「最大速度二百五十キロで病院に向かえ！」晴原は叫んだ。ヘリは最大スピードで進んだが、かなり強い圧がくる。そんな中で、彩の状態がよくないと、早霧が声を上げた。

「雲田、これからも一緒に命を守るために戦うんだろ？　生きろ！」

晴原は声をかけた。彩は意識が朦朧としているのか、目もほとんど開いていなかった。それでも晴原の方に顔を向け、必死で生きようとしていた。

日は暮れ、夜になった。山形は消防の応援部隊と共に、ひかるたちがいる緊急避難場所のビルに飛び込んでいった。

「要救助者の中西真由さんは大丈夫です。あと住本さんと雲田さん、搬送先の病院で処置に当たっています」

『こちら汐見。住本和真さんは無事です』

病院にいる早霧の声が聞こえてきて、琴美は泣き崩れた。

「よかった……本当によかった。ありがとうございました」

琴美をずっと励ましていた中西も泣いていた。亘と舞は不安げにひかるを見つめた。

「雲田さんは？」ひかるは無線マイクに問いかけた。

『一時危険な状態に陥ったけど、大丈夫』

「雲田さんも無事！」

ひかるの報告に、亘と舞が笑顔になった。佐竹も笑顔で頷いている。山形とひかるはしっかりと手を合わせた。二人の初めてのハイタッチだ。


本部でも喜びの声が上がっているのが、無線マイクを通して伝わってきた。

『これがＳＤＭのチーム力だ』園部の声も聞こえてくる。


「早く戻って来い」

晴原はＩＣＵの外から、眠っている彩を優しく見つめていた。

「汐見早霧、最後まで走り抜けた後……」

近くにいた優吾は、早霧に声をかけた。

「一緒に肉を……」優吾は言いかけたが、早霧は珍しく無言だ。

「すみません。明日やりたいことが頭に。今そんなこと言ってる場合じゃ……」

「いや。うん、行こう一緒に」

早霧の返事を聞いて、優吾は安心したように笑みを浮かべた。

「一都四県、台風の影響範囲から抜け出た。ただ二次被害に備える。まだ終わっていない」

晴原が二人に声をかけた。優吾も気を引き締め「被害状況に応じて拠点を変える」と、動き出そうとした。

『こっちはいつでも行けるよ』

外に停車した警察車輌にいる沢渡が、反応した。

『俺たちも合流する』

『腹に詰め込むもの、用意しておく』

緊急避難先のビルにいる山形とひかるも言う。

「最後まで全力で抗う。ＳＤＭ出動！」

晴原は、優吾と早霧とともに、出発した。


一か月後――。

晴原はＳＤＭ本部にいた。

「ＳＤＭの正式運用ですが、賛否ありました。ただし、従来通りで対処した場合の被害想定データが決め手に。ＳＤＭだからこそ抗えた。多くの零れていく命を救うことができた。正式運用の決定が認められ……」

「辞退させてください」

晴原は立花の言葉を遮った。傍らで見守っていた園部は、晴原の次の言葉を待っていた。

「チームのみんなも納得してくれています。このまま試験運用を続けさせてください」

「一般人の死者が出たことを重く受け止めてのことですか」

立花が訪ねたが、晴原は黙っていた。

「正式運用。それは考案者の園部灯さんの願いでもあったのでは？」

灯の名前を聞き、晴原の胸の中に、灯と交わしたやりとりがよぎっていった。だけど——。

「このまま試験運用を」晴原はきっぱりと言った。

「園部大臣、政局が変われば、試験運用がなくなる可能性もありますが」

立花は、今度は園部を見た。

「そんなことでなくなるようなら、それまでの組織ですよ」

園部の言葉を聞いて、立花はフッと笑った。園部はさらに続けた。

「私は現場の判断に委ねます。現場丸投げが私のモットーですから」

夜まで研究室で仕事をしていた晴原は、夜明け近くに屋上に出た。街を眺めていると、やがて空が青く染まりはじめた。

「これがブルーモーメント」

声がしたので振り返ると、彩がいた。彩だけじゃない。優吾、早霧、沢渡、山形、ひかる……本部の三崎と梨紗子や、医療班の刈谷たちもいる。

「きれいー！」

早霧と梨紗子がはしゃいだ声を上げ、三崎も「こんなに青いんだ」と、感動している。

「こんな時間に全員揃ってなんだ？」

「本当によかったのかって話になって」彩が言った。

「正式運用辞退」山形が説明を添えた。

「いや、みんな納得を……」

「いやいや、先生、ものすごく覚悟を持った目で言うから、その空気に飲まれただけです」

「え……」

「うちのかみさん、ああ見えて、いつ潰しに回るかもしれないよ」沢渡が言う。

「ああ、もったいない」早霧は晴原を責めるような口ぶりだ。

「園部優吾、おまえは違うよな」

「いや、どうでしょう。受けるべきだったと」

優吾が言うと、三崎や梨紗子、刈谷たちも、じっと晴原を見つめた。

「今からでも撤回する？」

早霧が表情をうかがってきたが、晴原は黙っていた。

「冗談。みんな、晴原さんの思い、わかってる」

「正式運用すれば、どうしてもそれがスタンダードになる。それじゃダメだってことですよね」

優吾が熱い口調で晴原に問いかけてきた。

「試行錯誤できるうちに更新する、さらに上を目指して」

彩は笑みを浮かべながら言った。

「まだ自衛隊とも連携とれてないしね」

沢渡は軽い調子だ。

「私も思うところあるんだよね、気象学はＳＤＭの要でしょ、一人の天才に寄りかかるってどうかと思う」

「もう一人の晴原柑九朗、欲しいよね」

ひかると山形が頷き合っていると、彩がにんまりと笑って晴原を見た。

「俺を見てアピールするな」

晴原が彩に言うと、みんなは笑った。

「いつも通りの朝。その奇跡を守るチームとして、まだやれることがある」

晴原と一緒に、皆も青い空を見上げた。そこに、無線が入った。

『こちら本部、たった今、緊急事案の入電あり』

「ＳＤＭ出動」

晴原が号令をかけると、全員が動き出した。屋上から去るとき、晴原は振り返って、ブルーモーメントをもう一度見つめ、青の時間に誓った。

「必ず助ける」

晴原はブルーモーメントを背に、屋上の床を力強く蹴って、走り出した。

ドラマ「ブルーモーメント」

CAST

晴原柑九朗（気象庁気象研究所・予報研究部／SDM 気象班統括責任者）…… 山下智久

雲田 彩（気象庁気象研究所・予報研究部助手／SDM 気象班）…… 出口夏希

園部優吾（消防救助機動隊・消防士長／のち SDM 消防班統括責任者）…… 水上恒司

山形広暉（国土地理院官僚／SDM 情報班）…… 岡部 大

丸山ひかる（SDM 対策本部車ドライバー兼料理人）…… 仁村紗和

三崎俊樹（SDM 通信班）…… ワタナベケイスケ

宍戸梨紗子（SDM 通信班）…… 玉田志織

汐見早霧（医師／のち医療班統括責任者）…… 夏帆

上野香澄（気象庁気象研究所・予報研究部部長／SDM 本部）…… 平岩 紙

佐竹尚人（SDM 消防班統括責任者）…… 音尾琢真

沢渡満（警察官 / のち SDM 警察班統括責任者）…… 橋本じゅん

藤村四季（JBC テレビ・プロデューサー）…… 田中 圭（友情出演）

新島元樹（衆議院議員）…… 伊藤英明（友情出演）

園部 灯（気象庁気象研究所・研究官）…… 本田 翼

立花 藍（総務省・総務大臣）…… 真矢ミキ

園部肇一（内閣府・特命担当大臣（防災）／SDM 本部長）…… 舘 ひろし

TV STAFF

原作	小沢かな「BLUE MOMENT」（BRIDGE COMICS ／ KADOKAWA 刊）
脚本	浜田秀哉
音楽	佐藤直紀
主題歌	ボン・ジョヴィ「レジェンダリー」（ユニバーサル ミュージック）
挿入歌	山下智久「Perfect Storm」 (feat. TAEHYUN of TOMORROW X TOGETHER)
プロデューサー	高田雄貴
	栗原彩乃
制作プロデューサー	古郡真也（FILM）
演出	田中 亮
	森脇智延（FILM）
	下畠優太（FILM）
制作著作	フジテレビ
気象監修	荒木健太郎
協力	気象庁
	国土交通省
	東京消防庁
	海上保安庁
	国土地理院

BOOK STAFF

ノベライズ	百瀬しのぶ
カバーイラスト	小沢かな
ブックデザイン	石川明子（プルグラ・フィックス）
校閲	麦秋アートセンター

【ノベライズ】
ブルーモーメント
2024年6月26日 初版発行

ノベライズ：百瀬しのぶ
原作：小沢かな
ドラマ脚本：浜田秀哉
協力：株式会社フジテレビジョン

発行者：山下直久
発行：株式会社KADOKAWA
〒102-8177 東京都千代田区富士見2-13-3
電話 0570-002-301（ナビダイヤル）

印刷・製本：大日本印刷株式会社

［お問い合わせ］
https://www.kadokawa.co.jp/（「お問い合わせ」へお進みください）
※内容によっては、お答えできない場合があります。
※サポートは日本国内のみとさせていただきます。
※Japanese text only

ISBN 978-4-04-738025-7
C0093

Printed in Japan
定価はカバーに表示してあります。